「カッコいい」とは何か

平野啓一郎

講談社現代新書
2529

はじめに

意外に新しい言葉

本書は、「カッコいい」男、「カッコいい」女になるための具体的な指南書ではない。そうではなく、**「カッコいい」という概念は、そもそも何なのか**を知ることを目的としている。

今日、「カッコいい」という言葉は、誰もが日常的に使用しており、今更、その意味など教えてもらうまでもないと思われるかもしれない。「カッコいい」とは、つまりは「カッコいい」ことじゃないかと、説明抜きに了解されているであろう。

しかし、この言葉は意外に（？）新しい言葉である。

「カッコいい」が、現代語辞典に登場するのは、ようやく一九九〇年代のことで、一般的な言葉として普及したのは、実は一九六〇年代である。半世紀以上前の日本人は、何かにつけて、「カッコいい」と言ったりはしていなかったのである。

本当だろうか？　現代の私たちの感覚では、この言葉を一切使用せずに会話が成り立っていたというのは、ちょっと想像しにくいところがある。戦前にも、あるいは江戸時代や戦国時代にも、「カッコいい」ものくらいはあっただろう。それらを一体、何と評していたのだろうか。

作家の野坂昭如《あきゆき》は、一九六八年に、次のように語っている。

「カッコいい」という言葉のつかわれ出したのは、**ほぼテレビの普及と時を同じくしていて**、テレビ関係者の中から生れた、一種の方言である。昭和三四年頃、ぼくは坂本九が、この言葉を、すでに「カックいい」とくずして口にし、なんのことかと、奇妙に思ったことを覚えていて、「カッコいい」はまた、テレビ界の生んだ、その方言の第一号であるかもしれぬ。(1)

これが、当時の認識である。

もう一つ、三島由紀夫の「森鷗外」論（『作家論』一九六四年―）の一節を例に挙げておこう。

どんな時代になろうと、文学が、気品乃至《ないし》品格という点から評価されるべきなら、鷗外はおそらく近代一の気品の高い芸術家であり、その作品には、量的には大作はないが、その集積は、純良な檜のみで築かれた建築のように、一つの建築的精華なのだ。現在われわれの身のまわりにある、粗雑な、ゴミゴミした、無神経な、冗長な、甘い、フニャフニャした、下卑た、不透明な、文章の氾濫に、若い世代もいつかは愛想を尽かし、見るのもイヤになる時が来るにちがいない。人間の趣味《グウ》は、どんな人でも、必ず洗煉へ向って進むものだからだ。そのとき彼らは鷗外の美を再発見し、**「カッコいい」とは正しくこのことだ**と悟《さと》るにちがいない。

三島にとって、鷗外は常に憧れの存在だったが、その魅力を伝えるために、彼はいかにも、「若い世代」の軽薄な言葉を敢えて使ってみせる風に、括弧付きで「カッコいい」を用いているのである。

そして、興味深いことに、三島はこれを単なる流行語だと考えており、エッセイ「小説とは何か」（一九六九年）の中では、次のように書くのである。

すべては相対的な問題であり、現代語として誰にもわかる「カッコイイ」などという言葉が、十年後には誰にもわからなくなるであろうことは、歌舞伎十八番の「助六」の洒落が、今日誰をも笑わせないのと同じである。

しかし、この至極当然のように書かれた予言は、ハズれたのである。

突然の「カッコいい」ブーム

「カッコいい」という言葉は、実際は、野坂が言うように「テレビ関係者の中から生れた」わけではなかった。本篇で詳しく見るが、語誌的には「恰好の良い／が良い」は、江戸時代からちらほら文献に現れている。

「あのネ、おむすさんのお髪は、今日のはまことに恰好がよいぢやアございませんかねえ（あのね、娘さんの髪型、今日のは本当に恰好が良いじゃありませんか、ねえ）」（式亭三馬『浮世風呂』一八一一年）

しかし、この「恰好が良い」は、「カッコいい」とまったく同じではない。「恰好が良い」は、明治、大正、昭和初期と、決して形容詞化された今日の「カッコいい」ほど頻繁に使用されていたわけではなく、またこの言葉がそのまま「カッコいい」に変化した、というわけでもない。

「カッコいい」は、一九六〇年代に、野坂が勘違いしたように、まるで新語のように唐突に「つかわれ出した」のであり、戦後、数々の流行語が生まれては消えていった中で、以来、一度として廃れることなく、今日に至るまで、完全に日常語として定着しているのである。

しかし、なぜ一九六〇年代だったのだろうか？　その時に、一体、何があって、日本人は口癖のように「カッコいい」と言うようになったのだろうか？

最高の褒め言葉

いきなり文学の話が続いたが、「カッコいい」という言葉が、作品の評価として、より自然に用いられるのは、ダンスや音楽――それも、主にポピュラー・ミュージックの分野――だろう。

ロックにせよ、ジャズにせよ、テクノにせよ、ヒップホップにせよ、二〇世紀後半以降の音楽は、伝統的な美学の「美」や「崇高」よりも、遥かに「カッコよさ」をその理想としていた。

ビートルズも、マイルス・デイヴィスも、ジェフ・ミルズも、Ｒｕｎ－ＤＭＣも、「カッコいい」という評価を抜きにしては、決してその存在を論ずることは出来ない。《ビリー・ジーン》を歌いながらムーンウォークを披露するマイケル・ジャクソンに、どうして人はあんなに熱狂したのか？――愚問だろう。**「カッコよかった」から**である！

これは、プロアマを問わない話であって、友達のバンドをライヴハウスに聴きに行っても、「カッコよかった」というのは最高の褒め言葉であり、「カッコ悪かった」というのは、最悪の酷評である。

どんなに超絶技巧で、音楽理論的に高度なことをしていても、「カッコ悪」ければ、すべて台なしであり、逆に、演奏がヘタで楽曲が単純でも、「カッコいい」音楽は賞賛される。パンク・ロックは、その代表的な成功例であり、こうした価値基準から漏れてしまったクラシックの現代曲などは、一般的な人気からは遠ざかってしまった。

勿論、音楽のみならず、「カッコいい」ことの価値は、ファッション、自動車、家具や家電、ポスターなど、ありとあらゆるデザインの領域に浸透し、また映画や建築、更にはアートでさえ、その巨大な影響を被っている。

ボツとなったザハ・ハディッドの新国立競技場のデザイン案が発表された時、多くの人の口を衝《つ》いて出た言葉は、「美しい」でも「崇高」でもなく、「カッコいい」だった。そして、予算圧縮による修正案が提示された時、その失望を最も端的に言い表した言葉は、「カッコ悪い」だったはずである。

あるいは、ゲルハルト・リヒターの《アブストラクト・ペインティング》なども、私たちは、難解な美術批評の議論はさておき、ともかくも、「カッコいい」ものとして受け止めている。バーネット・ニューマンのように、自ら「崇高」という概念を唱え、そのように論じられてきた作品も、実のところ、「カッコいい」と言った方が、遥かにピンと来るのではあるまいか？

コム・デ・ギャルソンも、フェラーリも、ｉＰｈｏｎｅも、『攻殻機動隊』も、「カッコいい」という言葉を用いることなしには到底、その魅力を語ることは出来ないだろう。

「カッコいい」は、**民主主義と資本主義とが組み合わされた世界**で、**動員と消費に巨大な力を発揮**してきた。端的に言って、**「カッコいい」とは何かがわからなければ、私たちは、二〇世紀後半の文化現象を理解することが出来ない**のである。

にも拘らず、この「カッコいい」という概念は、今日に至るまで、マトモに顧みられることがなく、美術や音楽の真剣な議論の対象とはなってこなかった。文学の世界でも——三島はトリッキーにそれを鷗外礼讃に用いてみせたが——凡《およ》そ、真っ当な批評用語としての地位は与えられていない。

これは、非常に奇妙な事実である。

＊

根本的な問題として、「カッコいい」という概念の**定義の難しさ**がある。

誰もが、「カッコいい」とはどういうことなのかを、自明なほどによく知っている。ところが、複数の人間で、それじゃあ何が、また誰が「カッコいい」のかと議論し出すと、容易には合意に至らず、時にはケンカにさえなってしまう。

ブランドのロゴが、胸に大きくプリントされたTシャツは、果たして「カッコいい」のか、「ダサい」のか？　スポーツカーに乗ることとエコカーに乗ることとは、どちらが「カッコいい」のか？　あるいは、デートの最中にチンピラに絡まれた時には、恋人を守るために相手をぶっ飛ばす方が「カッコいい」のか、適当にあしらって事を荒立てない方が「カッコいい」のか？……

辰吉丈一郎論争

私が、「カッコいい」という言葉のふしぎさを思い知ったのは、大学時代のこんな〝事件〟がきっかけだった。

一九九七年、私は京都大学の近くのバーで、バーテンダーのアルバイトをしていた。

その日も、カウンターに座っていたサラリーマン風の男性客二人が、仲良くほろ酔い加減で談笑していた。何の変哲もない風景だった。

そのうちに、いつの間にか、プロボクサーの辰吉丈一郎に話題が及んだ。

辰吉は、九一年に、当時最速のデビュー八戦目でWBC世界バンタム級チャンピオンとなったカリスマ的ボクサーだった。しかし、その直後に、不幸にも「網膜裂孔」が発覚。手術によって回復はしたものの、離脱中に暫定チャンピオンの座についていたメキシコのビクトル・ラバナレスと王座統一戦を行い、敗北を喫してしまう。

その後、再起戦で勝利し、更にラバナレスとの再戦で雪辱を果たして暫定チャンピオンとなるも、今度は「網膜剝離」が発覚し、タイトルの返上を迫られる。日本ボクシングコミッション（JBC）は、ルールによりそのライセンスの発行を停止し、辰吉は国内での試合が出来なくなってしまった。

とは言え、医学の進歩を受けて、アメリカを初めとする海外では、当時既に「網膜剝離」の治癒後の復帰を認めている国もあり、ボクシング・ファンの間では侃々諤々《かんかんがくがく》の議論が巻き起こった。

辰吉は結局、九四年に、JBC管轄外のハワイでカンバック戦を行い、メキシコの強豪に見事KOで勝利する。こうなると、ファンもいよいよヒートアップし、JBCは、対戦が熱望されていたバンタム級チャンピオンの薬師寺保栄との王座統一戦に限り、〝特例〟として国内での試合を許可するに至った。ただし、「網膜剝離の再発、もしくは一試合でも負ければ即引退」という厳しい条件が付されていた。そして、同年末に実現したこの試合で、辰吉は、壮絶なフルラウンドの死闘の末、敗北する。

この辺りまでは、ファンも多くが辰吉を支持していた。しかし、この試合でやりきったと思われていた彼は、意外にもJBCが提示していた条件に従わず、再び引退を拒否して、翌年ラスベガスで二試合を行い、いずれも勝利する。対処に困ったJBCは、なし崩しに、「医師の診断があれば、世界戦に限り彼の国内での試合を許可する」という決定を下したが、この再三の〝特例〟は、物議を醸すこととなった。

一九九六年から九八年にかけては、二階級制覇を目指し、WBC世界ジュニア・フェザー級（現・スーパーバンタム級）王者ダニエル・サラゴサに挑戦するが、いずれも惨敗。しかし、辰吉はここでも現役続行を表明することとなる。(2)……

話を戻すと、京都のバーで、酔っ払った二人が話題にしていたのは、こうした経緯だった。

私の向かいで飲んでいた男性の一人は、ボロボロになっても、JBCから何度引退勧告を受けても、好きなボクシングを続けようとする辰吉こそは、「男の中の男」だ、「カッコいい」と熱心に語っていた。

ところが、一緒に飲んでいたもう一方の男性は、それにまったく否定的だった。幾ら不満とは言え、ルールはルールであり、それを守らないのは間違っているし、何事もやはり散り際が大事で、無様に醜態を晒す辰吉は、「カッコ悪い」というのが、彼の意見だった。

私は、グラスを拭きながら、その会話には参加せずに黙って聞いていた。どちらの言い分もわからないではないし、ある意味では、「生き様」を巡る古典的な価値観の対立とも言える。

しかし、「カッコ悪い」と言われた方は、最初こそ、「いやいや、カッコええやろ？」と笑いに紛らせつつ反論していたが、相手も引かないので、会話は見る見るうちに険悪になっていった。やがてカウンターを叩きながらの怒鳴り合いになり、到頭《とうとう》、つかみ合いの大ゲンカ（！）になってしまった。

私は、その辺りでさすがに止めに入ったが、それにしても、この一夜のことは、私の中に強烈な印象として残ることとなった。

あの二人は、一体なぜ、あそこまでアツくなってしまったのか？

勿論、ただの酔っ払いのケンカだと言えばそれまでだが、特に辰吉を「カッコいい」と惚れ抜いていた男性は、もうあの友人とは、二度と仲直り出来ないのではないかというほど感情的になっていた。

それはまるで、自分自身を「カッコ悪い」と面罵されたかのような腹の立てようで、気楽に言ったつもりの相手の方も、怒ってはいたが、些《いささ》か呆れ気味だった。

因《ちな》みに、辰吉はこの年の一一月、五度目の世界挑戦で三度目の世界王者に返り咲いている。もし二人の友人関係がまだ続いていたなら、鬼の首を取ったように「ほら、見ろ！」とまたこのケンカが蒸し返されたかもしれない。

＊

一体、「カッコいい」という概念は、浅いのか、深いのか？

今日に至るまで、この言葉がマトモな扱いを受けてこなかったのは、明らかに、その意味内容が軽んぜられていたからである。

ゲルハルト・リヒターの例を挙げたが、実際に、美術館で若いカップルが、彼の《アブストラクト・ペインティング》を前にして、「ヤバい、超カッコいいーっ！」などと興奮していたなら、ひとかどの美術愛好家を自任している人は、アートのアの字も知らん浅い感想だと、鼻で笑って冷ややかな眼差しを向けるかもしれない。

しかし、一方で、何を「カッコいい」と思うかという判断には、**個人のアイデンティティと深く結びついた意味**がある。人からそれを馬鹿にされると頭に来るし、傷つきもする。

他人のことはとやかく言えても、反対に、「じゃあ、オマエにとっての『カッコいい』人って誰なんだよ!?」と迫られると、一瞬、返答に躊躇する。

必ずしも自信がないわけではなくても、相手に通じないのではないか、と思うからである。そして、勇を鼓《こ》して答えてみて、「ハァ？　ダッサ。」などと切り捨てられようものなら、そこからまた血の雨が降ることだろう。……

八〇年代のマイルス・デイヴィス

かく言う私は、昔からマイルス・デイヴィスのファンで、「カッコいい」人という時には、やはりすぐに頭に思い浮かぶ人の一人である。

しかし、同じマイルス・ファンだとしても、必ずしも油断は出来ない。いつの頃の、どういうところが「カッコいい」のかという、更に細かな話があるからである。

　辰吉を巡るバーでのケンカを他人事のように書いたが、私自身、その後、八〇年代のマイルス・デイヴィスをどう思うか、という話を某氏としていて、「あんなん、どこがカッコええの？　ギラッギラの演歌歌手みたいな服着て、めっちゃカッコ悪いわ。」と言われ、首を絞めたくなるほど（！）ムカついたことがある。マイルスは、そのキャリアを通じて、音楽のスタイルもファッションも随分と変化しているが、私は基本的にその全部が好きなのである（259ページの写真を参照）。

　勿論、シラフの私は、相手に摑みかかったりはしなかったが、しかし、正直に告白すると、未だにその一言を根に持っていて、私の中でその人は、音楽やファッションのセンスのみならず、何から何まで〝完全にダメな人〟という極端な烙印が捺《お》されてしまっている（そういうわけで、私と良好な関係を維持したい人は、ご注意を……）。

　趣味の世界では、同じファン同士でも、自分の方がより詳しいし、より熱烈なファンだというゲンナリするような〝マウントの取り合い〟があるが、客観的に振り返れば、マイルスの中でも評価の分かれる時期であり、やっぱりマイルスは4ビートの時代が良かった、というのは、ある意味、平凡な意見である。

　しかし、面と向かって「カッコ悪い」と宣告されたショックは、容易に消えるものではない。しかもそれは、私が「カッコ悪い」と侮辱されたわけではなく、私が「カッコいい」と思う人が「カッコ悪い」と言われたに過ぎないのである。

議論の進め方

こうしたことは、大なり小なり、恐らく多くの人が、人生のどこかで経験しているに違いない。

誰を「カッコいい」と思うか、という告白には、単なる好き嫌いの表明以上に、個人のアイデンティティの本質を問うような、繊細で、ゆるがせに出来ない何かが含まれている。何とも言えず、軽薄で、チャラチャラしているように見えながら、その実、人を真剣に、感情的にさせてしまうのが、「カッコいい」の両義性である。

そして、繰り返しになるが、何よりも社会が「カッコいい」を馬鹿に出来ないのは、それが持つ法外な動員能力と、消費刺激力の故である。

一体、「カッコいい」とは、何なのか？

私は子供の頃から、いつ誰に教えられたというわけでもなく、「カッコいい」存在に憧れてきたし、その体験は、私の人格形成に多大な影響を及ぼしている。にも拘らず、このそもそもの問いに真正面から答えてくれる本には、残念ながら、これまで出会ったことがない。そのことが、「私とは何か？」というアイデンティティを巡る問いに、一つの大きな穴を空けている。

更に、自分の問題として気になるというだけでなく、二一世紀を迎えた私たちの社会は、この「カッコいい」という二〇世紀後半を支配した価値を明確に言語化できておらず、その可能性と問題とが見極められていないが故に、一種の混乱と停滞に陥っているように見える。

そんなわけで、私は、一見単純で、わかりきったことのようでありながら、極めて複雑なこの概念のために、本書を執筆することにした。これは、現代という時代を生きる人間を考える上でも、不可避の仕事と思われた。なぜなら、凡そ、**「カッコいい」という価値観と無関係に生きている人間は、今日、一人もいない**からである。

新書なので、出来るだけ多くの人に、気軽に楽しんで読んでもらえるスタイルを心がけたが、他方で、今後もし、「美学」ならぬ「カッコいい学」が打ち立てられ、研究が進められるのであれば、本書も幾分なりとも寄与したいという思いもあり、予定よりページ数が嵩《かさ》み、また、些か込み入った内容も含むこととなった。

そもそもが、主観的で、多様性に富んだ「カッコいい」を巡る議論なので、私の思い込みを一方的に説いても不毛で、どうしても具体例や参考文献の引用が多くなった。

著者の希望としては、無論、最初からすべてをじっくり読んでほしいが、ひとまず、以下のように章ごとの整理を行ったので、尻込みされる方は、関心の向く辺りから目を通してもらいたい。

あえて指定するならば、全体のまとめである第10章にまずは目を通し、本書の肝となる第3章、第4章を理解してもらえれば、議論の見通しが良くなるだろう。

第1章『「カッコいい」という日本語』では、まず、この言葉の語源を諸説を踏まえて検証し、日本に於けるジャズやロックの受容とともに、それがいかにして一九六〇年代に爆発的な流行に至ったのかを確認する。

第2章『趣味は人それぞれか?』では、「カッコいい」の言葉の歴史を更に遡って漢語の「恰好《かっこう》」に求め、それが近世に至って「恰好が良い」となるまでの変遷を辿る。同時に、ヨーロッパで一八世紀に盛んになった「趣味論」を参照しつつ、個人主義と結びついた「カッコいい」の多様性について考えてみたい。

また、章末では、コラムとして九鬼周造の『「いき」の構造』に触れた。

第3章『「しびれる」という体感』は、本書の最も重要な章であり、「カッコいい」の本質を、その体感に注目して、心理学を参照しつつ分析する。「ドラクロワ＝ボードレール的な体感主義」や「経験する自己／物語る自己」といった「カッコいい」を理解する上では不可欠のキーワードが登場するので、じっくり読んでみてほしい。

第4章『「カッコ悪い」ことの不安』は、「カッコ悪い」とは何か？を、明治時代の洋装の導入過程を見ることで定義し、「カッコ悪い化（ダサい化）」の不安について論じる。「カッコいい」は、積極的に追い求められるだけでなく、自分が普通以下と見做されることの恐怖にも煽られている。また、「恰好が良い」とは別に、「義理」という武士道の基礎をなす概念に「カッコいい」のルーツを探り、社会的な「人倫の空白」を埋める上で、「カッコよさ」への憧れがいかなる機能を果たしたかを確認する。

第5章『表面的か、実質的か』は、「カッコいい」の二元的な構造に注目し、ナチスの制服を「カッコいい」と言っていいのかどうかを具体例に、その外観と実質の乖離を倫理的に問い直す。また、モードに於《お》ける「カッコ悪い化（ダサい化）」の手法を検証し、今日、二〇世紀後半的なマーケティング手法がどのような困難に直面しているかを整理する。

第6章『アトランティック・クロッシング！』は、一九六〇年代に欧米を中心に爆発した「カッコいい」ブームの本丸に切り込み、アメリカの「クール」や「ヒップ」という概念やイギリスの「モッズ」という流行が、ロックと共に日本にどのような影響を及ぼしたかを概観する。また、「カッコいい」存在への〝感謝〟という感情を手がかりに、「カッコいい」と「恰好が良い」との接続のメカニズムを分析する。

第7章『ダンディズム』は、日本の戦後の「カッコいい」に大きな影響を与えた、もう一つの概念として、一九世紀の英仏に登場した「ダンディズム」に焦点を当てる。英語、フランス語では死語化してしまったこの言葉は、今も日本語の中に生きているが、その意味は、ボードレールやオスカー・ワイルドが体現していたものとは非常に異なっている。

第8章『「キリストに倣いて」以降』では、ヨーロッパ社会の同化・模倣対象としてのキリストのイメージの変遷を辿り、近代以降、世俗化した社会で、個人の「個性」が、なぜ、「カッコいい」存在を求めるに至ったのか、その必然性を探る。

第9章『それは「男の美学」なのか?』は、古代ギリシアの「アンドレイア（男らしさ）」という概念に注目し、「カッコいい」の内実をジェンダーの視点から見てゆく。取り分け、「カッコよさ」と国家権力との関係は、批判的な分析対象となる。また、当然に、「かわいい」という概念との比較も重要である。男女雇用機会均等法が施行され、九〇年代以降、日本の女性誌が、「女らしいカッコよさ」をどのように定義していったかを、当時の関係者に取材した。

第10章『「カッコいい」のこれから』は、「カッコいい」とは何か？という定義を総括し、私たちが今後、この概念とどのようにつきあっていくべきかを提言して締め括りとした。

些か結論めいてはいるが、**「カッコいい」について考えることは、即ち、いかに生きるべきかを考えること**である。

新書という限られた紙幅ながら、長い旅のような本となった。楽しんで読んでいただければ幸いである。

目次

第2章 趣味は人それぞれか？

第4章　「カッコ悪い」ことの不安

第5章　表面的か、実質的か

第6章 アトランティック・クロッシング！

第9章 それは「男の美学」なのか？

第10章　「カッコいい」のこれから ―――― 423

第1章 「カッコいい」という日本語

1 「カッコいい」の定義の難しさ

ヒトの勝手

「はじめに」で書いた通り、「カッコいい」という言葉は、誰でもその意味を知っているが、では具体的に何を、誰を指すのかとなると、途端に話がややこしくなる。そこがまず、この言葉の定義の難しさである。

人について考えてみよう。

サッカー・ファンならば、例えば、クリスティアーノ・ロナウドの名前を挙げるかもしれない。しかし、サッカーに興味のない人にとっては、外観はともかく、ロナウドのどこがそんなに「カッコいい」のかは、わからないだろう。彼を「カッコいい」と思う人がいる、というところまでは理解できても、「では、辞書に載せる『カッコいい』人の代表例は、クリスティアーノ・ロナウドでいいですね?」と確認を求められたならば、ちょっと待ってほしいと言いたくなるだろう。

野球好きは、大谷翔平の方が「カッコいい」と言うかもしれないし、サッカー・ファンでさえ、中高年ならば、ジダンやジーコといった、往年の名選手をむしろ推薦するかもしれない。格闘技好きで映画好きならば、ブルース・リーの名前なども挙がることだろう。

　そもそもスポーツに興味のない人にとっては、「カッコいい」人とは、スティーヴ・ジョブズかもしれず、ジョニー・デップかもしれない。あるいは、ケンドリック・ラマーと言う人もいれば、米津《よねづ》玄師《けんし》と即答する人もいようし、松本潤、山下智久や新田真剣佑《まつけんゆう》だと断言する人もいるだろう。韓流ファンは、なぜ、防弾少年団（ＢＴＳ）の名前が出てこないのかと、イライラしているかもしれない。

「カッコいい」女性というと、スポーツ選手なら大坂なおみ、生き様すべてが半ば神格化されているココ・シャネル、エマ・ワトソンにナタリー・ポートマンといったハリウッド女優、安室奈美恵、天海祐希、……と、これまた様々で、桐島かれんのような人も、ただ美人というだけでは足りず、やはり「カッコいい」という印象ではあるまいか。

　矢沢永吉が武道館でコンサートを行う時には、全国からファンが集結し、北の丸公園の駐車場は、「E. YAZAWA」のデコ車で埋め尽くされる。服装、持ち物、髪型、更にはその挙措に至るまで、とにかく矢沢一色である。彼らに、「カッコいい」人というと、誰だと思いますか？などと訊ねるのは、愚問だろう。

　ともかく、誰を「カッコいい」と思うのかは、完全にヒトの勝手であり、それをとやかく言われると、京都のバーのケンカのように、非常に不愉快である。

せっかく「カッコいい」という若者言葉で森鷗外を賛美した三島由紀夫は、恐らく一つ間違いを犯している。彼は、「そのとき彼らは鷗外の美を再発見し、『カッコいい』とは正しくこのことだと悟るにちがいない」と言うのだが、若者に、本当に「カッコいい」とはこういうことだなどと教え諭す態度は、三島ファンにはありがたがられようとも、そうでない人たちからは、むしろ反感を買うだろう。それは暗に、彼らが「カッコいい」と思っているものを見下していると取られるからである。

なぜ人によって違うのか？

「カッコいい」には、かくの如く、〝吾が仏尊し〟的なところがあり、その排他性や無理解には、些か宗教的な側面がある。

マイルス・デイヴィスも「カッコいい」けど、三代目J SOUL BROTHERSも「カッコいい」でいいじゃないか、というのは、勿論、理解できようが、しかし、心からそう思えと言うのは、どちらのファンにとっても無理な相談だろう。

どうしても、自分の中では序列が出来るし、三代目のファンに、キミたちもやがてはマイルスの素晴らしさに気づき、『カッコいい』とは正しくこのことだと悟るにちがいない」などと言おうものなら、失礼な、鬱陶しいオヤジだと鼻白まれるだろう。実のところ、私も若い頃には、そんな御託を年長者から散々聞かされ、ウンザリした経験がある。

なぜ、「カッコいい」という、誰もが理解している言葉を巡って、こんな違いが生じるのだろうか？

一体、私がマイルスを「カッコいい」と思っていることと、ファンが岩田剛典を「カッコいい」と思っていることとは、同じ意味なのだろうか？

この二人には、何か共通点があるのだろうか？　写真を見比べても、音楽を聴き比べても、凡そ同じカテゴリーに収まっている二人とは思えない。


他方、物について考えてみよう。

ランボルギーニのＳＵＶは「カッコいい」のか、それとも「カッコ悪い」のか？

深澤直人がデザインした椅子と、マルセル・ワンダースがデザインした椅子とでは、どちらが「カッコいい」のか？

「カッコいい」服装とは、モード系なのか、ストリート系なのか？　あるいは、モードのストリートの解釈は、本当に「カッコいい」のか？

こうした議論も、意見が割れてしまえば、恐らく一つの結論に辿り着くことは不可能だろう。

それでは、「カッコいい」という言葉の意味は、実は人それぞれに、まったく異なっているのだろうか？　もしある人が、赤のことを黒だと思い、別の人が白のことを黒だと思っていたならば、コミュニケーションは成り立たない。しかし、「カッコいい」という言葉は、特に問題もなく、一般に通じているように見える。

なぜだろうか？

2　辞書には何と書いてあるのか？

「目立って、見た目がよい」

話を整理するために、まず「カッコいい」という日本語の意味を、辞書で確認しておこう。

『日本国語大辞典』では、「**姿、形、様子などがすぐれていて好ましい。見ばえがよい。**」と説明されており、例として、『殺意という名の家畜』（河野典生著　一九六三年）の「人相、服装も、ただかっこいいというだけで、要領を得なかった」という一文が挙げられている。

『広辞苑』もこれと近く、「**目立って、見た目がよい**」とある。

『明鏡国語辞典』には、「**姿や形、様式が（いかにも現代風で）優れていると感じさせるさま。体裁がいい。**」とあり、「あのヘアスタイルがかっこいい」、「かっこいい生き方」といった例文が付されている。

いずれの辞書も、基本的に、外見の良さを評する語だとしている点では共通している。

『明鏡国語辞典』の「かっこいい生き方」は、必ずしも外観だけとは言えなそうだが、自ら記している定義をそのまま当て嵌《は》めるならば、「生き方」の「形や姿、様式」を評している、と解すべきなのだろう。

『日本国語大辞典』の『殺意という名の家畜』からの引用箇所では、このことがより明瞭で、「ただかっこいいというだけで」という表現には、**〝表面的〟という否定的な意味**が読み取れる。後ほど検討するが、「カッコいい」という言葉が、しばしば軽薄に受け止められるのは、この**〝実質〟の欠如**という印象のせいである。

「いかにも現代風で」

ところで、もう一点、『明鏡国語辞典』がわざわざカッコ付きで挿入している「**いかに**

も現代風で」という部分はどうだろうか？　つまり、古いものは、「カッコいい」とは言えないのか？

近代以降の進歩史観からすると、その通りだろう。レトロなアンティークやアナログ盤のレコードを「カッコいい」とする感覚からは違和感もあろうが、そうした風潮自体が、「現代風」だと言われれば、一応、納得できる。その文脈からも漏れてしまう流行遅れのファッションや、ブームが去ったあとのギャグなどは、確かに「カッコ悪い」。別の言葉で言い換えるならば、「ダサい」のである。

重要なことは、「カッコいい」は、時間にも左右され、去年は「カッコよかった」はずのものが、今年は「カッコ悪い」とされてしまうような**相対的な価値観**だという点である。

これは、物ばかりではなく、人物にも当て嵌まる。
だからこそ、「カッコいい」は、本質とは無関係のうわべだけの評価だと見做《みな》されてしまう。永遠不変の「美」ならば、そんなことは起こりえないだろう、と。——しかし、そう単純な話だっただろうか？

「はじめに」で紹介した、辰吉が「カッコいい」かどうかを巡る大ゲンカのエピソードを思い出してほしい。彼ら二人は、まったく意見を異にしていたが、決して表面的に「見ばえがよい」かどうかを議論していたのではなかった。

それは、人間はいかに生きるべきか、目的のためにはルールに背くことも許されるのかといった、人間観、世界観のまさしく本質に根差した対立だったはずである。

若い頃には、非常にオープンで気さくで、「カッコよかった」人が、段々、僻《ひが》みっぽく偏屈になり、「カッコ悪く」なってゆく、ということはあるだろう。他方で、本人は何も変化していなくても、社会が「カッコよかった」はずの人を、急に「カッコ悪い」と言い始めることもある。


「カッコいい」が、**単一的で、安定した永遠不変の存在ではない**、ということは、どうやら確かである。だからこそ、議論しても埒《らち》が明かないのである。

まずはその点を確認しておこう。

実際、京都のバーの二人も、その後、辰吉「カッコいい」派が出世して管理職になり、コンプライアンスに喧《かまびす》しくなったならば、あの時はいいと思ってたけど、この歳になると、あんまり「カッコいい」とも思えなくなった（！）などと言い出しかねないのである。

3　軍隊起源説、楽隊起源説

「カッコ悪い」＝処罰対象

「はじめに」で紹介したように、一九六〇年代に、リアルタイムでこの「カッコいい」という流行語に触れた野坂昭如《あきゆき》は、「テレビ関係者の中から生れた、一種の方言」と考えていたが、語源に関しては、更に古い複数の異説がある。

一つは、意外にも**軍隊での使用例**である。

小説家の安岡章太郎は、国語学者の大野晋《すすむ》との六八年の対談で次のように語っている。

安岡　そういえば「カッコいい」とか、「バッチリ」とか、「最低」とか、「いかす」とか、ああいうのは全部軍隊でつかっていた言葉だ。

大野〔晋〕　そうですか、ほゥ。「いかす」もそうですか。

安岡　「いかす」は完全につかっていました。十年ぐらい遅れてはやってきたでしょう、みんな。これは不思議だな。(1)

安岡は、太平洋戦争末期の一九四四年一一月に二十四歳で学徒動員の召集を受け、北部満州の歩兵第一連隊に配属されているが、その後、左心性胸膜炎のために内地に送還されたところで終戦を迎えている。

軍隊でどのように「カッコいい」という言葉が用いられていたかは、自伝『僕の昭和史』や戦争小説『遁走』などに徴しても、具体的な用例が見つからない。

とても現在のような意味でこの言葉を使う雰囲気ではなさそうだが、例えば、銃剣術の刺突の訓練の箇所で、「跳び上って木銃を斜め前に突き出す」という単純な動作がどうしても出来ず、主人公が、「おい安木、お前の跳び方は、それは何だ。ばたん、という音がするのはまだしもだが、お前はバクン、バクンじゃないか。おれが初年兵の教育をはじめて以来、そんな妙な音をたてて跳ぶのはお前が最初だぞ」と上官に罵倒される場面などは、何事も規律訓練の世界だけに、上手く出来ない、つまり**「カッコ悪い」ことが処罰の対象だった**ことを窺わせる。

もう一ヵ所、「青木にとっては軍隊は自分のヒロイズムを見出す場所なのだ、と加介は思った。」という一節も、軍隊を「カッコいい」を考える上では示唆的である。

これについては、第9章で「カッコいい」の政治利用を検証する際に、改めて立ち戻ることにしよう（因みに、作中の青木は、「斥候の訓練のとき崖から墜ちて」死ぬという、まったくヒロイックではない最期を遂げている)。
いずれにせよ、軍隊内部の言葉が、戦後、二十年ほどを経て一般化した、とするならば、そのこと自体が興味深い。

安岡が言及しているもう一つの「いかす」という言葉は、「一九五八年、人気絶頂の石原裕次郎が日活映画で盛んに使い、若者に流行したことば[2]」とされているので、戦後の流行語という意味では、「カッコいい」より先である。

日本の楽隊の展開

とは言え、安岡は、軍隊で「カッコいい」という言葉を使用していたとは証言しているものの、軍隊で作られたとまでは言っていない。

「カッコいい」の由来として、もう一つ興味深いものに、**楽隊起源説**というものもある。

「**『かっこいい』『しびれる』のたぐいはみんな楽隊〈タカマチモノという〉が作った言葉である**[3]。」

こう証言しているのは、一九二〇年代からクラシック、ジャズ、映画音楽と様々なジャンルで活躍し、取り分けジャズ・プレイヤー、作曲家としては、その黎明期の最も重要な人物の一人として知られる紙《かみ》恭輔である。戦中から戦後に至るまで、日本の音楽業界の中心にいた紙の証言には、信憑性があるのではあるまいか。

紙は、一九三一年に南カリフォルニア大学に留学し、二年間かけてシンフォニック・ジャズを学んでいる。彼が「楽隊」というのは、当然に「洋楽隊」のことである。「タカマチモノ」とあるが、高町《たかまち》とは縁日のことなので、そういう**非日常的な賑わいの場所**で演奏をするような楽隊を指して言う言葉だったのだろう。


日本の楽隊の起源としては、一九〇九年に東京・日本橋の「三越百貨店」が結成した少年音楽隊の記録が残っている(4)。その後、同様の少年音楽隊が全国で結成され、渡米の船旅に同伴されて、彼らが持ち帰った楽譜が初歩的なダンス音楽として演奏された。

その後、大正時代には更にダンス・ホールが増え、ジャズのレコードも輸入されるようになり、三越少年音楽隊は八人編成のジャズ・バンドを結成している。

昭和になると、大学生のバンド活動も盛んになり、また上海の租界地で演奏していたアメリカのミュージシャンからの影響もあって、日本の楽隊の演奏能力も向上した。この時代のダンス・ブームは、今日では想像し難いほどだが、戦争が始まると、四〇年に全国のダンスホールが閉鎖され、四三年には「敵性音楽」が禁止されて、終戦までジャズの演奏を聴く機会はなくなった。

とは言え、音楽ファンは、憲兵を恐れつつ、その抜け道を工夫したようである。

日本でも、戦前から既にベニー・グッドマンやデューク・エリントンのレコードは出回っており、ジャズ評論家の瀬川昌久は、「昭和一六年（一九四一年）一二月八日の開戦の日もね。ニュースでしきりに開戦とかいってるけど、二階でジャズをかけていました。[5]」と証言している。

「昭和一九年の初めごろに『敵性レコード供出』というお触れが出たの。それまでレコードについて売買の禁止という法律はとくになかったんです。でもジャズをかけてる喫茶店があるということで、ジャズ・レコードはすべて供出しろと。ビクターの何番のベニー・グッドマン（cl）はいかんとか、政府が番号までリスト・アップして、それらを供出させました」

ただ、「日本の弾圧はドイツほど厳しくなかった」と言う。

これは、クラリネット奏者の北村英治が、母親に「憲兵に知られたら連れて行かれて、どっかに放り込まれちゃうし、レコードも取り上げられちゃうよ」と言われながらも、「押し入れの中に入ってポータブルで」ジャズを聴いていたという逸話とも合致している。

終戦後、わずか一月で、松本伸がニュー・パシフィック・オーケストラを結成し、翌月からGHQの将校クラブで演奏するようになり、NHKラジオで『ニュー・パシフィック・アワー』の放送が開始された、というのは、驚異的な逸話だが、戦時下でも日本のジャズは息を潜めて復活の日を待っていたのである。

進駐軍放送や進駐軍キャンプの影響もあり、続け様にジョージ川口のビッグ・フォアなど人気バンドが結成され、ジャズのコンサートは大盛況となる。ダンス・ホールも復活し、一九五三年にルイ・アームストロング・オールスターズの来日公演が実現する頃までには、ジャズは空前のブームを巻き起こしていた。(4)

新鮮な驚くべき喜び

「はじめに」でも書いたことだが、芸術の中でも、「カッコいい」という言葉が最も自然に用いられるのは、やはり音楽だろう。しかもそれは、日本の伝統音楽ではなく、欧米から輸入された、ジャズやロックなどのポピュラー・ミュージックである。

紙の証言は、こうした戦前からの洋楽の受容の歴史の中に置いてみると、一層説得力を増すように思われる。ただし、一九〇九年の三越少年音楽隊の結成以後、どの辺りから「カッコいい」が使用されるようになったかまでは判然としない。恐らく、昭和になってからではあるまいか。

では、彼らは、「カッコいい」という言葉をどのように使用していたのだろうか?

まず、それが**新鮮な驚くべき喜び**であり、また**非日常的**だという点が重要だった。そして、そうした**手本のある世界**だけに、本場の音楽と比べて、**様になっている**かどうかは、つねに意識されていただろう。これは、第4章でも見るが、和装から洋装への転換に顕著なように、欧米の文化を追いかけ続けた日本の近代化の宿命だった。

本場アメリカで演奏されるベニー・グッドマンらの音楽と比して、みっともなくはないか？――つまりは、**「カッコ悪く」はないか？**

そのためには、単なる雰囲気だけでなく、紙恭輔が既に一九三一年にアメリカに音楽留学をしているように、楽理の理解も重要だった。

ジャズは自由だとは言っても、アレンジは精妙で、アドリブも、与えられたコードに対して、音楽的にまったく間違った、素っ頓狂な音を出しては、如実に気持ち悪く、滑稽に聞こえてしまう。そうした音使いやハーモニー、リズムの手探りの中から、自分たちが作り上げてゆくものに対して、体感的に「カッコいい」、「カッコ悪い」という判断が備わっていった、ということは想像できる。

日本の楽隊の歴史が、ダンスの普及と軌を一にしていた点も注目すべきだろう。というのも、「カッコいい」演奏であるかどうかは、ホールの客がノッて、楽しそうに踊れているかどうかですぐにわかるからである。大勢の客が、今日はパーッと弾けたい！と思って集まってきているのに、演奏がド下手であれば、まったくシラケてしまうだろう。それは、恥ずかしく、「カッコ悪い」ことである。

嘘偽りがない〝体感〟

「カッコいい」の判断に於ける身体性の重要さという意味で、私たちは更に、紙が、「**しびれる**」という生理的興奮を表現する言葉を挙げていることを、最大限、強調したい。というのも、本書でこの先、「カッコいい」について考えてゆく上では、この「**しびれる**」**という〝体感〟**こそが最も重視すべきものとなるからである。

自らの葬儀で、レッド・ツェッペリンの《移民の歌》を流すほど、筋金入りのロック好きだった小説家の深沢七郎は、『東京のプリンスたち』（一九五九年）の冒頭で、今にも高校を退学しそうな少年の独白を通して、喫茶店でロックを聴く時の興奮を、次のように表現している。

「ダイナミックな音が粉々になって全身にぶッつかって来る振動はしびれるような快感だった。息がつまるように鼓動が劇《はげ》しくなって、身体のやり場がなくなって、手や足が小さくふるえるのだ。」（傍点平野）

彼は、エルヴィス・プレスリーの熱烈なファンで、思う存分、その唄を聴いたあとには、「死んでもいい」とさえ感じるほどである。

「しびれる」は、現代でも使わないわけではないが、やや古風で、むしろ、**「鳥肌が立つ」**といった言葉の方がピンと来るかもしれない。要するに、体が勝手に反応する、ということである。

ともかく、芸術表現である以上は、どうにかこうにかこなしている、というのではなく、聴き手が「しびれる」ほどの快感を覚えなければならない。この身体反応は、ある意味、性的興奮と似ていて、**嘘偽りがない**。私たちは、なぜその音楽を聴いて、「カッコいい」と思うのか？　それは実際に、鳥肌が立っているからである。

「しびれる」ような興奮を体感した人は、何度もそれを味わうために、ダンス・ホールやジャズ喫茶に通い詰めるようになる。そのうち、聴くだけでなく、ミュージシャンに憧れ、あんなふうに楽器を演奏したい、と思う人も出てくる。様々な演奏に触れ、今日聴いたバンドに興奮したかどうかといった判断がつくようになる。練習していて、自分たちの演奏の良し悪しがわかるようになる。――こうした感覚を巡って使用されるようになったのが、「カッコいい」という言葉だったのではあるまいか？

それはつまり、非日常的で、体が「しびれる」ほどに素晴らしい、という意味である。

4　クレージーキャッツ語源説

犬塚弘氏の証言

さて、六〇年代に於ける「カッコいい」ブームの発生源探しの最後に、もう一つ、興味深い説を紹介しておこう。

『日本俗語大辞典』には、「カッコいい」という言葉について、まず「**人・物（車・服など）・様式など見た目にすばらしい。すてき。**」という、これまで目を通した辞書と同様の定義が書かれているのだが、語源に関しては、更にこう続けている。

「一九六〇年代にクレージーキャッツがテレビではやらせたが、戦前からあることばで、軍隊でも使われていた。主に子供・若者が使用。」

野坂昭如は、「カッコいい」とは、「テレビ関係者の中から生れた、一種の方言である」と書いていたが、その「テレビ関係者」とは、クレージーキャッツのことだったのだろうか⁉

ハナ肇とクレージーキャッツは、一九五五年にその前身「キューバン・キャッツ」を結成し、改称後、六一年に《スーダラ節》が爆発的にヒットし、有名になった一種のコミックバンドである。先述の如く、日本では戦後、一九五三年頃までに一大ジャズ・ブームが到来していたので、その波にも乗った、ということだろう。六二年には、映画『ニッポン無責任時代』に出演し、全盛期を迎えるので、時期的には、「カッコいい」という言葉の流行の始まりと合致している。

残念ながら、メンバーはベーシストの犬塚弘を除いて既に鬼籍に入っているが、幸運にも、その犬塚氏にインタヴューを行うことが出来た。

事情を説明し、真相を確認したところ、次のように話していただいた。

うーん、私たちが「カッコいい」という言葉を流行らせた、ということはないんじゃないかなあ。仲間内でも使っていなかったと思うし。……ただ、その言葉が戦前の楽隊で使用されていた、という説はその通りかもしれない。

クレージーキャッツはテレビで、「俺たちはカッコいい」と主張していたわけじゃないから、たぶん、僕たちを見ていた視聴者とか一般の人たちが、「クレージーはカッコいい！」といつしか言い出して、それがメディアでも取り上げられて、広まるようになった言葉じゃないかな。

そもそも、クレージーキャッツが、他の同じようなバンドと違うところは、お笑いもやるけど、楽譜を読んで、きちんと楽器を演奏するところ。

ほら、楽譜もきちんと読めずにテレビに出るバンドもいるじゃない？

そういう人たちとは違って、音楽家として上手に演奏する様を「粋」に感じて、それをカッコいいと、一般の人は思ったんじゃないかな。お高くとまらなかったし。

一見たんなるお笑い芸人のようだけれど、いざ演奏させてみたら、「すごくうまい！」という〝ギャップ〟に人々は驚いていたのかもしれない。スタイル・容姿・顔立ちが「カッコいい」ということじゃなくて、純粋に音楽の演者としてのうまさ、音楽家としての側面が「カッコいい」という言葉に繋がったんじゃないかと思うよ。

〝本質〟的な評価

犬塚氏自身の認識では、少なくとも意識的に、クレージーキャッツが「カッコいい」という言葉を流行らせたわけではないらしい。今となっては、他のメンバーの意見を聞くことは出来ないが、「仲間内でも使っていなかった」という発言は注目される。

他方で、犬塚氏の証言は、私たちが「カッコいい」という言葉を考える上で、重要な示唆に富んでいる。

犬塚氏は、「一見たんなるお笑い芸人のようだけれど、いざ演奏させてみたら、『すごくうまい！』という〝ギャップ〟」が、クレージーキャッツが「カッコいい」と受け止められた理由ではないかと推測している。これは、今まで私たちが見てきた定義と、些か異なっている。

辞書的な意味では、「カッコいい」とは、外観に注目した、**〝表面的〟な価値**だった。それに対して、辰吉の例で確認したのは、その生き様が全身に現れているような**〝本質〟的な評価**だったはずである。

しかし、犬塚氏によれば、クレージーキャッツが「カッコいい」のは、表面的には、おちゃらけていながら、本質的には、優れた演奏能力を持ったジャズ・バンドだったという、その**〝ギャップ〟**の故である。

なるほど、それは矛盾している。が、これはこれで、私たちにもわかる「カッコいい」の定義ではあるまいか？　普段は三枚目の人物が、何かの拍子に目を瞠《みは》るような能力を発揮する、というのは、スーパーマンを典型として、私たちがよく知っているヒーロー像である。

三つの「カッコいい」の分類は、ひとまず、単純化して次のようにまとめられるだろう。

①見た目が「カッコいい」（表面的）
②一見すると平凡、滑稽だが、本質的に秀でている。両者のギャップが「カッコいい」
③優れた本質が、矛盾なく外観に現れ、存在全体が「カッコいい」

5　ロックの洗礼

日本のロック事始め

いつどこでという正確なところまでは突き止められないが、「カッコいい」の楽隊起源説はかなり有力なのではないかと思う。

一九五〇年代までのジャズ・ブームは、今日の目からすると意外なほどだが、ビッグバンドのホーンの圧力やスネアドラムの強烈なアタック感、そして、堅苦しさとは無縁の開放的なノリは、戦後の復興期から高度経済成長期にかけて、日本人に新鮮な興奮をもたらすこととなった。

しかし、起源はともかく、六〇年代の「カッコいい」の広がりは、同時にロックの受容なくしてはあり得なかっただろう。

黎明期の五〇年代から「カッコいい」という言葉が人口に膾炙《かいしゃ》する六〇年代の終わりに

かけて、日本のロックは、ほとんど月刻みと言っていいほどに急速に、猛然と発展しており、とてもその詳細を追うことは出来ない。

今日、ロックが珍しくも何ともない時代に生きている人にとっては、遠い昔の話とも思われようが、ここでは、「カッコいい」を考える上で重要だと思われる幾つかの出来事を確認しておきたい。(6)

日本のロックの事始めは、一九五五年に公開されたアメリカの映画『暴力教室 Blackboard Jungle』のテーマソング《ロック・アラウンド・ザ・クロック Rock around the clock》だとされている。ビル・ヘイリー&ザ・コメッツが歌うこの曲は、直ちに日本語でダーク・ダックスと江利チエミによりカヴァーされ、ジャズ風のアレンジながら、日本初のロックン・ロールのSP盤として発売される。丁度、ジャズ・ブームが絶頂を迎えた後、ダンス・ホールでマンボが流行っていた頃である。

翌年には、カントリー&ウェスタン歌手の小坂一也がエルヴィス・プレスリーの大ヒット曲《ハートブレイク・ホテル》をやはり日本語でカヴァーし、以後、〝和製プレスリー〟として絶大な人気を博する。

プレスリーの影響は大きく、カントリー&ウェスタンのバンドの多くがロカビリーに転身し、コンサート会場は十代の少女たちで埋め尽くされるようになる。その熱狂的な歓声は、「しびれる」という体感とまさしく一体となったものだった。一九五八年に一週間にわたって開催された日劇「ウェスタンカーニバル」には延べ四万人が動員されている。

その後、テレビや映画出演などを通じてロカビリー歌手たちは広く知名度を得て、取り分け五九年から放送が開始された『ザ・ヒットパレード』は大きな影響力を持ったが、同時に音楽的には歌謡曲化していった。

六二年からはツイストのブームが、ロックの退潮を補って若者たちを踊り狂わせる。更に六三年には、坂本九の《上を向いて歩こう》が突如、全米音楽チャートナンバーワンに輝くが、日本の他のポップスがあとに続いて海外進出を果たしたわけではなかった。

今日の私たちからすると、やや意外だが、アメリカ発祥のロックの受容という意味では、日本はこの時代、ほぼリアルタイムであり、イギリスと比較しても遜色がない。ただ、ロックから更に遡ったブルースの探求に深みと広がりがなく、また、日本語との相性の問題もあり、結局、ビートルズもローリング・ストーンズもレッド・ツェッペリンも、日本からは生まれることがなかった。

ベンチャーズ、ビートルズの来日

では、日本でロックが爆発したのはいつだったのか？　画期的だったのは、**一九六五年**のアストロノウツとベンチャーズの来日である。

前年にアストロノウツの《太陽の彼方に》を寺内タケシとブルージーンズが日本語の歌詞をつけて大ヒットさせ、またベンチャーズの《急がば廻れ》も流行るなど、その素地は出来ていたが、これ以後、ロカビリーのバンドは次々と楽器をエレキに持ち替え、アマチュアのギター愛好家も瞬く間に増加した。

「カッコいい」という感動の本質は、その「しびれる」ような非日常の生理的興奮であり、エレキギターは、そのすべてを備えていた。しかも、その音楽に憧れ、同化・模倣願望を募らせた若者たちにとって、ロックはジャズに比べて、遥かにアクセスしやすいジャンルだった。

まずバンドが小編成であるし、楽理の理解が乏しくても、見様見真似でどうにかコピーすることが出来る。これは、本場のアメリカでもイギリスでも同様だったが、六五年から放送開始された『勝ち抜きエレキ合戦』はこのエレキ・ブームを全国に拡大して、若者たちを熱狂の渦に巻き込んでゆき、ＧＳ時代まで活躍するプロを輩出した。視聴率は２０パーセントを維持している。

テレビのみならず、全国でアマチュア・バンドのコンテストが開催され、更に加山雄三の『エレキの若大将』がそれに火をつけた。「一九六五年という年は六〇年代で唯一不況だった年であるが、エレキ・ギターだけは例外で、売り上げは飛躍的に伸び、二年前には国内に六社しかなかったメーカーが、ゲタ屋までエレキを作り始め、四十社を越える盛況」となり、その代表的なメーカーであるグヤトーンは、「社員に十六ヵ月分ものボーナス」を出したという。

更に決定的だったのは、何と言っても、**翌一九六六年のビートルズの来日**だった。これ以後、ベンチャーズ風のインスト・バンドは急に「ダサく」なり、演奏しながら歌うスタイルのバンドが主流となってGSブームが到来する。六〇年代いっぱいでGSブームが終焉したあとは、更にアメリカの伝説的な野外音楽イヴェントであるウッドストック（一九六九年）のインパクトを受けたような世代が、より本格的にロックを進化させ、多様化させていくが、ひとまず、この辺にしておこう。

生の実感と方向性を示した

あまりにも駆け足で辿ったロックの歴史だが、「カッコいい」を考える上で重要なのは、ある意味ではそれが、ジャズを巡って戦前から起きていた現象の規模を比較にならないほど拡大した点にある。

戦前の楽隊のミュージシャンたちが、アメリカの音楽に「しびれ」ながら、「カッコいい」という言葉を使い始めたように、ロックの洗礼を受けた多くの人々が、この同じ言葉を共感を込めて使ったのだった。しかも、演奏者の規模が飛躍的に増えたことで、身のまわりで「カッコいい」かどうかをジャッジすべき対象（アマチュア・バンド、アマチュア・ギタリスト）が溢れ返り、ジャッジする評者がまたその何倍も出現した。

この時、その「カッコいい」かどうかの判断材料は、まずメディアを通じて知っている新しい、本場のロックの理想に近いかどうかであり、また、演奏に「しびれる」ような生理的興奮が伴っていたかどうかだった。

重要なのは、ほんの十数年前まで、日本人の崇拝対象は天皇に一元化され、動員には強制が伴い、その目的は殺し合いだったということである。

しかし、「カッコいい」という感覚は、徹底して個人主義的であって、崇拝対象は複数化され、自由に選ぶことが出来た。その関係には厳粛でない気楽さがあり、コンサートへの動員は能動的な喜びに満ちていて、会場では「しびれる」ような興奮と共に歓声が上がった。そして、憧れられて同化・模倣された「カッコよさ」は、各人に自由に分有され、更に近所の〝ギターが弾けるお兄ちゃん〟に憧れる少年たちに伝播していった。

何より、「カッコいい」存在は、戦後の自由な社会の中で、ともすればニヒリズムに陥りがちな人々に、**生の実感と方向性**を示したのだった。

こうした経験は、現代の私たちの「カッコいい」という感動と直結している。それは、友人とバンドを組んだり、クラブでＤＪをしたりする人には、よくわかる話ではあるまいか？

私もギター少年だったが、その動機は、何より当時聴いていたロックが「カッコよかった」からであり、「カッコいい」ギタリストに熱烈に憧れていたからである。

そして、あんなふうに弾けるようになりたい、という激しい欲求は、誰に命じられるわけでもなく、呆れるほどの猛練習に人を駆り立てる。

笑い話のようだが、中学生の頃の私は、超絶技巧のロック・ギタリストが、左手の指先から血が出るまで練習し、それを瞬間接着剤で固めてまた練習したという逸話を真に受けて自分も猛練習したし、左手を鍛えるために食事も左手で食べるようにしたというインタヴュー記事を読んで、やはり同じように真似したのだった。尤《もっと》も、昼休みに級友に馬鹿にされながらも、苦労してようやく左手で箸を使いこなせるようになったあとで、よくよく考えてみればそのギタリストはアメリカ人で、せいぜい、フォークを左手に持ち替えた程度の話だったと気がついたのだったが……。

ともかく、この手の話は、音楽に限らず、スポーツでも同様だろう。そして、強制されれば強い反発を感じるであろう猛練習にも、「カッコいい」存在に憧れれば、なりふり構わず、夢中でのめり込めるのである。

今日でも、そうした独学のアマチュア・ミュージシャンのための教則本、教則動画の類いは、巷《ちまた》に溢れ返っている。「カッコいい」という価値観が、「美」や「崇高」といった美学概念と大いに異なるのは、一つに、この強い同化・模倣願望の能動性にある。

自ら内的に追体験したい

微妙な、しかし大きな違いだが、ロックを聴いて「カッコいい」と感じ、楽器を手にした人たちは、必ずしも**自分自身が「カッコよく」なりたいわけではない**。

そうではなく、自分が「カッコいい」と思うギタリストと同化し、そのようにギターを弾けるようになりたいのである。なぜなら、彼らの演奏を「カッコいい」と感じ、「しびれた」時の心地良い、非日常的な生理的興奮を、**自ら内的に追体験したい**からである。

大体、アマチュア・バンドのギタリストは、ファッションやステージでの振る舞いなど、自分自身が「カッコよく」なることには、意外なほどに無頓着である。ギターを手にしたきっかけとして、「モテたいから」という話も耳にはするが、大半の人にとって、それは二の次、三の次であり、それよりも、自分が楽しいから、という方が遥かに大きいだろう。それでも、結果的には、六〇年代にベンチャーズやビートルズに憧れ、自分たちで演奏をし始めた人たちは、その「カッコよさ」を分有し、武道館を満員にして、大観衆を熱狂させた彼らのコンサートを、学校の講堂やライヴハウスなどで、縮減したかたちで再現することが出来た。殊にカラオケ登場以前は、クラブなどでの生演奏の需要は多く、大学生のアマチュア・バンドとプロとの境界には曖昧なところがあり、報酬も支払われた。

無論、それは彼らの承認欲求を満たしたであろうし、そこから意識的に「カッコいい」存在になろうとして、プロのミュージシャンとなっていった人たちもいたのだった。

6　六〇年代という時代

自分自身が主役となる喜び

少し日本の一九六〇年代という時代背景について考えてみよう。

第二次世界大戦が終わって二十年前後、サンフランシスコ講和条約で主権を回復してから十年後という時期である。

先述の通り、戦前からジャズは大衆的な広まりを見せていたが、同時に《リンゴの唄》に象徴されるような流行歌も誕生している。音楽学者の輪島裕介は、《リンゴの唄》は、レコードのプレス工場が空襲で焼け、また国民も喰うや喰わずの時代に、ラジオの「のど自慢」番組を通じて広まったと指摘している。

「ラジオ放送開始後、一九四六年一月に始まり、たちまち爆発的に人気を博したこの番組は、GHQによる放送の民主化指令を受けて企画されたものだ。決して上手とはいえない素人の歌声が公共の電波に乗る、という事態は、それまで上意下達メディアであったラジオにはありえないもので、そこに『民主主義』を感じる人々も多かった[7]。」

日本のミュージシャンたちが、デューク・エリントンやベニー・グッドマンのレコードでジャズに目覚め、戦後はラジオや進駐軍のキャンプで更にその音楽知識と演奏技術を磨いていったのと同様に、一般国民もまた、GHQの民主化政策の一環として、音楽をただ受動的に聴くだけでなく、自ら能動的に歌う側に立って楽しむ、ということを始めたのだった。

現在でも、マーケティングの世界では、「一般参加型」だとか「インタラクション」といった言葉が頻りに飛び交っているが、それは、静的で、鑑賞的な態度ではなく、「しびれる」ような感動に衝き動かされ、自らの肉体を以て対象と同化し、**自分自身が主役となる新しい喜び**だった。その媒介をしたのが、ラジオ、テレビといったメディアである。

テレビ放送が始まると、プロレスの力道山がアメリカ人の大男たちを空手チョップでなぎ倒し、人々を熱狂させたが、その興奮は、敗戦の意趣返しというだけでなく、プロレスというアメリカが本場の〝スポーツ〟の世界で、その後発の参加者であり、模倣者であり、相撲という日本の伝統競技の元力士が、アメリカ人を凌駕している、という痛快さにもあっただろう。

神武景気により高度経済成長が始まり、経済白書に「もはや戦後ではない」と書かれたのは一九五六年だったが、『暴力教室』の公開で日本人がロックのレコーディングをしたのはその前年であり、また「反抗する若者」という新しいヒーロー像を生み出したジェイムズ・ディーンが、その死亡記事と共に日本に紹介され、若者たちに強い共感を与えたのも同じ年だった。

ヒーローと同化するために

子供たちにとっての「カッコいい」に大きな影響を与えたのは、一九五八年に放送された『月光仮面』を嚆矢《こうし》とする〝正義の味方〟のヒーロー物だろう。

その後、『ウルトラマン』、『仮面ライダー』、『ゴレンジャー』と、六〇年代から七〇年代にかけて、数多のヒーローたちが生まれ、今日に至るまで、その系譜は脈々と続いている。

ヒーローたちは、悪なる敵と闘う。それも、一般市民を守るために。子供たち――取り分け男児――は、夢中になって、「ごっこ遊び」で彼らの姿を模倣し、遊びの中に敵と味方、善と悪といった役割分担を導入し、いつもヒーロー役を務める子供は羨ましがられ、悪役は嫌がられた。勧善懲悪は、ヒーローが体現する揺るぎない思想である。

「カッコいい」ヒーローと同化するために、彼らは様々なキャラクター・グッズを購入したが、それが巨大なマーケットを形成してゆく。そう、音楽だけでなく、映画、ファッション、自動車、電化製品、……と、「カッコいい」は何よりも、**ビジネスになる**のである。

一見すると、平凡な人物が、危機に際して「変身」し、ウルトラマンや仮面ライダーになる、という設定は、「カッコいい」存在への同化願望を強く刺激する。ヒーローは、絶対的に隔絶した存在ではない。それは、クレージーキャッツの「カッコいい」の定義で見た特徴②「一見すると平凡、滑稽だが、本質的に秀でている。両者のギャップが『カッコいい』」と合致している。逆に言うならば、「カッコいい」存在への憧れ自体が、退屈な日常生活の中の〝**変身願望**〟だったとも指摘できよう。

世界的に見ると、子供向けのヒーロー物の先駆けは、『スーパーマン』（一九三八年）である。

その背景には、一九三〇年代のアメリカ社会の危機があったが、原作者のジェリー・シーゲルを始め、その担い手の多くがユダヤ系アーティストだったことの意味を重視する者もいる。例えば、『スーパーマン』の編集者で、自身もユダヤ系のダニー・フィンゲロスは、スーパーヒーローの二重性について、「『弱虫というかたちで素性を隠す』という部分は、ユダヤ系作者なりの主張の仕方」であり、「自分たちには個人としての力があり、弱虫ではなく、個人としても集団としても、良いことを行ないたいという無私の願望」があることが表現されていると指摘している。(8)

また、歴史学者のパスカル・オリーは、スーパーマンが容易には敵に勝てないことを、「危険無しに勝つことは、栄光なく勝利すること」と分析している。(9)そこには当然、現実の戦争観の反映があるだろうが、戦後の日本のヒーロー物だけでなく、プロレスの戦い方の様式などにも、大きな影響を与えているように見える。

こうしたヒーローの二重性が、その意味合いを変えつつ、戦後のクレージーキャッツ的な**ギャップの「カッコよさ」**に接続された、という見方は可能だろう。

徹底的に個人主義化した戦後社会は、日本の若者の生活に、模倣したい、憧れの対象を溢れ返らせた。

ビートルズを典型とするロック・カルチャーは、子供のヒーロー物とは違って、むしろ**反体制的**だったが、だからと言って正義の側ではなく、悪の味方に回ったかというと、必ずしもそうではあるまい。

従来的な規範から逸脱した**〝不良っぽさ〟**は、魅力的だったが、それは言わば自由な個性の表現であり、ジョン・レノンとオノ・ヨーコの「ラヴ・アンド・ピース」というメッセージ然り、ヴェトナム戦争の激化の最中、体制側の暴力や偽善に対して、結局は**正義という観念と不可分**だった。

一九六四年からは、外為規制の緩和措置によって日本人の海外渡航が自由化され、一般国民が、実際に欧米文化に触れる機会も増えていった。

その時、彼らが経験した、何か圧倒されるような魅力に対して、自分もあんなふうになりたいと感じながら発した言葉こそが、「カッコいい」だった。

それには、「素晴らしい」や「美しい」、「立派だ」、「崇高だ」といった既存の言葉だけでは決して十分でなかったのである。

メディアと「カッコいい」

ここでひとまず、本章で確認した「カッコいい」の条件を確認しておこう。

- **魅力的**（自然と心惹かれる）
- **生理的興奮**（「しびれる」ような体感）
- **多様性**（一つの価値観に縛られない）
- **他者性**（自分にはない美点を持っている）
- **非日常性**（現実生活から解放してくれる）
- **理想像**（比類なく優れている）
- **同化・模倣願望**（自分もそうなりたいと自発的に感じさせる）
- **再現可能性**（実際に、憧れていた存在の「カッコよさ」を分有できる）

美術の関係者と、六〇年代から七〇年代にかけての「カッコいい」人の話をしていて、必ず名前が挙がる一人が、アーティストの横尾忠則である。

《責場》のようなまさしく「カッコいい」としかいいようのない作品で国際的な評価を獲得し、グラフィック・デザインの世界にまったく新しい自由なスタイルを確立した横尾は、ロンドンの最新のファッションを身にまとい、三島由紀夫からジョン・レノンまで、華麗な交流を誇るメディアの寵児でもあった。

私自身、個人的につきあいのある横尾氏に「カッコいい」という言葉について訊ねたところ、確かにそれは、幼少期には使っていなかった言葉で、六〇年代に流行したというのはその通りだろうとのことだった。

そして、当時の「カッコいい」にとって重要なこととして、「規則に従順である、ということが美徳であった時代のあと、規則から自由になることが重要になった」点、また、「それが飽くまで雑誌やテレビ、ラジオなどメディアを媒介とした現象だった」点を指摘した。

実際、**メディアが「カッコいい」存在を必要としたのか、「カッコいい」存在がメディアを必要としたのか**？

メディアで取り上げられない「カッコいい」人は、身の回りにもいるだろう。しかし、「カッコいい」人を抜きに、メディアは成立しない。そして、今日に至るまで、メディアは、音楽家、俳優、アーティスト、スーパーヒーロー、スポーツ選手、……と、ありとあらゆる「カッコいい」存在で溢れ返っている。

子ども調査研究所の「東京都内の小学生624人の『カッコイイ観』」によれば、一九六八年の「カッコイイもの」のベスト3は、以下の通りだった。[10]

まず第3位は、プロ野球の〝王貞治〟。これはよくわかるだろう。第2位〝スポーツカー〟。ここまでの議論では、比較的、「カッコいい」人物の方にフォーカスしてきたが、これもよく理解できることである。とすると、1位は何だろうか?——なんと、〝カラーテレビ〟である! つまり、「カッコいい」存在を伝えるメディアそのものである。

因みに、この調査では、「カッコわるい」ものの3位として、〝ジーパン〟が挙げられている。その象徴的な存在であるジェームズ・ディーンのブームを考えると意外だが、東京の小学生にはピンと来なかったのだろうか。同様の感覚で、2位は〝ミニスカート〟である。

こうなると、カジュアルな服装、文化に対して、子供らしいお行儀の良さで、拒絶的だったのだろうかと考えそうになる。ところが、1位はその延長上というわけではなく、ズバリ、〝サラリーマン〟である。……

高度経済成長期のまっただ中に、まさしく彼ら、彼女らの父親は最も憧れられず、そうなりたいと感じられず、見ていてゾクゾクすることもない存在だったというのは、なかなか痛烈である。

佐藤忠男『少年の理想主義』（一九六四年）によれば、「恰好の良さとは何か？　これははなはだ定義しにくい粗雑な概念であるが、言い得て妙なことばなので、いつかおとなの世界にまで浸透してきてしまっている」とされているが、六八年の野坂の言葉と突き合わせても、この流行語が本当に人口に膾炙したのは六〇年代後半であり、六六年の三島のエッセイの「カッコいい」は、かなり流行に敏感な言及だったのであろう。

第2章　趣味は人それぞれか？

1　語源は「恰好」

あたかもよし

さて、第1章では、「カッコいい」という言葉が、戦前から楽隊や軍隊で使用され、一九六〇年代に入って一気に一般に広まった、という事実を見たが、では、そもそもこの言葉は、それまで日本語として存在していなかった、まったく新しい造語なのかというと、実はそうではない。

第2章では、その歴史を更に遡って、「カッコいい」の意味を考えてみよう。

複数の辞書が、「カッコいい」を**「格好良い」**、**「恰好良い」**と表記しており、つまりは「恰好（格好）」が「良い」ことなのだと説明している。(1)

これは、現代の一般的な感覚からも腑に落ちる説で、実際、「そんな恰好の悪いこと、出来るか！」といった調子で、「恰好」と「良い／悪い」との間に文節を認め、「の」や「が」を挟む言い方は、頻繁ではないが、不自然とも感じられない。

これは、歴史的にも正統な考え方なのだろうか？　注目すべきは、「恰好（格好）」という漢語である。

表記としては、「格好」よりも「恰好」の方が古い。「恰」という字は、「あたかも」と訓読みするので、「恰好」を読み下すと「あたかもよし」となる。

「恰」の意味として、『日本国語大辞典』には、「(多く「似る」「如し」「よう」などの語をあとに伴って)**よく似ている物事にたとえる場合に用いる語。さながら。まるで。まさしく。ちょうど。**」と「ある時期や時刻にちょうど当たる、また、ある事とほとんど同時に、他の事が起こるさまを表わす語。ちょうど。ちょうどその時。」という二つが挙げられている。

私たちに、今関係しそうなのは、前者の方の意味だろう。また、**「あたかもよし」は、「ちょうどいいことには。うまい具合に。」と説明されている。**

これが、そのまま「恰好」の意味だろうか?

『漢語大詞典』によると、「恰好」の最古の使用例は、白居易《はくきょい》の詩「勉閑遊(閑遊に勉む)」(八二四年)で確認されるという。

貧窮心苦多無興
富貴身忙不自由
唯有分司官恰好②
閑遊雖老未能休

（現代語拙訳）
貧しさで困窮していると、心に苦しみが多く、興が湧くこともない。
裕福な高い身分につけば、忙しいばかりで自由がない。
ただ、東都分司の官職だけが、詩人の自分にはおあつらえ向きである。
歳を取ったが、のんびり旅をして回ることを、未だに止められない。

千二百年も昔の詩でありながら、今の感覚でも、よくわかる内容だろう。
白居易は、あまり忙しくない地方官吏くらいが、**自分には丁度いい、ピッタリだ、**と言うために、**「恰好」**という言葉を用いている。重要なのは、世間的には「裕福な高い身分」の方が羨まれるだろうが、自分にとっては、「東都分司の官職」の方が良いと、個人的で、主観的な価値観が語られている点である。

白居易の詩は、その存命中から日本にも伝わっていて、紫式部や清少納言にも影響を与えており、九世紀半ば以降は、この言葉も輸入された書物の上に存在していたはずである。しかし、中国語としても、「恰好」は新しい、珍しい言葉であったようで、他の使用例となると、更に『碧巌録《へきがんろく》』（一一二五年）や『朱子語類』（楠本本・一二七〇年）まで時代を下らねばならず、日本の国書にようやく登場するのは『杜詩続翠抄』（一四四三年）だった。[3]

日本語学者の小野正弘は、「恰好」という言葉の日本に於ける受容と変遷を、概ね次のように解説している。

「恰好」という語が日本で使用されるようになった中世後期、その意味は、「**あるものとあるものとがうまく調和する・対応する**」という、元々の中国語の意味をそのまま受け継いでいた。

今日でも私たちは、「この議論をする上では、恰好の事例だ。」などと言うように、ピッタリの、うってつけの、丁度良い、といった意味で、「恰好の～」という言葉を使用することがある。

意味としては、実はこれが語源に直結する古いもののようだが、かたちとしては、「恰好する」、「恰好なり」といった動詞、形容動詞形が用いられていた。「器と入れ物と恰好せではかなはぬぞ（器と入れ物がピッタリ調和しないと困るぞ）」（『文明本人天眼目抄』川僧慧済　一四七一―七三年）といった具合である。

「恰好が良い」の登場

しかし、この言葉は、近世初期に至るまで一般に広がった形跡がなく、使用例は「抄物《しょうもの》」と呼ばれる、室町中期から江戸初期にかけて、五山の僧侶や儒学者が、漢籍や仏典などを講釈した筆録に限定されている。

近世中期になると、「恰好」は様々な文献に姿を現すようになる。その際、**「あるものとあるものとがうまく調和する・対応する」**という原義に加え、**「全体的な見栄え・様子」**を意味する名詞としての使用が広がっている。

長過ぎたりとて、鶴の脛をよきほどに切りたらば、痛くて死なむ、短しとて鳧《かも》の足を、能ほどに継たらば、苦しむでしばらく立つこととなるまじ。是、足の恰好はよくしても、其自然に任せざれば、其用をなすこと能わず。（『田舎荘子』一七二七年）

（現代語拙訳）

長すぎるからと言って、鶴の足を丁度いいくらいに切れば、痛くて死んでしまうだろう。短いからといって、鴨の足を、その働きに見合うほどに継いだならば、苦しんでしばらく立つことが出来ないだろう。足の見た目を良くしても、自然に従ったものでなければ、役には立たない。

一言で言えば、**外観**、ということだろう。

私たちが「そんなカッコで、どこ行くの？」と言う時とほぼ同じ意味で、こうなると、「カッコいい」まではもう一歩だと感じられる。

実際、この時代から**「恰好が良い」**、**「恰好が悪い」**と、「が」を挟んだ「主語＋述語」のかたちでの表現が見られるようになる。

あのネ、おむすさんのお髪は、今日のはまことに恰好がよいぢやアございませんかねえ

（あのね、娘さんの髪型、今日のは本当に恰好が良いじゃありませんか、ねえ）

（式亭三馬『浮世風呂』）

表記として、「格好」とも書かれるようになったが、これは「恰」のさながら、まるで、という意味の薄れとも関係しているのだろう。

こうした名詞としての使用法から、「不格好」、「背格好」、「年格好」といった複合語が生み出され、これらは明治以降の近代に入ってから更に普及し（夏目漱石の『吾輩は猫である』や川端康成の『伊豆の踊子』など、文学作品にも多く登場する）、今日に至っている。『新潮日本語漢字辞典』によると、「格好」という表記の方が一般化していったのは、これが新聞の表記であったからだという。

興味深いことに、「恰好／格好」は、今日の中国語では使用されない言葉である。近代以降、日本で生まれた多くの熟語が中国に輸出されたが、かつて日本に輸入され、独自の発展を遂げたこの言葉は、そのリストには入らなかったようである。

2　誰が「恰好が良い」と判断するのか？

「恰好」にはプラスの意味がある

ところで、この「恰好／格好」を、本当にただの外観の意味だとしていいのだろうか？

例えば、「このお菓子は恰好が良い。」というのと、「このお菓子は見た目が良い。」というのは、同じ意味だろうか？　微妙な語感にこだわることが、この後、「カッコいい」を考えていく上では、非常に重要である。

「恰好が良い」というと、構えが良いというのか、よく出来ていると言うべきか、理にかなっていてお菓子然としている、といったニュアンスが感じ取れる。お菓子の理想像が前提とされていて、ただ色がきれい、というのとは違い、デザイン的に優れている、と受け止められる。

子供に自由にねりものを作らせれば、様々な、独創的で愛らしい和菓子が出来上がるだろう。もし、あなたがそれを審査しなければならないとすると、「見た目」が良いものを評価することは難しくない。しかし、和菓子として「恰好が良い」ものを選ぶとなると、前提として、ねりものの何たるかを知らなければ、確信を以て判断できない。つまり、どのお菓子がその理念に合致して理想的かが問題となるのである。

小野は、そもそも「恰好」の「あるものとあるものとがうまく調和する・対応する」ことには、**「プラスの意味」**があると指摘する。白居易にとって、地方官吏という職業は、単に詩人である自分に合っている、というだけでなく、そのことが心地良さをもたらしている。**理想的**と言ってよく、取り分け、**他と比較した場合の肯定的な評価**が込められている。

「この議論をする上では、恰好の事例だ。」と言う時、私たちは、その打ってつけの事例が見つかり、議論の中でそれを示すことが出来ることに、軽い興奮と高揚感を覚える。

小野は更に、「全体的な見栄え・様子」に過ぎなくなったはずの近世中期以降の「恰好」にも、「あるものとあるものとがうまく調和する・対応する」という原義が「微妙に残存しているようにも思える」と指摘している。

つまり、「あのネ、おむすさんのお髪は、今日のはまことに恰好がよいぢやアございませんかねえ」と言う時、そのヘアスタイルは、それ自体として整っているだけでなく、彼女に似合っていなければならないのである。

程度によるグラデーション

そうなると、私たちはこういうことを考える。

そもそも、「恰好が良い」、つまり、イケてる、キマっているヘアスタイルとはどういうものなのか？　また、その女性に、それがピッタリだという判断は妥当なのか？　この話者は江戸の人だが、薩摩藩や弘前藩の武士や農民に言わせれば、そもそも意味不明の髪型で、彼女にも全然、似合ってないという話にはならないのか？

要するに、絶対的に「恰好が良い」ということは言えるのだろうか？　言えるとすると、それをジャッジするのは誰なのか？

名詞化した「恰好」という言葉に、依然として、「あるものとあるものとがうまく調和する・対応する」という意味が残存しているとするならば、私たちが「恰好が良い」と評価するのは、その理想と、それとの適合度合いであろう。

実際、**「恰好が良い」と「恰好が悪い」は、同時代に対のように出現している**が、この対義語の間には、必然的に**程度によるグラデーション**がある。

「非常に恰好が良い」、「割と恰好が良い」、「普通」、「あまり恰好が良くない」、「非常に恰好が悪い」、……など。そして、「恰好が良い」ことが肯定的に受け止められ、ある心地良さを感じさせてくれるのとは逆に、「恰好が悪い」というのは、何となく気持ち悪く、滑稽で、不憫であり、人によっては不愉快でさえあって、自分自身が人からそう見做されていると感じる時には、腹立たしさや羞恥心を抱かずにはいられない。

例えば、陶芸の師匠は、弟子の不出来な作品について、「これは、あんまり恰好が良くないな。」と感想を漏らすことがあるだろう。彼は、長年の実践的な経験から、「恰好が良い」茶碗や器がどういうものかを知っているからこそ、そう言うことが出来る。弟子もそれに納得するだろうが、実家に帰って、初めて作ったその茶碗を家族に見せ、「あんまり恰好が良くないね。」などと笑われれば、素人のクセに何がわかる！と傷つき、腹を立てるかもしれない。

あるいは、安岡章太郎の『遁走』でも触れたが、軍隊の上官が、銃剣術の刺突《しとつ》の仕方の「恰好が悪い」新兵にイライラするのは、理想的な――とされている――銃剣の使用の仕方に、彼の動作がまるで適《かな》っていないからである。

しかし、髪型などというのは、それほど明確な基準があるわけではなく、また一人一人に、流行のスタイルが似合うかどうかは別問題である。第一、そう、流行による移ろいもある。

そもそも、白居易の「東都分司の官職」にせよ、誰もが同意する憧れの職業ではないからこそ、一種のユーモアとして詩になったのである。

そうなると、結局、「恰好が良い」というのは、**個々人の「趣味」次第**なのだろうか？

3　ヨーロッパの趣味論

趣味の世代間闘争

実のところ、日本の近世中期以降と同じく、西洋美学でも、一七世紀後半以降、取り分け一八世紀には、「美」を判断するための「**趣味論**」が盛んに議論された[4]。

例えばヒュームは、『趣味の基準について』（一七五七年）という論考の中で、趣味はなるほど、現実的には多様だが、それらは「人間の自然本性」という普遍的な共通基盤を持っているので、実際には、何でもかんでも「美」と認められるわけではなく、選別されることになるという主張をしている。

彼は、その「自然主義的な趣味の基準を体現した人を『批評家』と呼び、その人が下す『判決』こそ『趣味と美の真の基準』である、と結論[4]」する。つまり、悪趣味な素人の美の判断は、「批評家」によって否定される、というわけである。

他方、啓蒙主義の時代に絶大な影響力を持った『百科全書』では、サン＝ランベールが、「趣味はしばしば天才とは別のものである。天才はまったく自然のたまもので、天才が生み出すものは一瞬の産物である。趣味は研究と時間との産物で、極めて多くの規則

──既成または想出の──の知識と結びついている。」と説明しており、むしろ反自然主義的で、学ぶことで洗練されてゆくものとして「趣味」を定義している。

いずれにせよ、世の中には趣味が良い人と、悪い人がいる、という点では共通している。

さて、この認識を念頭に二〇世紀の趣味論を瞥見しておきたい。

美学者の小田部胤久《おたべたねひさ》は、ヒュームのエリート主義的自然主義を踏まえて、二〇世紀の趣味論をフランスの社会学者ピエール・ブルデューとドイツの哲学者ハンス・ゲオルク・ガダマーを参照しながら論じている。

小田部は、「**趣味には一種の基準が備わっているゆえに、趣味はこの基準から逸脱するもの、あるいはこの基準に反するものを否定する**」というブルデューの主張を重視する。

ブルデュー曰《いわ》く「社会的主体は、美しいものと醜いもの、卓越したものと俗悪なものを区別する操作によって、**自己自身を卓越化する**」と。

これは、非常によくわかる話で、「趣味が良い」、というのは当然に自尊心と結びついており、逆に「趣味が悪い」と断じられることは、非常に屈辱的なことである。高い服を着ていたり、多読を自慢したりしていても、「だけど趣味が悪い」と言われてしまえば形《かた》なしである。
しかも、この趣味の基準には、個人の生育環境や社会的階級が大きな影響を及ぼしている。これもまた、その通りだろう。骨董の鑑定士などは、子供の頃からよほど良いものに親しむ環境になければ、なかなか、なれるものではない。

文化や芸術についての趣味の良し悪しという話は、かように、社会的なポジションと密接に結びついているわけだが、にも拘らず、エリートたちは、自分たちの趣味の基準を、まるで「自然」なもの、絶対的なものであるかのように気取って、それを誇らしげに他人に押しつけ、被支配的な人々を圧迫し、排除しようとする。今の言い方で言うならば、悪趣味な人たちを、マウントを取ってバカにする、というわけである。

小田部はこのために、「一九世紀以降に於いて新たな芸術運動がほとんど常に支配的な趣味に対する反抗という形で成立し、そしてこの芸術運動を支持する新たな社会層の成長とともに趣味の革新をもたらし、更には支配的な趣味の座に着く、という**趣味の主導権をめぐる世代間の闘争**」があった、とブルデューの理論を説明する。

これは、まさに私たちが今論じている「カッコいい」という価値観が、イギリスで、労働者階級の若者たちによって創造されたロックという音楽に牽引された、という事例からも納得されるだろう。結局、彼らの趣味は、二〇世紀前半までの上流階級の趣味を蹴落とし、社会の支配的な地位についたし、それがわからない父親世代に反発し、バカにしたのだった。

「趣味」と「流行」の区別

他方、ガダマーは、趣味が「否定」的な作用を持つことを認めつつ、むしろそこに、美学に留まらず、法と道徳までをも含んだ積極的な意味を見出している。

ガダマーは、趣味論の先鞭をつけたものとして、一七世紀のスペインの哲学者バルタサール・グラシアンの味覚についての議論を挙げている。

グラシアンは、食べるという、生存に直結する動物的な行為の中にも、単なる必要からは距離を取って、その食べ物が美味しいのか、マズいのかを感じ取り、食べたり食べなかったりを判断する能力が、人間に備わっている点に注目する。

「思慮がある人」の理想とは、そんなふうに、「人生や社会のあらゆる事物に対して**自由に適切な距離を取ること**によって、意識的にしかも超然と区別し選択することの出来る人」だという。

この趣味は、より良いものへと涵養することが出来、またブルデューとは違って、階級差にとらわれないものだと彼は主張する。更に、個人的な嗜好を越えて、他者に同意を求め得る**社会的なもの**である。

ガダマーは、こうした趣味の判断力を説明する上で、**流行**（mode）と対比してみせる。流行は、「みんながそうしているからという規範以外には何の規範も持たない」、言わば中身が空っぽの同調圧力であって、そのために、「社会的依存関係を作り出すものであり、その依存関係から逃れるのは難しい」。

しかし、趣味は、その渦中にあって距離を取り、「節度を保ち、移り変わる流行の言いなりにはならず、自分の判断を働かせる」ことが可能である。しかもそれは、個人的に閉じられたものではなく、他者と共有することで、流行に左右されない、理想的な共同体の結合を実現し得るのである。

私たちは確かに、それぞれに異なる趣味を持っているが、親しい友人や恋人、自分が憧れている人などの影響を受けて、それが変化することも経験している。人から自分の趣味を否定されると傷つくが、良い音楽や本を紹介されて、自分の新しい世界が開け、そのために、これまで良いと思っていたものの関心を失ってしまう、ということは、日常的にある経験だろう。

ブルデューの言わば、個々に多様な趣味の闘争のようなイメージに対して、ガダマーの方は、むしろ趣味による分断よりも、その共有による広がりというイメージで、いずれにせよ、その結果、社会そのものの変化が達成されるという意味で、個々の趣味は、永遠にバラバラのまま、孤立しているというわけではない、と見ることが出来るだろう。

4 「恰好が良い」から「カッコいい」へ

理想はどのように共有されていたのか？

さて、西洋美学の美と趣味を巡る議論は、これをそのまま「恰好が良い」に適応したくなるほど示唆に富んでいるが、少し慎重に見ていこう。

「恰好が良い」の使用例を見ていると、まず気がつくのは、それが自然に対しては用いられておらず、基本的に**人間のすること、作ったものに対して使用されている**、ということである（但し、庭木やペットなどのように、一度《ひとたび》、人間の生活に入った動植物は、その評価の対象になる）。つまり、自然美という人間には手出しの出来ない世界が基準とされているわけではなく、「恰好」の理想像は、**社会的なもの**だ、ということである。

そうなると、その人為的な理想は誰が作っているのか？　そして、その適合具合は誰が判断するのか？

美に関して、ヒュームはそれを「批評家」だと言った。江戸時代や明治時代の「恰好が良い」は、果たしてどうだっただろうか？

　和菓子職人の例で言うと、師匠は勿論、批評家ではないが、知識と経験から、その判断力を体得している。しかし、新米の弟子にはまだ難しいだろう。菓子職人ではないが、茶人には当然、「恰好が良い」和菓子がわかるはずである。あるいは、ディレッタント的な通人の中にも、「恰好の良し／悪し」がわかる人がいただろう。

　通りすがりの若い女性の髪型はどうか？　こちらは、その「恰好が良い」の趣味が、より一般に開かれている。それでも、誰でも判断できるわけではなく、やはり髪型についての一定の知識が必要で、基本的には子供よりも大人の方が、より的確に「恰好が良い」かどうかを見極められるはずである。

　つまり、それぞれの**ジャンル毎《ごと》に理想があり、それと対象との合致具合には程度があり、それを判断する人にも序列がある**、ということである。決して、どんな人間にも共通した、自然な趣味がある、というわけではない。

　では、その理想は、どのようにして共有されていたのだろうか？

　ここで、考えるべきはメディアの存在である。同時に、「恰好が良い」と「カッコいい」との違いについても、そろそろ考えていこう。

「恰好が良い」という言葉は、これまで見てきた通り、江戸時代に生まれて、そのまま今日にまで至っているが、一九六〇年代に「カッコいい」が爆発的に流行したほど、日常会話で多用されていたわけではなかった。

なぜか？

一つには、何が「恰好が良い」のか、それを社会的に共有するメディアが限定されていたからである。

和菓子職人の師匠は、代々受け継がれてきた「恰好が良い」和菓子を目にする機会があるからこそ、その理想形を知っている。また、常連の顧客のみならず、茶人や通人、目利き、見巧者と呼ばれる人たちも、基本的には、自分の目で見て、手で触り、味を確かめることで、その趣味を洗練させていったのだろう。

つまり、**「恰好が良い」ものの理想は、理想的な「恰好が良い」ものによって教えられる**、というわけである。従って、江戸の菓子職人の理想が、北海道から九州まで全国津々浦々に共有される、ということはまず以て不可能だった。

しかし、今日私たちは、テレビや雑誌、インターネットといったメディアを通じて、ある程度、どういう和菓子が「恰好が良い」かを知っているのである。

「恰好が良い」が、直接的な対人関係の中で、具体的な事物に接して発せられる言葉だったのに対し、「カッコいい」は、マスメディアによって、その理想像の共有を匿名の人々の間にまで浸透させ、全国規模に拡大した。和菓子の理想像は、なるほど、メディアを通じて、多くの人に共有されることになったであろう。従って、「カッコいい」という言葉の中には、「恰好が良い」という意味も残存している。

しかし、他方で、更に国内ばかりか外国との情報交換まで盛んになり、一般の参入者も増え、「カッコいい」は多様化し、同時に競争を激化させていった。伝統ある和菓子職人の洗練された「恰好が良い」という趣味は、ビジネス的には、新時代の職人の「カッコいい」という感覚に敗北することもあり得るのである。

ジャンルを超越した理想像

「恰好が良い」は、飽くまでジャンル毎の理想像だが、**「カッコいい」はジャンルを横断する、あるいはジャンルを超越した理想像**である。

子供たちに、何を「カッコいい」と思うか、と訊ねるアンケートは、特に違和感がない。しかし、何が「恰好が良い」かという問いは、ナンセンスである。なぜなら、「恰好が良い」は、目の前の和菓子が理想に合致しているかどうか、という判断であり、スポーツカーと和菓子、どっちが「恰好が良い」か、といった、まったく異ジャンルに属するものの同士の比較は、不可能だからである。勿論、数あるスポーツカーの中で、どれがより「恰好が良い」か、と判断することは可能である。

だからこそ、子供たちは、自由な「カッコいい」和菓子は作ることが出来ても、「恰好が良い」和菓子は作れないのである。

但し、先ほども触れた通り、「カッコいい」は、「恰好が良い」という意味を吸収している。つまり、「今日の髪型、カッコいいね。」という日常会話は普通だが、これは江戸時代に髪型を表して言った「恰好が良い」と同じであり、ある理想像との合致を意味している。しかし、「カッコいい」にはそれとは違った独自の新しい意味があり、だからこそ、「カッコいい」ものを訊ねて、子供が「髪型」と答えるのはオカシイのである。

つまり、一九六〇年代以降、今日に至るまで、「カッコいい」は、スポーツカーとカラーテレビ、ネイマールとＥＸＩＬＥ、バーキンと困っている人をさりげなく助けること（！）とを、同列に並べて、何が一番かを比較し得るような新しい意味を獲得した、ということになる。

それこそが、私たちが第1章で確認した「カッコいい」であり、それは必ずしも「恰好が良い」から直接に派生した意味ではないのである。

「恰好が良い」から「カッコいい」へと変化する間に起きた最も大きな出来事と言えば、当然に第二次世界大戦である。この総動員体制の経験の影響は、非常に複雑である。

とりあえず、こういう見当はつくだろう。

ヨーロッパは市民社会の成立によって、ブルジョワたちの個人主義とそれに基づく趣味判断の多様性を是認した。その時、問題とされたのは、芸術の「美」であった。他方、戦後は、その個人主義が、ロックに象徴される新しい文化を中心に、労働者階級の若者たちを主役として再燃することとなる。それが、大西洋を横断しながら爆発的なブームを巻き起こしていく。敗戦によって、天皇に一元化された総動員体制から解放された日本人は、その潮流に巻き込まれながら、彼らの価値観を導入しつつ、「恰好が良い」を「カッコいい」へと更新し、自分たちの理想としたのである。

だからこそ、**「カッコいい」は、画一的な上からの押しつけではあり得ない。**

「カッコいい」人は、新鮮な非日常的体験で生理的興奮をもたらし、生に強烈な実感を与え、同化・模倣願望を掻き立てて、人生に指針を与えてくれる。それは、憧憬による讃歎の念であり、尊敬する気持ちであり、肯定的で創造的な感情であって、決して劣等感と嫉妬の否定的な認識ではない。

なぜ「カッコいい」という概念は、かくも多様なのか？

本章までの結論としては、①そもそも、異なるジャンル毎の理想像であった「恰好が良い」が、「カッコいい」という言葉に吸収されたため、②個人主義的な趣味の多様化が反映されたため、と言うことが出来るだろう。

次章では、これに加えて、「しびれる」という体感の多様性が、「カッコいい」という言葉の意味を多様化させている点について見ていきたい。

コラム① 「いき」は「カッコいい」なのか？

媚態、意気、諦め

近代日本の「カッコいい」論として、すぐに思い浮かぶのは、恐らく九鬼周造の『**「いき」の構造**』（一九三〇年）ではあるまいか？　せっかくなので、この本についても確認しておこう。

「粋ねぇ。」というのは、今でも折々耳にするが、「カッコいい」という言葉と完全に置き換えられる、というわけではない。

九鬼は、「いき」の三つの契機として、「**媚態**」、「**意気（意気地）**」、「**諦め**」を挙げている。まず、異性との関係性である「媚態」がその基調を成し、武士道的理想主義による「意気」と仏教的非現実性を背景とする「諦め」が、その「民族的、歴史的色彩」を規定するというのが、九鬼の考える「いき」の構造である。そう来るか、というほど回りくどいが、簡単に言うと、異性に対するアピールはあるが（媚態）、自己卑下することなく（意気）、報われぬ思いには執着せずにあっさりしている（諦め）、といった態度である。

同じことだが、定義としては、「いき」とは、「わが国の文化を特色附けている道徳的理想主義と宗教的非現実性との形相因によって、質料因たる媚態が自己の存在実現を完成したもの」ということになる。これまた難解だが、別の箇所では「**垢抜けして（諦）、張のある（意気地）、色っぽさ（媚態）**」だと、より簡潔に言い換えている。〝遊び上手〟とでも言うべきだろうか。

「いき」のような、その意味を多くの人が極めて感覚的に、曖昧に了解している概念を、いかにして哲学的に整理し、明確化するか、という九鬼の議論には、「カッコいい」について考えようとしている私たちにも参考になる点がある。

しかし、江戸文化の、それも花柳界という限定された場所に特徴的なこの「いき」という価値観を、いきなり日本の「民族的特殊性」にまで飛躍させる論法には、幾ら時代が時代とは言え、抵抗を感じざるを得ない。

日本と言っても北から南まで長く、文化的にも多様で、決して単一民族ではない。社会的な階層もある。大体、樋口一葉の『にごりえ』などは、「いき」とは正反対のストーカーまがいの男に主人公の芸者が殺される話だが、あの源七という男は、「大和民族」ではない、などと言い出せば、たちまち今日の排外主義者たちと同じ主張となってしまう。

一九六〇年代の「カッコいい」の流行には、ラジオやテレビ、レコードや雑誌といったマスメディアの存在が不可欠だったが、「いき」には、そうした全国的な広がりも、社会の各階層への浸透もなかった。

九鬼の視点は、いかにも生粋の〝江戸っ子〟らしいが、長く京大で教鞭を執り、「いき」を論じて「大和民族の特殊の存在様態」を説く彼に、京都の学生は、「何言うてはんの？」と首を傾げなかっただろうか？

また、「いき」の具体例を挙げつつ、「横縞よりも縦縞の方が『いき』であるといえる。着物の縞柄としては宝暦ごろまでは横縞よりなかった。」とし、なぜなら「横縞よりも縦縞の方が平行線を平行線として容易に知覚させる」からとする断定的な主張などは、感覚的にわからないではないが、芸術論としては、カンディンスキーの『抽象芸術論』のようであり、また、趣味判断としては、いかにもヒューム的なエリート主義の印象である。

「カッコいい」との違い

私たちは、「恰好が良い」という多様なジャンル毎の理想像を認め、また、「しびれる」という体感こそが、一九六〇年代以降の世界的な「カッコいい」ブームの特徴だ、という認識に立っているので、九鬼の『「いき」の構造』から、ジャズやロック、スポーツカーやアニメが、どうしてあれほど、戦後の若者に大きな影響力を持ったのか、といった疑問への回答を引き出すことは出来ない。

「恰好が良い」とは、日常生活の内部の判断である。対して、「カッコいい」は、それにプラスして、非日常体験にこそ特徴がある。

九鬼の「いき」は、どちらかというと、「恰好が良い」という規範への適応性に力点がおかれているが、今日、いかにもさりげなく着物を着こなしている人に対して、「粋ねぇ。」と感心する時には、むしろ、「しびれる」ような生理的興奮を伴った「カッコよさ」への憧れが込められていることもあるだろう。

しかし、その感心の仕方が、江戸時代の人々と今日とで本当に同じかどうかは疑わしい。今日、私たちが「粋ねぇ。」と言う時、実はそこには、六〇年代以降の「カッコいい」という価値観が強く影響している可能性を考えるべきだからである。

第3章　「しびれる」という体感

1　生理的興奮としての「しびれ」

人を虜にする

ここからいよいよ、本書の最も重要なテーマである**「しびれる」という体感**について、更に議論を深めていきたい。

「カッコいい」にあって、「恰好が良い」にないものの一つは、あの**「しびれる」ような強烈な生理的興奮**である。これは**非日常的な快感**であり、一種、麻薬のように人に作用し、虜にする。

そこで、改めて「カッコいい」を次のように定義し直しておこう。

「カッコいい」存在とは、私たちに「しびれ」を体感させてくれる人や物である。

この定義によって、私たちは、フェラーリと大谷翔平とマイケル・ジャクソンを同一線上で比較することが可能となるのである。

私たちは、「カッコいい」人に憧れ、夢中になり、政治的にも思想的にも大きな影響を被るが、だからこそ、社会はそれを警戒する。ロクでもない人間が、その「カッコよさ」

で人をたぶらかしてはたまらないからである。

「カッコいい」は、大抵、軽薄で、表面的なチャラチャラした価値のように見做されてきたが、そんなふうに不当に貶《おと》しめられてきたのも、実は、政治的な意図が働いていたのかもしれない。というのも、**「カッコいい」存在は、マスメディアを介したその絶大な影響力故に、反対の立場に立つものを脅かす**からである。

体制に従順であれば、大いに利用価値があるが、反体制的であれば危険視もされる。

アメリカでは、ヴェトナム反戦運動に加わり、「ラヴ・アンド・ピース」を訴えていたジョン・レノンが、一九七四年には国外退去を命じられている（結局、取り下げられたが）。ロック・ミュージシャンは、「カッコいい」かもしれないが、それは上っ面で、中身は空っぽの〝お花畑〟だ、という批判は、こうした実力行使とは違ったかたちで、その影響力を削ごうとするものだろう。

また青少年の健全育成という名目で、同じくアメリカでは、八〇年代に保守派が、若者に〝有害〟なレコードにシールを貼り、注意喚起を行う活動を目的としたＰＭＲＣなる団体を設立し、物議を醸した。ロックだけでなく、ヒップホップもそのターゲットとなり、例えば、マイアミ・ベースの2ライヴ・クルーは、リズムマシンを使ったエレクトリックなパーティ・サウンドで《As Nasty As They Wanna Be》を大ヒットさせたが、タイトル通りの卑猥過ぎる歌詞が問題視され、彼らのアルバムは「猥褻物」として規制され、当人たちのみならず、レコードを販売した店の店員まで逮捕されるなど、表現の自由を巡る大問題に発展した。

“危険な魅力”への警戒

誰がどう考えても、「カッコよさ」は、二〇世紀後半の最も重要な価値だったにも拘らず、それが今日までまともな議論の対象とされてこなかったのは、統治の上で、それがコントロールの難しい、**危険な魅力だったから**かもしれない。丁度、プラトンが、人々の目を真理からそらせてしまう芸術を、公的領域から追放しようとしたように。選挙キャンペーンの分析などを見ても、「カッコいい」にはなるほど、理知的な判断力を歪めてしまう、という懸念もあるだろう。

些か穿《うが》った見方だが、アートの世界でこの概念が軽んじられ、低級なものと見做されてきたのも、「美」によって得られる快が、「カッコよさ」から得られる快の強烈さに負けてしまうからかもしれない。

私は、「美」を愛しているが、客観的に見れば、二〇世紀後半は、「美」は「カッコよさ」に影響力の点で大敗している。音楽に於いても、美術に於いても、由緒正しい「美」

にとって、新興勢力の「カッコよさ」は、社会の支配的な地位を奪おうとする脅威であり、その意味では、大衆からの支持が得られ難かった二〇世紀前半のアヴァンギャルド運動の方が、まだしも手なずけやすかっただろう。

今日、「美」は既に、芸術の最高理念ですらなく、実際には、六〇年代に登場したポップアート然り、「カッコいい」は、様々な形でこのジャンルに紛れ込んでいる。

そして、芸術家像という意味では、マイケル・ジャクソンのような〝キング・オヴ・ポップ〟だけでなく、ジャズとクラシック、それぞれの世界で二〇世紀後半に〝帝王〟と称されたマイルス・デイヴィス、ヘルベルト・フォン・カラヤンは、いずれも、スポーツカーを乗り回し、華麗な恋愛遍歴を重ね、ファッショナブルで理知的な「カッコいい」存在であることを強く意識していたのだった。それは間違いなく、彼らのカリスマ化に寄与している。

実のところ、その作品に関しても、カラヤンがベルリン・フィルを指揮したベートーヴェンの交響曲第三番《英雄》（一九七七年）などは、「カッコいい」という表現が最も的確な演奏ではあるまいか？

私たちの「カッコいい」人への支持は熱烈で、嘘偽りがなく、拍手や歓声は、心の底からの感動に衝き動かされている。
なぜそう言い切れるのか？　それは、作為的なことではなく、**体が自然と反応しているから**である。私たちは誰も、演技で鳥肌を立たせることは出来ないのである。「マジでカッコいい！」とか「超カッコいい！」といった感嘆の表現には、刺激的な体感が伴っている。決して単に、「あるものとあるものとがうまく調和する・対応する」ことを冷静に、理屈や知識で判断しているだけではない。

これこそが、「カッコいい」について考える上でのすべての基礎である。

この体感の故に、「カッコいい」という判断は、本人にとって、**絶対に疑い得ない根拠**を持つこととなる。「しびれる」というのは、飽くまで一つの表現だが、とにかく、そんなような何かが、もし体を駆け巡らないならば、それは、人がどれほど崇めようと、自分にとっては、「カッコいい」対象ではないのである。

そして、そこから発して、対象を好きになり、対象に憧れ、対象のようになりたいと感じ、対象のように振る舞って、自分でその鳥肌が立つ感覚を追体験したいと欲望する。あるいは、その「カッコいい」ものを所有し、年中、「見れば見るほどカッコいい。……」と、「しびれ」ていたくなる。それを身につけていることで、自分も人から「カッコいい」と目されることを期待する。

端的に言って、「カッコいい」ものは、**魅力的**であり、**人気がある**のである。

リストに熱狂

ヨーロッパで、音楽家がそんな存在となったのは、一九世紀中頃である。

〝ヴァイオリンの魔神〟パガニーニを嚆矢とし、彼に憧れ、〝ピアノのパガニーニ〟たらんとしたのが、ご存じ、リストである。

「彼（リスト）がサロンに入ってくると、**まるで電気ショックが走ったようだった**。婦人たちは、ほぼ全員が立ちあがり、どの顔にも陽が射しているようだった[1]」

童話作家のアンデルセンの証言である。

「電気ショック」という表現の通り、まさしくみんなリストに「しびれて」いたことがよくわかる。そして、彼女たちは失神したのである。それは、会場の換気が悪く、コルセットを締め過ぎていたせいでもあろうが、同時代のシューマンやショパンのコンサートでも、そんなにバタバタ人が倒れていたというわけではなかったから、リストはやはり、格別に「カッコよかった」のである。

「彼の前にひざまずき、指先にキスさせてもらえるよう許しを請う女性がいるかと思えば、別の女性は、彼の紅茶のカップにあった飲み残しを、自分の香水瓶に注いだという。

リストを描いたテオドール・ホーゼマンの1842年のカリカチュア

あるロシアの淑女たちは、船で旅立つリストを見送るためだけに、大型汽船を楽団付きでチャーターしたという。」

凄まじい逸話だが、これは、一九五〇年代にエルヴィス・プレスリーのコンサートで見られるようになった光景と瓜二つであり、その後のスーパースターとファンたちとの関係の言わば原型である。

三島由紀夫は、初来日したビートルズの武道館公演を聴きに行って、その会場の熱狂に皮肉交じりに驚嘆しているが、『裸体と衣裳』（一九五九年）の中では、テレビでロカビリーを見たあと、「ロッカビリー歌手をタックルするファンの狂態から、現代のオルフェウスとオルフェウスを八つ裂きにするバッカスの巫女たちとのモダン・バレエの台本を誰か書かないものか。」と、斜に構えつつ、洒落たことを書いている。

勿論、リストは本物の音楽家であり、超絶技巧のピアニストだった。素晴らしい曲もたくさん書いている。しかし、この時代のリスト・ブームには、純粋に美しい音楽を鑑賞する、というだけでは説明のつかない、「カッコよさ」への激しい熱狂が感じられる。

リストは、一八三九年一一月のウィーン公演から一八四七年九月のエリザベトグラードでの引退公演まで、なんと、八年間にわたり、二百六十の都市で千回にも及ぶコンサートを催し、大成功を収めている。[1] 飛行機も車もなく、汽車も極一部に通っていただけのあの時代に、三日に一度はコンサートをしていたことになるが、その驚異的な観客動員力には、やはり、彼が「カッコよかった」ことも大いに手伝っていただろう。ヨーロッパ中に、「電気ショック」が走ったのである。


第二次世界大戦後、「カッコよさ」の威力は、マスメディアを通じて更に途轍もなく巨大化した。

当然、商品の広告は、「カッコよさ」を武器とする。なぜなら、「カッコいい」ものは、体が反応する快感を与えてくれるので、**どうしても見たくなり、また欲しくなる**からである。

そして、宣伝に「カッコよさ」が有効であるならば、グラフィック・デザイナーやＣＭプランナー、商業写真家には、「カッコいい」表現が求められ、当然に、そのイメージにピッタリの「カッコいい」人が起用される。つまり、「カッコいい」ことは**お金になる**のである。

2　ドラクロワ＝ボードレール的な〝体感主義〟

ドラクロワの主張

「カッコいい」対象は多様であるので、何に「しびれる」かというのは、**自分がどういう人間であるのか**を、その都度快感とともに教えてくれることになる。

ＢＴＳのコンサートに行っても、「しびれる」人と何も感じない人がいる。そうすると自分は、ＢＴＳに「しびれる」人間なのだと自覚するし、それが他の人とは違う**個性**となり、なぜそうなのかと考え、自分を理解するきっかけになる。だからこそ、自分が「カッコいい」と思う人や物を貶されると、まるで自分自身を侮辱されたような不快を覚えるのである。

私たちは既に美の多様性について、一八世紀ヨーロッパの趣味論を参照したが、ここでは一九世紀のまた別のアプローチを通じて、「カッコいい」の多様性を考えてみよう。

美の多様性の認識は、一九世紀のロマン主義以降の芸術家たちに、多大な創作の自由をもたらした。それはそうだろう。芸術家は一人一人、個性的なのに、みんながみんな古代ギリシアを理想化し、ラファエロを手本にして絵を描かなければならないというアカデミーの指導は、窮屈で堪らないからである。実際、美術史を振り返れば、そこには十分すぎるほどに多様なスタイルの絵画が存在しているのである。

こうした主張を断固として実践したのは、ロマン主義を代表する画家のドラクロワだった。

「美の多様性について」（『両世界評論』一八五四年七月一五日号）という、そのものズバリの論文の中で、彼は、次のように主張している。

「ギリシアの美だけが唯一の美というのか！　そのような冒瀆的な言葉を流布させた人々は、どこに行っても美を感じ取ることが出来ず、美しいもの、偉大なものを前にして戦慄する（tressaillir）あの奥深い反響の場所を、自らの内部に微塵も有していない人間に違いない。私は、我々、北方の人間が好むものを創造する能力を、神がギリシア人だけに与えたなどとは決して信じない。(2)」（拙訳・傍点平野）

彼のこうした思想と、創作を通じてのその表現は、とにかく理想は古代ギリシアという新古典主義の息苦しい芸術観から、その後の画家たちを解放する。

この時、重要なのは、彼の所謂《いわゆる》「**戦慄（おののき、ふるえる）**」である。これは、私たちが「しびれる」、鳥肌が立つ、という言葉で論じてきた、生理的興奮を指している。

今日でも私たちは、ルーヴル美術館でドラクロワの《サルダナパールの死》の前に立ったり、ブルーノ・マーズがコンサートで《Just the Way You Are》を歌い出したり、ワールドカップでメッシがスーパーゴールを決めた瞬間などには、激しく「戦慄」し、「しびれる」ような生理的興奮を味わう。何かスゴいものを目にした時には、「うわっ、鳥肌が立った！」と、その証拠に服の袖を捲って、わざわざ見せてくれる人までいる。

ドラクロワは、美を端的に、「戦慄」をもたらす感動の対象と捉えていた。「戦慄」があれば、つまり、それは美なのだという彼の確信は、それだけ、芸術家としての自らの感受性に自負を抱いていたからだろう。この時代、美に対して崇高という概念は、このような「戦慄」的な体験を指していたが、ドラクロワは飽くまで、美に接した時の輝かしい喜びの根底にある「戦慄」について語っている。

彼が美の多様性を断固として信じていたのは、新古典主義者たちが崇め奉るラファエロだけでなく、ティツィアーノを見ても、ミケランジェロを見ても、ルーベンスを見ても、「戦慄」し、鳥肌が立ったからだった。彼は、その戦慄を覚えるという体感だけは、誰にどう批判されても否定できなかったし、それがない人たちは、絵画をただ理屈だけで見ている、鈍感な人たちだと考えていた。

この作品は、美しい。なぜなら、鳥肌が立つから。——

この審美的判断の〝**体感主義**〟とでも言うべきものに強く共感し、多様性の断固たる擁護者となったのが、一九世紀最大の詩人にして美術批評家だったボードレールである。

ヴァルター・ベンヤミンの古典的エッセイ『ボードレールにおけるいくつかのモチーフについて』以来、ボードレールは、夙《つと》に美的モデルネ（芸術に於けるモダニズム）の先駆者[3]として理解されてきた。彼が注目したのは、ボードレールの詩に見られる**「衝撃」の体験**であり、その身体的反応としての「**痙攣**」や「**戦慄**」だった。

ボードレールはリストよりやや年下の世代だが、この時代に「電気ショック」に喩えられるような生理的興奮の感覚は、かなり意識化されていたのだろう。

ボードレールに『七人の老人』という詩を捧げられたヴィクトル・ユーゴーは、その感謝を認めた手紙に、「あなたは新しい戦慄（frisson nouveau）を創造されました。」という有名な言葉を記している。

しかし、ベンヤミン以後、アドルノに至るボードレールの「戦慄」への注目は、今日の心理学の成果などを踏まえると、その意味づけが矮小化されているので、ここではボードレールがドラクロワとエドガー・アラン・ポーから発展、洗練させて、ワーグナー受容に繋いだ**〝体感主義〟の現代性**を、私の理解を通じて指摘しておきたい。

新古典派に対抗したボードレール

ボードレールは、ドラクロワの「美の多様性について」が掲載された翌年、「一八五五年の万国博覧会、美術」という、彼の美術論としては「一八四六年のサロン」評以来、九年ぶりの評論を発表している。

注目すべきは、実はこの間、ボードレールは、一八五二年に発表した『E・ポー　その作品と生涯（初稿）』を皮切りとして、五四年に至るまでエドガー・アラン・ポーの作品を集中的にフランス語に翻訳していることである。

「一八五五年の万国博覧会、美術」は、タイトル通り、一八五五年のパリ万博の美術展示のレビューなのだが、実際にはアングル論とドラクロワ論しかないという異例の構成で、ただ、その冒頭には「批評の方法——美術に適用した進歩という現代的理念について——生命力の移動」という、美術批評家としての彼の基本姿勢を説明する章が置かれている。これは、彼を真に現代的な批評家たらしめた、白眉とも言うべき内容を含んでいる。

ボードレールは、狭量な新古典派の理論に対抗するために、まず美術鑑賞者は、「**完全**

無欠な素朴さ」で、「**感ずることに満足**」すべきだと説く。なぜか？「一つの体系に閉じ込もってその中で好き勝手な説教をしよう」とすると、「普遍的生命力の自然発生的な予期せざる産物が現れ」る度に、その新しさに対応できず、後れを取ってしまうからである。

彼にとって、「**多様さ**」は「**生の必須の条件**」であり、「芸術の多彩な産物の中には、学校の規則や分析から永遠にはみ出すような何か新しいものが存在する」のであって、そのことこそが「真実」なのである。そして、こう続ける。

「驚き、これは、芸術や文学によって引き起こされる大きな喜びの一つであるが、それも、類型や感覚そのものの多様さから生まれるのだ。」

近代という時代は、社会が機能的に分化し、職業の種類が増え、階級の解体が進み、中央集権化と国際化で様々な出自の人間が交わることとなり、必然的に多様性を増していった時代だった。

あるいは、こうも言うべきだろう。これまで分離していた多様性が交わり合い、更なる多様性を増幅させていった時代だった、と。

芸術も当然、そうした混淆の渦中にあって、アカデミズムの伝統には到底収まりきれない様々な作品が生み出されてゆく。

さてその時、新しく出現した美は、何によって良し悪しを判定されるのか？

ヒュームなら、自然本性に基づいて、趣味のエリートたる「批評家」が、その役割を担う、と答えただろう。

しかし、ドラクロワやボードレールは、それは理屈ではなく、実際に体が反応するかどうか――戦慄し、鳥肌が立つかどうかなのだと主張した。これを、「**ドラクロワ＝ボードレール的な体感主義**」と呼ぶことにしよう。

わからないながらに評価する

彼らは、まっさらな状態で作品の前に立った時に、思わず声が漏れそうな体の震えがあるかどうか、喜びとしての「驚き」があるかどうかを重視した。あればそれは、評価に値する何かなのである。

この**体感主義的な審美観**は、ドラクロワのように、ラファエロだけがすべてでなく、ティツィアーノやルーベンスを再評価し、過去の美術史を自力で再編しようとした画家にとって揺るぎない根拠となり、ボードレールにとっては、現代及び未来を受け容れるための前提となった。

ボードレールが、「未来の音楽」と揶揄されていたワーグナーを聴き、「かくも強く、かくも激しい」快楽を覚え、「私の力を以てしては定義できなかった新しいもの」を感じつつも、**「この定義できないということが私に、奇妙な無上の快楽が入り混じった怒りと好奇心を引き起こ」した**と認め、熱烈な賛美者へと転じ得たのは、この体感主義的態度の故に他ならなかった。もし彼が、「一つの体系に閉じ込もってその中で好き勝手な説教をしよう」とするだけの頭でっかちで、偏狭な批評家だったなら、決してその新時代の音楽を受け容れることは出来なかっただろう。

結果、ボードレールは、文学に於いてはポー、美術に於いてはドラクロワ、音楽に於いてはワーグナーと、保守的な芸術観の人々が無視するか拒絶するかしていた、それぞれのジャンルの最も新しい、最も重要な芸術家たちを、断固として擁護することが出来たのである。ここにモダニズムの先駆者たるボードレールの真骨頂がある。

百数十年後の世界に生きている今日の私たちは、彼らの作品のどこがどう素晴らしいかをよく知っている。歴史はその評価を確定し、彼らについての膨大な研究が、私たちの理解を助けてくれる。けれども、最初に見たことも聞いたこともない作品を受け止めるには、ボードレールがそうしたように、何かわからないものを、わからないながらに評価するという態度以外にないのである。何を頼ってか？　それこそが、**体感**に他ならない。

芸術への参入障壁を撤廃した

この時代以後、身体こそは、多様な美を発見し、その価値を判定するセンサーの機能を果たしてゆく。体感にも、何となく、というものから強烈なものまで、様々な種類があるだろうが、その最も激しいものが「戦慄」として自覚されたのだった。恐らく、ニーチェの言う「ディオニュソス的なるものの陶酔」も、ここからそう遠くはなかったのではあるまいか。

なぜ人々は、モネを素晴らしいと認め、ピカソに圧倒されたたか？　その作品を目の当たりにした時に、体に何かを感じたからである。そして、その生理的興奮は、「一つの体系に閉じ込もって」いた頑迷な保守主義者たちには決して訪れず、彼らは古臭い芸術理論を盲信して、「こんなのは芸術じゃない！」と罵倒し、歴史的な恥を掻いたのだった。

重要なのは、一九六〇年代に世界的に巻き起こった「カッコいい」ブームに於いても、若者たちが未知なる文化に触れ、それを素晴らしいものとして享受し、またそれに触発されて更に新しい何かを創造していったのは、基本的にこの体感主義に基づいており、それは今日の私たちに至るまで、ずっと変わらないということである。

ドラクロワ＝ボードレール的な体感主義の功績は、これによって美の多様さを擁護しただけではない。同時に、何が美であるかというジャッジを、ヒューム的なエリート主義から解放し、万人に開き、言わば**民主化**したのである。つまり、何が美しいかについて、誰もがその生理的興奮を根拠に自説を語ることが出来るようになり、それ自体がまた作品の多様性を拡大していったのだった。

なるほど、ドラクロワもボードレールも、人並み外れた審美眼に恵まれ、且つ教養豊かな天才であり、だからこそ、多様な美に対して繊細に反応する身体を備えていたのだ、とは勿論言えよう。

しかし、彼らの体感主義は、原則的に誰にでも適用可能な方法だった。

これ以降、私たちは、新しい多様な文化に対して、誰もが、これは美しい、これは美しくないと主張する権利を与えられた。なぜなら、生理的興奮は、階級や生まれ育ちを問わず、才能を問わず、人間の基礎的な身体的条件として、平等に備わっているからである。

それは、**芸術への参入障壁を、事実上、撤廃した**。

これこそが、二〇世紀のモダニズム運動の大前提だった。

3　心理学から見た体感主義

情動二要因理論

一八八四―八五年にアメリカの心理学者ウィリアム・ジェームズとデンマークの心理学者カール・ランゲは、私たちの一般的な思い込みに反して、情動に関しては、**恐いから震えるのではなく、震えるから恐いのだ**、という説を唱えた。(4) 周囲で起きていることをまず頭で理解し、それに従って体が反応するという順番ではなく、まずは体の方が先に反応し、あとから感情がそれについて行く、というわけである。この考え方は、一般に、**ジェームズ=ランゲ説**と呼ばれている。

ジェームズ=ランゲ説は、言われてみれば、確かにそうかも、と思い当たりはするものの、とは言え、疑問がないわけではない。

私たちは、体に戦慄が走る時、必ずしもいつも〝恐い〟と感じるわけではない。寒くてガタガタいっていることもあれば、ボードレールのように美に打ち震えていることもあり、また将棋の羽生善治名人の手は、勝ち筋が見えた瞬間に震え出す。

生理的反応は、必ずしも一対一で何らかの情動に結びついているわけではないのではないか？　なぜ震えるからといって、恐いと感じるのか？

その通りである。この尤もな疑問な対して、社会心理学者のスタンレー・シャクターとジェローム・シンガーは、**情動二要因理論**（一九六四年）という説を唱えた。私たちが、生理的興奮を感知した後、それが何であるのかがわかるのは、置かれている状況を通じて解釈するからである、というのだが、これは、至極、当然と思われるだろう。お化け屋敷に入ってゾッとすれば、当然恐いからだし、大海原に真っ赤な夕日が沈んでゆくのを見て鳥肌が立ったならば、その美しさに感動しているからと思うだろう。

しかし、この話は誤解という問題が絡んでくると、俄然、興味深くなる。

カナダの社会心理学者、ドナルド・ダットンとアーサー・アロンは、若い男性たちを二つのグループに分け、高さ70メートルの吊り橋と揺れない橋とをそれぞれに渡ってもらい、その途中で、突然、若い美女にアンケートへの協力を求められる、というユニークな実験を行っている（一九七四年）。なぜそんなところに女性が？という感じだが、「結果に興味があれば、後日電話をかけてきてください。」と伝えておいたところ、揺れない橋の被験者はほとんど電話しなかったのに対して、吊り橋の方は、半数が電話をかけた（！）という。なぜか？　後者は、吊り橋を渡っているためにドキドキしているにも拘らず、あとでそれを、その女性に対する〝恋心〟と勘違いして解釈してしまったのである。俗に「**吊り橋理論**」と呼ばれるものである。

恋愛感情とまで言わずとも、これまで「カッコいい」について考えてきた私たちは、少なくともこう言うことは出来るだろう。彼らはその時に感じた生理的興奮を、彼女と電話で話すことで、もう一度体験したかったのだ、と。

そして、これらの情動実験の歴史は、ドラクロワ＝ボードレール的な体感主義が、モダニズムを開化させ、第二次世界大戦を経て、ロックやファッションに代表される「カッコいい」ブームを巻き起こす歴史と、時期的には完全に併走している。因みに、神学者のルドルフ・オットーが、著書『聖なるもの』の中で、「ヌミノーゼ」という戦慄的な宗教体験を示す造語を用いたのも、芸術に於けるモダニズム時代の一九一七年だった。

情動(アフェクト)理論

アメリカ文学研究者の竹内勝徳は、ホーソンやメルヴィル、それにエドガー・アラン・ポーといった作家が活躍した一九世紀中葉の「アメリカン・ルネサンス」は、「精神至上主義とは裏腹に、あるいは、精神至上主義から付随的に生じる形で、人間の身体の存在感や、意識をすり抜けて湧き上がる情動の存在が浮上した時代」だったとしている。ホーソンの名作『緋文字』を読んだ人は、ディムズデール牧師が、遂に自らの罪を公衆の面前で告白する、あの戦慄的な場面を思い出すだろう。そして、心理学者シルヴァン・トムキンズの『アフェクト・イメージ・意識』を引きながら、「**情動（アフェクト）**」を次のように簡潔に説明している。

「神経細胞が外部刺激を脳の中枢に伝達し、脳はそれに対する反応を情動として感覚系へとフィードバックするが、その際、神経細胞は刺激の入力からフィードバックにかけて、刺激そのものをそれとは異なる『イメージ』へと翻訳して感覚系に届ける。人間の意識ではこの中間経路における翻訳や伝達を把握することはできず、結果として受け取った情動のみを受動的に意識する。例えば、ある一定の刺激が怒りという情動を引き起こすとして、怒りはあくまで翻訳された結果であり、その刺激そのものや情動へと変換される過程を人間は意識することはできない。人間は怒りの情動を意識的に学んで覚えたわけではなく、外界と神経細胞の相互作用により作られたイメージとしてそれを受容してきた。トムキンズはこうした過程を含めて現れる情動をアフェクトと呼ぶ。」（傍点平野）

アルゼンチンの作家ホルヘ・ルイス・ボルヘスは、「一八世紀の末葉か一九世紀の初頭に、人間は多様なプロットを創造し始めました。恐らく、この試みはホーソーンとともに、エドガー・アラン・ポーとともに始まったと言えるかもしれません」と語り、「物語は最後の文章のために、詩は最後の一行のために書かれるべきだ、と述べたのは他ならぬポーでした。これが堕落して生まれたのがトリック・ストーリー[5]だと説明している。

今でも、ミステリーの売り文句として常套句となっている「予想もつかない驚愕のラスト！」といった類いのアレだが、これらはいずれも、人間のアフェクトに対する「効果」として考えるべきだろう。重要なのは、最後のドンデン返しで、いかにドキドキするかである。

「神経の作家」ポー

ポーに有名な『告げ口心臓』という短篇がある。これは、冒頭の「神経が――そりゃもう、恐ろしく神経が立っていました、いまだって立っていますぜ！[6]」という主人公の言葉通り、全篇、生理的興奮の描写で埋め尽くされていて、老人の殺害もそれが原因であり、また、せっかく死体をバラバラにして床下に埋めて隠したにも拘らず、訪ねてきた警官に、意志とは反対に自白してしまうのも心拍があまりにも高鳴って苦しいからだという、奇怪な、しかし、当時としては極めて斬新な物語だった。ポー自身は「神経」と書いているが、彼は、生理的な身体反応と情動、それに人間の意志が、決して合理的な、単純な関係にあるのではないことを非常によく理解していた作家だった。

ポーは、『詩の原理』という詩論の中で、「一篇の詩が詩の名に値するのは、魂を高揚し、興奮させる限りに於いてであるのは言うまでもない。詩の価値はこの高揚する興奮に比例する。」と語っている。[7]

ボードレールは、ドラクロワからだけでなく、このポーを通じて、彼自身が体感として知っていた「戦慄」についての考察を深めたのだろう。

『E・ポー　その作品と生涯』の中で、彼はポーのことを正に「神経の作家」と呼び、その作品は、「意志の座を無理矢理に奪ってしまうヒステリーを、神経と精神との間に潜む矛盾を、そして苦しみを、笑いによって表に現すまでに調子の狂った人間」について語ると説いている。つまり、人間には精神とは自立して外界に独自に反応するシステムが備わっているということである。

また、『ポオについての雑稿』では、ポーの作品は、「本文を字義通り辿ろうと努めねばならない。もし私が自分を虚しくして文字に即しようと努める代わりに、作者の意のあるところを解釈しようなどとすれば、ある事柄はまったく別の意味でわかり難くなったことであろう。」と、その翻訳者としての経験を語っている。

生理的興奮自体は、私たちの身体に基本的条件として備わっている。その上で、その反応と状況とを関連づけながら、私たちは何を感じ取ったのかを自覚する。

イスラエルの歴史学者ユヴァル・ノア・ハラリは、それを「**経験する自己**」と「**物語る自己**」と二分して呼んでいる(8)。

鳥肌が立ったのは、なぜだったのか？　美しいという感動だったのか、スゴいという衝撃だったのか、気持ち悪いという嫌悪感だったのか？　その意味づけには、ジェームズ＝ランゲ説のような一対一の対応関係があるわけではなく、常に環境の解釈次第で、しばしば誤解とも言うべき混乱が生じる。

一八世紀の啓蒙主義者たちの本を愛読したドラクロワは、趣味を巡る「美の多様性」という当時の議論を引き継ぎ、自らが様々な作品に触れて感じ取った「戦慄」を、「美」であると一元的に解釈した。なぜなら、彼はルーヴル美術館にいて、目の前にはルーベンスの絵があるからである。

尤もだが、すると、こういうことが起きる。つまり、結果として、**美自体が多様化せざるを得なくなる**のである。

私たちが散々見てきたように、「戦慄」のきっかけは様々である。しかし、その「経験」がすべて「美」という言葉で物語られてゆくならば、気がつけば、何でもかんでも「美」のカテゴリーで語られるようになるだろう。実際、彼の死後の世紀末的デカダンスに至っては、ギュスターヴ・モローやオスカー・ワイルドの『サロメ』のような、淫猥で酷たらしい主題までもが、美の範疇に回収されることとなったし、キュビズムもフォーヴィズムも、「美しい」という言葉とは必ずしも絶縁できなかった。

他方、ボードレールも、基本的にドラクロワの「美の多様性」という考えを引き継ぎつつ、詩人としては、自らの戦慄の由来を、もっと具体的に、多様に詠っている。「戦慄」のすべてを美と解釈するわけではなく、「経験する自己」が驚きとともに世界に反応し得たことに対して、「物語る自己」は豊富な分析と判断の言葉を持っていた。だからこそ、『悪の華』には、ベンヤミン的な矮小化には決して収まらない、ありとあらゆる主題の詩が収録されているのである。

4　何が「カッコいい」のか？

「経験する自己」の生理的興奮

さて、「しびれ」と「美の多様性」を巡るこうした議論は、当然のことながら、「カッコいい」について考える上でも、重要な示唆を与えてくれる。

私たちは、一体、クリスティアーノ・ロナウドとマイルス・デイヴィスとスポーツカーには、同じように「カッコいい」と表現されるべき共通点があるのかと問うてきたが、それは、この生理的興奮に他ならない。

ピカピカのスポーツカーを見た一九六〇年代の少年も、武道館の矢沢永吉のコンサートに行ったファンも、いずれも、鳥肌が立ち、「しびれていた」のである。

そして、かつては「カッコいい」と思っていたのに、今ではもうそう思わない人や車は、**体で感じるものがなくなった**という意味である。

「こんまりメソッド」でアメリカで大ブレイクした〝片づけコンサルタント〟近藤麻理恵は、自宅に溢れ返っているものを捨てるかどうか迷った時に、それを手にして「ときめく」かどうかを重視しているが、これはまさに体感主義に他ならない。

小難しい理屈ばかりの現代アートに、「これのどこが芸術なのか!?」と腹を立てるのは、それを前にしてもまったく「しびれない」時である。また、お勉強の成果を並べ立てるだけの批評家の言葉にイライラさせられるのは、彼らの芸術体験の根本に、こうした生理的興奮が欠落していて、新しい表現をまったく受け止められていない時である。

しかし、美の場合と同様に、個々の「経験する自己」の生理的興奮は、実は、「カッコいい」という言葉に一元管理されるべきものではなく、「物語る自己」は、もっと違った情動と解釈すべきだったのかもしれない。

イギリスのＨＲ《ハードロック》／ＨＭ《ヘヴィーメタル》の一源流であるブラック・サバスというバンドは、当初は別の名前だったが、デビュー前にホラー映画『ブラック・サバス』（一九六四年、マリオ・バーヴァ監督）を見て、人に恐怖感を与えるロックという斬新なコンセプトを思いついた、という有名な逸話がある。

実際、《ブラック・サバス》（一九七〇年）という、バンド名と同名の曲は、暗く虚ろな不協和音と重低音のリフ、サタンに追われる恐怖を綴った歌詞が一体となって、何とも言えない、ゾッとするような雰囲気を醸し出している。

ブラック・サバスは大ブレイクしたが、しかし、なぜ恐い音楽が、「カッコいい」と熱烈に支持されるのかは、合理的には理解し辛いところがある。

この時、「経験する自己」の生理的反応は、一種の不安や恐怖だったのかもしれない。つまり、「吊り橋効果」で、観客を緊張させ、ドキドキさせていたのである。しかし、当の観客は、ライヴが終わったあと、他のキャッチーな曲やライヴハウスという環境、そもそもロックを聴いているという前提、メンバーのルックス、周囲の熱狂などから、その生理的興奮を、「カッコいい」音楽を聴いたからだと解釈し、あるいは彼らのファンになったからだと理解したのかもしれない。

「カッコいい」存在とは、私たちに「しびれ」を体感させてくれる人や物である、という本章冒頭の定義に立ち戻ってほしい。

勿論、楽曲自体が「ダサい」のでは、そのバンドも、ただ気持ち悪い人たちだと思われて終わりであり、実際、「吊り橋実験」も、途中にいる女性が魅力的ではない時には逆効果になるという。

ロックは、単純な音楽だと見做されがちで、実際に、譜面に起こせば、ジャズやクラシックの複雑さの比ではない。

しかし、いかに人に刺激的な快感を催させるか、という意味では、舞台の視覚的効果から会場の雰囲気、収容人数、ミュージシャンたちの振る舞い、言動、楽器の音色、ビートの勢い、ヴォーカルの生々しい肉声、メロディ・ライン、頭に染みついて離れないリフ、……など、様々な要素が緊密に結びあった非常に複雑な音楽である。重要なのは、その一体感であり、これは、ヒップホップでも、テクノでも、ファンクでも同様だろう。

ここで、「美」や「崇高」といった一八世紀以来の美学的概念と、二〇世紀の「カッコよさ」との関係を、改めて整理しておこう。

これまで本書では、美や崇高と「カッコよさ」とを、同列的に、対比的に論じてきた。

しかし、実際私たちは、美しいものに鳥肌が立つこともあれば、崇高なものに戦慄することもある。それどころか、敏捷さ、華麗さ、大胆さ、率直さ、巨大さ、恐ろしさ、色気、……等、美術やスポーツ、対人関係の様々な経験を通じて、鳥肌が立つような生理的興奮を引き起こされている。

この「しびれ」の多様性こそが、それをもたらす「カッコいい」存在を多様化させているわけだが、だとすれば、**「カッコいい」は、美や崇高の上位概念**ということになる。逆に言えば、美や崇高は、今し方列挙した「しびれ」の複数的な要因の一つとして位置づけられている、ということである。

かつて私たちは、マイケル・ジョーダンの超人的なダンクシュートの「美しさ」に「しびれた」。そして、その生理的興奮をもたらしてくれた彼を（また、彼のプレーを）「カッコいい」と感じたのである。

理想像はあとからわかる

理想的なものを賛美する、という意味では、「カッコいい」も「恰好が良い」も同様である。

しかし、「恰好が良い」ものは、**事前にその理想像が前提とされており、**それとどの程度、合致しているかが問われる。和菓子職人の師匠の例を出したが、高級レストランで、そつのない振る舞いが出来るだとか、流暢な英語で外国人と会話を交わせる、といった日常的な振る舞いも、この「恰好が良い」であり、今日ではこれも「カッコいい」という言葉によって言い換えられている。

しかし、「カッコいい」ものの場合は、必ずしもそうではなく、非日常体験として、むしろ**理想像は結果として、あとからわかる**ということがしばしば起こる。これが一九六〇年代以降に加わった新たな意味である。

日本やイギリスで、初めてロックの洗礼を受けた若者たちは、事前にこういう音楽が聴きたいという理想像を決して有しておらず、説明を求めても誰も答えられなかっただろうが、一聴して、「これこそ自分が求めていた音楽だ！」と発見したのである。だからこそ、幾らマーケティング・リサーチをしても、真に「しびれる」ような「カッコいい」ものは生み出されない。消費者自体が、それを知らないからである。

初めてラジオでエルヴィス・プレスリーを聴いた時のことを、ローリング・ストーンズのギタリスト、キース・リチャーズはこう証言している。

「ある晩、ベッドで眠っているはずの時間に小さなラジオでラジオ・ルクセンブルクを聴いていた時、俺の中で爆発が起きた。《ハートブレイク・ホテル》だ。**気絶しそうな衝**

撃。初めての感覚だ。**こんな音、聴いたことがない。**エルヴィスという名前さえ知らなかったが、**俺の人生、まるでこの出会いを待っていたかのよう**だった。[9]」

今聴けば、決して激しい曲ではないが、その新しさの衝撃を全身で受け止めた感じが生々しく伝わってくる。

この何が何だかわからない未知のものに驚愕し、鳥肌を立てて夢中になる、という戦後のロック世代の体感主義は、一九世紀のボードレールのワーグナー体験と重なる。

こうした「カッコいい」存在は、何らかの理想を体現しているが、それは私たちがアプリオリに知っているものではなく、その人物なり事物なりが、出会いの「電気ショック」を通じて、初めて私たちに教えてくれる理想である。だからこそ、新しいものを受け容れられる一方で、実のところ、「物語る自己」は、それを状況的にわかりやすいものに勝手に結びつけてしまっている、という懸念もある。

そして、一旦、それに「しびれる」経験をしたあとで、反復的にその「カッコいい」ものに触れ続けることによって、恐らくは生理的興奮の回路が出来、ますますのめり込んでいくのだろう。それが、ファンになる、ということかもしれない。

私たちの多くは、十代の頃に衝撃とともに受け止めた音楽の趣味からなかなか離れられないが、それはこの回路に捕らわれているからではあるまいか。

人格か、エピソードか

勿論、仰ぎ見るようなスターだけでなく、「カッコいい」存在は身の回りにもいる。

中学生くらいの頃には、私も同級生の女子が、「三年二組の○○君、カッコいい！」などと噂し合っているのを耳にし、羨ましく思ったものだが、「カッコいい」男子がいるという評判は、当然のことながら、昼休みや放課後に、彼女たちに、彼を見に行かせることになる。

この時、実際に話題になっているのは、まずは「カッコいい」というより、「格好が良い」ということではあるまいか？　つまり、足が長いだの、目鼻立ちがハッキリしているだのといった理想的な容貌が思い浮かべられていて、ハンサムと言い換えてもイケメンと言い換えてもいいのかもしれない。

しかし、そのサッカー部なり野球部なりの少年が、部活の練習で、見事なシュートを決めるのを目の当たりにした少女は、胸を高鳴らせながら「カッコいい！」と感じ、そのドキドキを、「これって恋？」と解釈するかもしれない。

彼がそんな運動神経の持ち主だとは、彼女は想像していなかっただろう。それでも、キース・リチャーズのように、「わたしの人生は、まるでこの出会いを待っていたみたい！」と、彼を理想のタイプと見做すことはあり得る。しかし、「吊り橋理論」によるならば、それは一種の誤解なのかもしれない。

実際に、私たちが誰かを好きになるきっかけは、相手の人格や外観というより、こうした**エピソードの中にある体感**なのかもしれない。私の『透明な迷宮』という短篇は、この主題を扱ったものである。

しかし、一旦憧れが芽吹き、「これって恋？」と感じてしまったあとでは、幾ら「アンタがドキドキしたのは、シュートの華麗さであって、彼に対する恋心じゃないと思うよ。」などと説明されようとも、もう決して後戻りは出来ないのである。

第４章　「カッコ悪い」ことの不安

1 「カッコ悪い」とは何か?

さて、ここまで「カッコいい」という言葉について、その語源に遡ったり、「しびれる」という体感に注目したりしながら考えてきたわけだが、第4章では、視点を変えて、**「カッコ悪い」とは何か?**について考えてみたい。

もし、「カッコ悪い」が文字通り、「カッコいい」の対義語であるならば、私たちはその意味を知ることで、「カッコいい」とは何か?の答えに辿り着けるはずである。

が、どうもそう単純でもなさそうである。

「カッコいい」人間になりたいか?

そもそも、私たちは、「カッコいい」人間になりたいと、それほど強く願っているだろうか?

こんな問いかけは、これまでの主張と逆のようだが、必ずしもそうではない。

私たちは、錦織圭なり、リアーナなりといった、具体的な「カッコいい」人に強く憧れ、「自分もあんなふうになりたい!」と、テニス・クラブに入会したり、歌やダンスを練習したりする。

その**同化・模倣願望**は非常に強いものなので、ヘトヘトになるような練習でさえ、進んで喜んでやるし、耐えることも出来る。というより、そのこと自体が**生の充実感**となり、また、端から見ても、その努力が「カッコいい」と評価される。

スポ根もののマンガにせよ、アスリートに密着するテレビのドキュメンタリー番組にせよ、汗だくになっての猛練習の映像は、**努力そのものを「カッコいい」化**する。自らの個性を表現すべく、何か一つの物事に必死に打ち込んでいる姿は、多くの人に「カッコいい」と受け止められているし、羨ましがられもする。

けれども、自分自身が人から「カッコいい」人間だと思われたい、という願望は、実のところ、比較的、〝淡い夢〟ではあるまいか？

「へェー、カッコいいね！」とは言いつつ、そのまま受け流している人や物は日常的に少なからずあるだろう。

その感動が特に強かった場合は、対象に好意を寄せる。ファンになるか、恋愛感情を抱くか、物ならそれを所有したいと思うか。

しかし、特に具体的に憧れの人がいるわけでもなく、ただ「カッコよく」生きたい、それが人生のモットーだ、という人は、実際は、あまり多くはない。時々そういう人に出会《でくわ》さないでもないが、どことなくナルシシスティックで、逆に「カッコ悪い」感じさえする。その意味では、「カッコよさ」は、最初は、〝憧れの誰か〟という**他者を経由してこそ追求されるべきもの**なのかもしれない。

カッコ悪い化（ダサい化）

では、「**カッコ悪い**」はどうだろうか？

私たちが、自分は「カッコ悪い」と意識した時、まず感じるのは**羞恥心**だろう。大袈裟なことではなく、例えば、ズボンのお尻が破れていただとか、大事な場面で滑って転んだだとか、場違いな服装で何かの集いに出席した、カラオケで音を外しまくった、……など、とにかく、日常生活の中には、「カッコ悪い」状況が幾らでもちらばっている。

「カッコ悪い」は、差別意識とも結びついており、チビ、デブ、ハゲ、ブス、不細工、……といった身体的特徴を揶揄する言葉ともしばしば結びついている。日本語には、欧米の言語と比較して、性的な内容を含んだ下品な罵り言葉が少ない代わりに、この手の侮蔑言葉が多いとも言われる。

しかし、眉目秀麗であっても、言動がみっともなければ「カッコ悪い」と目されるし、逆に容貌に秀でた点がなくとも、生き様に魅力があれば、「カッコいい」と憧れられるというのは、これまで見てきた通りである。

「カッコ悪い」と指摘されたり、噂されたりすると、私たちは、赤面し、心臓の鼓動が大きくなるのを感じ、なんとか「カッコ悪くない」状態に復帰したいと願う。これもまた、**強い体感を伴う**が、凡そ誤解の余地がないような、ハッキリとした**負の体感**である。

どうにかその状況を脱しても、自分が、人の記憶の中に、そんな姿で残っていることを想像すると、耐え難いものがある。出来ればその記憶を消去したいほどである。

冗談半分に笑い飛ばせることもあるが、恥を掻かされたことを、いつまでも恨み続けることもある。深く傷ついて、もうそこにいた人たちとは絶交する、という深刻なケイスもあるだろう。

「カッコいい」存在は、尊敬され、愛される。しかし、**「カッコ悪い」存在は、人から笑われ、侮られ、同情され、馬鹿にされる**。そして、「カッコいい」と言われるラッキーよりも、「カッコ悪い」と言われるリスクの方が、恐らく一般には高く、またその喜びよりも、ダメージの方が大きい。

「カッコいい」も「カッコ悪い」も、ある意味では、**普通からの逸脱**だが、当然、**「カッコいい」が普通以上**であるのに対して、**「カッコ悪い」は普通以下**である。あるいは、正負は逆ながら、いずれも「**非日常的**」だと言うことが出来るだろう。

この微妙な関係に着目した福岡県警は、暴走族を「珍走団」と呼ぶという奇抜なキャンペーンを行った。かつて、漫画『湘南爆走族』で描かれたように、暴走族には「カッコいい」というイメージがあり、それが少年たちの憧れの感情を刺激し、メンバーの自尊心を満たしてきたが、「珍走団」という思わず吹き出すようなネーミングによって、彼らを滑稽化し、社会的に恥ずかしい存在であることを印象づけたのである。

この「カッコいい」から「カッコ悪い」への貶め、転落を、後の議論のために、「**カッコ悪い化（ダサい化）**」と呼ぶことにしよう。このケイスのように、意図的に「ダサい化」されることもあれば、技術の「陳腐化」などと同様に、自ずと「ダサい化」してしまうということもある。

「カッコ悪い」のはイヤ！

私たちの日常では、普通であることこそが一種の安心となっている。その意味では、「カッコいい」人間になりたい、という積極的な願望を抱いている人より、せめて、**「カッコ悪い」人間ではいたくない**、という程度の意識の人の方が、遥かに多いだろう。

「カッコ悪い」という形容詞は、「恰好が悪い」という原義を、「恰好が良い／カッコいい」以上に強く留めている。私たちが「カッコ悪い」という時には、それがどういうことなのかを、多くの場合、事前に了解している。その規範からハズレていると、「カッコ悪い」と感じられるのであり、「しびれる」ほど「カッコいい」理想像とは違うからといって、「カッコ悪い」とまでは言わない。

他方、恥の概念そのものは古くからあっただろうが、「恰好が悪い」という言葉には、「カッコ悪い」にあるような強い羞恥心を伴った負の体感はなかったようである。

先ほど、「ダサい化」という言葉を使用したが、「**ダサい**」自体は、一九六〇年代に「カッコいい」という言葉がブームになったのを受けて、七〇年代前半から関東で使用され始め、全国に広まった言葉である。[1] これは、今日でもほぼ「カッコ悪い」と同義で使用されている。

「カッコ悪い」状況は、私も身を以て色々経験しているが、それは、何か一時的なことだったと思いたいし、出来れば人にも忘れてほしい。なぜなら、それは**アイデンティティにまとわりついて、著しく自尊心を傷つける**からである。

たまたまその日は、気が抜けていたか気合いが空回りしたかで、「ダサい」服を着ていたが、普段は違うのだと知ってほしい。感情的になって、小さなことに拘り、「カッコ悪い」と呆れられたが、その日は別のことでイライラしていて、虫の居所が悪かったのだ。……云々。

つまり、私たちはここでも、「カッコいい」と同様に、「カッコ悪い」というのが、一体、**表面的な評価なのか、本質的な評価なのか**という二元論にぶつかってしまうわけである。

そこで、私たちは人をして「カッコよく」なりたいと思わしめる二つの力を次のように分類してみよう。

一つは、「しびれる」ような生理的興奮を伴って、自ら能動的にその**「カッコいい」対象に憧れる同化・模倣願望**。

もう一つは、社会的な常識や規範など、普通である、とされることから逸脱していて、「カッコ悪い」と見做されている時の**「恰好が良い（カッコいい）」への復帰・同調願望**。こちらはしばしば**同調圧力**をも伴っている。

この両者が一体となって作用し、「カッコいい」は民主主義と資本主義とが組み合わされた世界で、異例の動員と消費の力を発揮してきたのである。

このことを、近代という時代そのものを通じて考える上で、明治時代の断髪と洋装の歴史を見てみよう。

2　文明開化と「カッコ悪い」

羽織袴の岩倉具視

私たちが、自分は「カッコ悪い」と思われていないかを心配するのは、一つに、**新しい環境に飛び込んでゆく時**である。

その世界の標準がわかっていれば、「カッコ悪い」振る舞いを回避できるわけだが、それを知らなければ、簡単に「カッコ悪く」なってしまう。一人だけ普通からズレていて、奇異な目で見られ、酷い時には笑われ、馬鹿にされる。対等な人間として扱われない。

相手に軽んじられないためには、どうにかうまく**適応**する必要がある。

服装など、努力して変えられる部分の話ならば、この「カッコ悪い」は、やはり**表面的な問題**だとも思えるが、ダサいヤツだという認識は、対人関係に大きなマイナスの影響を及ぼす**アイデンティティの本質に関わる問題**でもある。

一枚の有名な写真がある。一八七二年に岩倉使節団がサンフランシスコで撮影した記念写真で、木戸孝允、山口尚芳、岩倉具視、伊藤博文、大久保利通が写っているが、中央の岩倉だけは羽織袴に公家の結髪《ゆいがみ》で、他はみんな洋装である。しかも岩倉は、よく見ると革靴を履いている！　何となくちぐはぐで、福沢諭吉的な野蛮（未開）→半開→文明という進歩史観で、近代的な――欧米的な――ライフスタイルの導入を是とする認識に立てば、岩倉一人が頑なな守旧派だったという印象になる。年齢的にも、木戸が三十八歳、大久保が四十一歳、伊藤が三十歳であるのに対し、岩倉は四十六歳と最年長だった。

ところが、この写真の解釈は、どうもそう単純ではないらしい。そもそも、公家の岩倉が、武家の伝統的な服装だった羽織袴を着ているのである。

私たちは、日本人が洋服を着るようになったのは、欧化政策によるものだ、と漠然と考えている。不平等条約の改正というのは、明治政府の大きな外交的課題で、欧米諸国に蔑まれないために、和装から洋装に変えたのだ、と。

こうした対外的な理由は、勿論あったが、刑部芳則《おさかべよしのり》（日本近代史家）の『洋服・散髪・脱刀～服制の明治維新』によると、むしろ国内的な事情もあったことがわかる。以下、我々の議論に必要な箇所を確認しよう。

和装は恥ずかしい？

明治政府は、皇族、公家、諸侯、藩士等の寄り合い所帯だったので、そもそも位階を有しない藩士が御所に昇殿できなかったり、昇殿の際に、公家と武家とで服装が違っていたりと、不都合が生じていた。

公家は公家、武家は武家で公私にわたって身分に応じた服制があったが、新政府ではこれがゴチャゴチャになり、対外的にも、誰が偉いのかわからないという問題が生じていた。

大体、今のようにテレビやネットもなく、顔写真付きのIDカードなどがあろうはずもない時代に、伊藤博文がどんな顔でどんな背格好なのか、全国的には（勿論、全世界的にも）知っている人はほとんどおらず、服装の統一と立場の明確化は不可欠だった。

そのため、新たな服制が策定されねばならなかっ

岩倉使節団（左から、木戸、山口、岩倉、伊藤、大久保）

たが、当初は「王政復古」というくらいなので、『延喜式』や『続日本紀《しょくにほんぎ》』などの編纂物や法隆寺の聖徳太子像、多武峯《とうのみね》の藤原鎌足像などを参照して、古代の官服を再現しようとしていたらしい。しかし、これがうまくいかず、結局、当時の公家が着用していた「衣冠・狩衣《かりぎぬ》・直垂《ひたたれ》」をそのまま「礼服・制服・軍服」に当て嵌める、ということになった。

しかし、公武の調整は難航した。「儀礼や天皇に拝謁する際には衣冠着用とし、それ以外の昇殿には狩衣・直垂を使い分ける」、「洋服は軍服に限り、火急であっても軍服での参内は認めない」、「服制制定の目的である身分の上下を判断させるため、位階に応じて服の形状・色・素材、冠などを区別」といった基本線では合意が出来ており、また、武家は羽織袴での参内を認めるなどの柔軟な規定もあったが、いざ運用され始めると、京都御所に軍服を着た警護の藩兵が出入りしたり、羽織袴では、結局、上下の身分差がわからないなどといった問題が次々に噴出した。

明治元（一八六八）年に、天皇が初めて京都御所を出て「東京城」（旧江戸城）に入るという東幸の際にも、公家と武士との格好がバラバラで、軍服も混じっており、その光景は、かなり見苦しいものとなった。

特に藩士出身の武家は、衣冠や狩衣という公家の服の着用に苦労させられた。

刑部は、明治四（一八七一）年の興味深い珍事件として、大嘗祭に、参議であった西郷隆盛が遅刻しそうになった逸話を紹介している。儀式に向かう途中で、衣冠の紐が切れてしまい、狼狽していたのだという。

歴史上の存在感でも、実際の体格でも、〝大物〟とされている西郷だけに、公家の服に手間取って、汗だくになりながら切れた紐を結ぼうとしている姿を想像するとおかしいが、こうした「カッコ悪い」状況に、当事者たちは、大いにストレスを感じていただろう。

服制は、明治新政府の発足後、三年を経てもまだ定まらなかったが、機能性を重視し、早々に洋服が採用された軍服は、陸軍がフランス軍、海軍がイギリス軍を模したデザインとなっていた。

また、一般には、「非常並旅行服《ひじょうならびにりょこうふく》」という、戦争などの非常時と国外旅行時に限られた、軍服並びに機能的な服が、大学の学生や官僚の間に普及してゆく。彼らが外国へ行く際に洋服を着たのは、やはり和装だと馬鹿にされるからである。つまり、「カッコ悪い」思いをしたのだった。

日本で本格的に洋服への移行が進んだのは、廃藩置県後、四民平等となった社会で、実務官僚たちが、出自の違いが政治運営に影響を及ぼすことを嫌ったからだという。

「さすがに立派だったのは岩倉公」

さて、件《くだん》の岩倉使節団の写真に戻ろう。

岩倉が一人だけ着物を着ているのは、実は、洋式服制の制定が、間に合わなかったからである。そのため、大統領や皇帝などに謁見する際には、従来通り、小直衣《このうし》・狩衣・直垂と定められ、それ以外は洋服を着ても着なくても構わない、ということになった。他の使節団員は出発前に洋服や小物の類いを買いそろえ、アメリカ到着後も、宴会や夜会に出席するために、独自に燕尾服を購入している。特に旧幕臣出身の書記官たちは、既に留学経験もあり、当然のことだった。

また、あまり知られていないが、使節団には北海道開拓史から呼ばれた五人の女子留学生も同行しており、彼女たちも、サンフランシスコに到着するや、洋服を購入して着替えている。

服制を巡る公武の混乱の渦中で、岩倉は平服として羽織袴を着用しつつ、重要な場面では小直衣に着替えていたが、その彼でさえシカゴに到着すると、先に留学していた岩倉具定《ともさだ》、具経《ともつね》という二人の息子に説得されて、ついには散髪し、燕尾服を着用するようになる。しかも、岩倉の説得を子供たちに頼んだ森有礼《ありのり》は、岩倉の結髪に直衣姿の写真と、散髪して洋服を着た写真とをホテルの晩餐会で並べて見せ、「古い日本と新しい日本」として紹介したのだという。岩倉は、複雑な心境だっただろう。

しかし、大礼服という最上級の正装は、依然として本国と同様の方針だったため、アメリカ大統領グラントとの謁見式では、大使・副使は衣冠帯剣、書記官は直垂帯剣を着用している。この時の逸話が、また非常に興味深い。

藩士出身者たちは、ここでも衣冠、直垂をまとうのに難儀したらしい。ところが、公家の岩倉はやはり違っていて、佐佐木高行は、「礼式ニ習ハサル人々多ク、衣冠等ニテノ体裁、甚ダ以テ見苦敷向モ不少、自分モ其一人ナリ、流石立派ナルハ岩倉公ナリ、其ノ挙動宜敷（礼式に不慣れな人たちが多く、衣冠などをまとった格好が、甚だ見苦しい者も少なからずいて、自分もその一人だったが、さすがに立派だったのは岩倉公だった。その挙動は素晴らしかった）。」と記録している。

明治になって、急に公家の服装を身にまとうようになったかつての武士たちは、どうしても、それをうまく着こなすことが出来なかった。しかし、同じ服なのに、岩倉が着ると、非常に「カッコいい」というのは、その生まれ育った環境のせいである。

使節団の写真の中で、一人和装の岩倉はかなり浮いているように見えるが、いざ伝統的な公家の格好をさせると、「流石立派」と敬意を払われていたのであり、本人も大いにその自負を抱いていたのだろう。

中身が肝心

とは言え、彼らの出で立ちに、現地で好奇な目が注がれたことは事実だった。不平等条約改正の事前交渉という大役を担う彼らにとって、これは甚だ不都合だった。

結局、ヨーロッパに移動し、イギリスでヴィクトリア女王に謁見するに際して、岩倉使節団は、洋式の大礼服を着用するに至る。国内でも、太政官左院でフランスの服制に倣って洋式大礼服制の準備が進められた。なぜフランスなのかというと、当時のヨーロッパでは、ナポレオンの服制が一般的な基準として広まっていたからである。

大久保利通は、この洋式大礼服のお陰で、「随分到ル処賞讃セラレ（随分と色んな場所で賞讃され）」、「皇国ノ威権ニモ関シ面目ヲ施シ候事ニテ、岩倉大使ノ衣冠ニテ米国桑港へ御着節霄壌《しょうじょう》ノ感（皇国の威信にかけても面目が立ったわけで、岩倉大使が衣冠でアメリカのサンフランシスコ港にご到着になった時とは、天と地ほどの差である）。」と誇らしげに語っている。

その後、岩倉たちが現地で導入した洋式大礼服制と、国内で太政官左院が定めたそれとの齟齬という問題が生じ、また、廃刀令に対する士族の激烈な反発があったりと、服制は必ずしもスムーズに進んだわけではなかったが、次第に**文明化＝洋装**という考え方が定着してゆく。

刑部は、その前後の事情についても詳細に記しているが、私たちの議論にとって重要な点として、もう一つ紹介しておきたい。

西郷隆盛が、衣冠に手こずって大嘗祭に遅刻しかけた逸話には既に触れたが、当然のことながら、洋服もすぐにスマートに着こなせたわけではない。

アメリカで小直衣・狩衣・直垂では体裁が悪いと洋服を着用するようになった使節団について、理事官の長与《ながよ》専斎《せんさい》は、「始めて西洋の衣服を着けたることとて、おのおのにしだらもなき風体にて三々五々相携え、右を顧み左を眄み市街を闊歩横行する有様は沐猴《もっこう》の衣冠とも謂いつべきか、往来の人々立ち止まりゆびさし合い何かささやき語らいける（初めて洋服を着たというので、各人だらしない恰好で、数人ごとに分かれて周囲をキョロキョロしながら街中を闊歩する様子は、猿が衣冠をまとっているとでも言うべきか、往来の人たちも指差しながら何か語り合っている）。」（「松香私志」）と記している。

この有様に失望した木戸孝允は、「近来使節連は衣服其外形ち丈は随分相調居候へとも（このところ使節たちは服装や恰好だけは随分とそれらしくなってきましたが）」「欧米之礼節等も弁へ不申、自然一般人之誹笑をも招き候様なる事に而、全国開化とは中々難受取

（欧米の礼節なども弁えなければ、自然と一般人に嘲笑われることになりかねず、日本中が開化したとは中々、受け止めがたい）」（『木戸孝允文書』四）とし、刑部は彼が、「外見や体裁を取り繕うだけでは意味がなく、その内実をよく理解しなければならないと考えるように」なったと指摘している。

さて、この間の消息を伝える文献に、特に「恰好が良い／悪い」という表現が見られるわけではないが、私たちはこれを敢えて、「カッコいい／カッコ悪い」という議論に引き寄せて整理してみよう。

まず、明治期に日本人が洋服を着るようになったのは、一つには、旧体制の身分制度を反映した着物を着続けたために、公的な場での服装が混乱し、非常に見苦しかったからである。つまりそれは、旧体制時代よりも「カッコ悪く」、全体としての見栄えのみならず、衣冠を着こなすのに難儀した西郷のように、武士階級出身者は取り分け、個々人が「カッコ悪く」見える場面が多くあった。また、機能性にも難があった。

他方、当然に、対欧米という意味では、衣冠や直垂は、物珍しがられ、「カッコ悪い」ものと意識された。それは単に、異なる土地の普通という基準に照らして異質に見られた、というだけでなく、日本人自らが進歩史観を導入し、洋服を文明開化の象徴として受け容れ、和装を「半開」、「野蛮」として単線的に位置づけていったからである（勿論、それに対する反動もあったが）。

つまり、**和服は国内的、対外的の両方から「カッコ悪い」と目されていった**のである。

3　「恰好が良い」とは表面的なことなのか？

普通以下のダサい人間

ここで、改めて考えるべきは、一体、「恰好が良い」とは表面的なことなのか、それとも内実と結びついたことなのか、という問題である。

外観というのは、勿論、表面的なことである。

渡米した当初、衣冠帯剣の出で立ちだった岩倉具視が、洋式の大礼服をまとったことで笑われることもなくなり、評判を上げた、という例に見るように、なるほど服装とは、当人の本質とは関係なく、**表層的で、可変的**である。岩倉が人間的に急に立派になったわけではない。

しかし、表層的であるにも拘らず、岩倉使節団の参加者たちが、不平等条約改正の障害になる、と懸念したほどに、「カッコ悪い」ことは、当人を侮りの対象とさせ、**対人関係を困難にさせる**。「カッコいい」人間と「カッコ悪い」人間との間には、**上下関係**が発生し、ダサい恰好をしている人間は、**本質的にダサい人間**だと判断されてしまう。「カッコ悪い」人間は、自分たちの普通という感覚から悪い意味で逸脱している。普通以下である。それは、趣味が洗練されていないからか、文明が遅れているからか、そもそも共有可能な感覚を持ち合わせていないからか。……

欧米の普通の基準に達していないという自意識は、使節団の各人に、疎外感と恥の意識を抱かせている。日本も、歴史的には常に中国大陸や朝鮮半島からの渡来人と交流し、あるいは江戸時代には出島でオランダ人と貿易をするなど、外国人と接してきていたはずだが、そんなふうに、自分たちのことを「カッコ悪い」と感じ、羞恥心を覚えた、ということはなかった。

勿論、こんな差別的な認識は、今日では厳しい批判に曝《さら》されようが、常に欧米の近代を追い求めていた明治以降の日本人は、こうした自意識を深く抱え込むことになる。

「カッコいい」の影響圏

もう一点、日本の洋式大礼服がフランスのそれを手本にした、という点も重要である。

なぜならば、ファッションに於ける「カッコいい」には、**発信源があり、そこから広がってゆくもの**ということが認識されたからである。

ナポレオンの服制が、ヨーロッパ全体に影響を及ぼしたように、日本政府もそれを導入した。そして、その影響がまた、時間をかけて一般大衆にまで広がってゆく。

これは、二〇世紀にモードが世界的なファッションのトレンドを牽引してゆくことと、構造的には同じである。違いと言えば、それが政府主導なのか、企業主導なのか、それとも「カッコいい」人主導なのか、メディアがどのように関与するのか、という点である。

そして、その**「カッコいい」の影響圏**からハズレてしまっている人は、「カッコ悪い」のである。なぜなら、その「カッコいい」という普通の基準以下（以外？）だからである。

「カッコいい」の中心からその影響を受けた人は、今度は自らがその「カッコよさ」を分有し、憧れによる同化・模倣願望の対象となる。あるいは、羞恥心から同調願望の対象となる。それが社会的に普通となれば、そもそも外国になど行ったことがなく、別に着物を恥だと思ったことがなかった人まで、「野蛮」だという自意識を抱くようになるのである。

ただし、明治時代の「カッコいい」が、進歩史観に基づいた単線的な序列であったのに対して、モードはそもそもコレクションの場所も、パリ、ミラノ、ロンドン、ニューヨーク、……と各地に複数あり、デザイナーも数多くいて、しかも、その変化のテンポは六ヵ月毎であり、一直線に良くなってゆくのかどうかはわからない、変化それ自体が目的化した世界である。そして、新しいモードが普通になると、昨年まで「カッコよかった」服は、**ダサい化**される。「カッコいい」には**時間性**があり、過去・現在・未来の中で、その価値を**相対的に**変化させてゆく。

とすると、やはり、「カッコいい」は、本質的ではない、表層的な価値ではあるまいか？

外観と内実との合致

ところが、同じ服でも着こなしとなると、そこに歴然と「カッコいい」と「カッコ悪い」の差があらわれてしまう。

岩倉は、たとえアメリカでは珍妙な服装だと笑われたとしても、武家の目から見たその衣冠帯剣の大礼服姿は、流石と言う外なく「恰好が良い」のである。

それは、彼が公家だからであり、そのこと自体は、模して及ばぬ**本質的な特質**ではあるまいか？

なぜ、使節団員たちは、洋服を着ていても、アメリカで笑われてしまったのか？　それは、その洋服をうまく着こなせなかったからである。そして、木戸に言わせれば、着こなせるようになるためには、何よりも本人自体が変化せねばならず、**本人がその外観と合致しなければならない**のである。

ハンス・シルヴェスターの写した部族

服装は飽くまで外的な要素だが、それは**本質たる私たち自身をより「カッコよく」見せてくれる**。

メイクもそうである。

そんなことは当たり前だと思われるかもしれないが、必ずしもそうではない。

例えば、写真家ハンス・シルヴェスターが撮影したエチオピアのスルマ族やムルシ族のメイクは、目鼻立ちといったそもそもの作りとは無関係に、顔の全体を真っ白に塗ったり、そこに水玉模様を描いたりしている。メイクによって、素顔が増強され、目がより大きく見えたり、鼻が高く見えたりする、といったことにはまったく無関心である。

この人は、美形なのだと思わせる効果はない。しかし、むしろそのメイクに止まらないボディ・ペインティングや衣装は、当人を本質的に変身させているように見える。

一体、表面的な「カッコよさ」は、飽くまで内実とは別なのか？　それとも、両者は基本的に合致することを目指すものなのだろうか？

そして、私たちが「カッコいい」人間になるとするなら、どちらの変化が先なのだろうか？

4　『仁義なき戦い』に見る「カッコつける」という当為

「カッコつける」とは？

この「カッコいい」の表層と内実との合致／乖離という問題が端的に表れているのは、「**カッコつける**」という言葉である。

この言葉は、ひょっとすると、私が子供の頃よりも、耳にする機会が減っているかもしれない。近い言葉として、関西弁の「ええカッコしい」というのがあるが、こちらは比較的、まだよく耳にする。

「カッコつける」という動詞は、「カッコいい」が流行し出した六〇年代に、必然的に生み出された言葉で、基本的には、ネガティブな意味に捉えられている。

そこでは、「恰好」の表面性が最大限に強調されていて、**中身がないのに、うわべだけを取り繕い、実際以上の好印象を人に求める態度**と見做される。外観と内実とにギャップがあるわけだが、一見するとおちゃらけているのに、演奏は素晴らしいというクレージーキャッツが「カッコいい」のだとすれば、まさにその反対である。

かつては「カッコつけマン」などという言葉もあったが、[1]「カッコばかりつけて」、「あの人はカッコつけたがりだ」、「カッコつけた言い方が気に入らない」などは、明らかに悪い評判であり、〝自然体〟だとか、〝ありのままの自分〟といったキーワードが好まれる昨今では、無理をして「カッコつける」ことは、忌避されているように見える。

要するに、この言葉は、内実はそのままで外観だけ良くしてごまかす、という意味である。

従って、私たちは、メッシに憧れて、自分も彼のようになりたいと練習に励むサッカー少年を、「カッコつけてる」と嘲笑したりはしない。その場合、外観だけでなく、**内実も変化する**ことが目指されているからであり、そのために、**努力をしている**からである。

「カッコつける」は、「恰好が良い」状態という普通への適合ではなく、やはり幾らかそれ以上の、「カッコいい」が目指されている。気障《キザ》という言葉があるが、そのわざとらしさが嫌味に感じられ、あざとく、滑稽に見えてしまう。そして、本当は「カッコ悪い」からこそ、「カッコつけてる」のだと見透かされることになるのである。

『仁義なき戦い』

ところが、よく似た言葉だが、**「格好がつく」**となると、話は少し変わってくる。

それは、一般的な基準をどうにか満たしているという程度の意味で「恰好が良い」ということである。

「つける」という、いかにも取ってつけたような他動詞ではなく、自動詞として、収まるべきところに収まったという感じがする。「どうにか格好がついた」と言えば、恥ずかしくない程度にはなった、という意味である。

「カッコつけない」は、自然だという意味だが、**「格好がつかない」は、困惑させられる、憂うべき状態という意味**である。

さて、「格好がつかない」という言葉が、一種の行動規範として随所に轟く映画が、東映ヤクザ映画の金字塔『仁義なき戦い』（一九七三年公開）である。

この作品こそ、「しびれる」ような名場面満載の「カッコいい」映画の代名詞であり、今日でも熱烈なファンがいる。実を言うと、私もその一人で、オリジナルの全五作は、ほとんど台詞を暗記してしまうほど何度も見ている。

私はヤクザに憧れないし、暴力も大嫌いだが、この作品は大好きで、その矛盾に頭を抱えてしまう。それはまるで、人間は、「その実物を見るのは苦痛であっても、それをきわめて正確に描いた絵であれば、これを見るのをよろこぶ」というアリストテレスの『詩学』の説のようだが。……

とにかく、菅原文太も梅宮辰夫も小林旭も、そもそもがハンサムだが、とても三十代で演じているとは思えないほど迫力のある大物ぶりである。

彼らは、私たちが退屈している日常の秩序を逸脱して、殺すか殺されるかという権力闘争の渦中で、生気を放っている。奇声を上げて死ぬことを怖がったり、死に物狂いで逃げたり、銃をうまく使いこなせなかったりと、「カッコ悪い」場面も多く、それがまた人間のリアルな姿として、絶妙なコントラストを成している。

それでも、ヤクザが完全に美化されているかというとそうでもなく、抗争が一般市民を巻き込み出すとさすがに鼻白むし、警察に逮捕され、取り調べを受ける場面では、職員室に呼び出されたヤンキーのように、見る影もなくなってしまう。だからこそ、この映画は、単純なヤクザ礼讃とは一線を画す作品となっているわけだが。

作品の影響力は絶大で、ハリウッドではタランティーノの作品にその〝オマージュ〟が認められる一方で、私が十代の頃に、やはり「カッコいい」ヤンキー漫画として一世を風靡した『ビー・バップ・ハイスクール』にも、初期には、高校生たちがその名台詞を真似するパロディ的な場面がちらほら見られた。

「わしが殺《ヤ》らにゃ、格好つかんじゃろ。」

『仁義なき戦い』は、一九五〇年から七二年にかけて広島で実際に起きた暴力団の抗争事件を題材にしている。原作は、その中心的な人物の手記に基づくノンフィクションだが、勿論、映画的に脚色が加えられているので、ここで扱うのは、実際の抗争事件ではなく、飽くまで映画の中の話である。

全五作のオリジナル・シリーズ中、第一作目は、戦後間もなく、呉市の闇市から出発した山守組が、対立組織との抗争と内紛を経て勢力を拡大してゆく様を、広能《ひろの》昌三という主人公を中心に描いている。時期的には一九五〇年代初頭である。

作中、広能とその兄貴分の若杉との間で、こんなやりとりが交わされる場面がある。

「兄貴、ほいじゃあんた、土居殺《ヤ》る言うの？」
「わしが殺らにゃ、格好つかんじゃろ。」
「あんたじゃ、なんぼにもいけんよ。のう？　杯《さかずき》返したいうても、親は親じゃ。それに手ェ出したら、兄貴がみんなに笑われるじゃないですか。」

かつて土居組の若頭だった若杉は、親分に破門され、今は広能も属する対立組織の山守組の客分となっている。山守組のシマを荒らす土居組の組長を自分が殺すと言い、でなければ、「格好つかんじゃろ。」と言うのである。それに対して、弟分の広能が、親分に刃向かっては、むしろヤクザ社会で笑い物になる、と諫める場面である。

若杉が言っているのは、土居組は元々自分が若頭を務めていた組であり、それが今属している組に害を及ぼしている以上、自分がこの問題に対処するのが筋だ、ということで、これは、ある意味、私たちにもわかる話である。

対して広能は、たとえそうだとしても、それはヤクザ社会では「格好が悪い」のだと諭している。ヤクザとしては若杉の方が先輩であるだけに、捻れた説教となっているのが面白い。

広能の認識では、ヤクザ社会は、「組」というピラミッド型の疑似家族的組織を基本として成り立っている。それを支える思想は、徹底した家父長制度である。親分に対する子分の忠孝は絶対であり、若頭は、その一家の長男に相当する。

『仁義なき戦い』では、確かにタイトルにある通り、「仁義」が強調されるが、その意味は原義からは懸け離れていて、むしろ形式的な「秩序」の意味として使用されている。

それはそうだろう。「ケンカ」では、殺し合いが当然というヤクザの世界では、実質的な仁義など求めようがない。「仁義なき戦い」を、『仁』はひろく人や物を愛すること」、『義』は物事のよろしきを得て正しい筋道にかなうこと」（『日本国語大辞典』）として、それがない戦い、などと解釈したのでは、当たり前すぎて笑ってしまうはずである。

この世界の絶対のタブーは、杯を交わした子分が親分に刃向かうことである。また弟分が兄貴分に逆らうことである。

親分は、カタギの政治やビジネスに暴力を背景として密接に関与し、一家を経済的に支えている。暴力と労働の実体は、組織の子分たちだが、彼らは単体ではそのような権力を社会の中で発揮できず、生計が成り立たない。また、対立組織に対抗できない。従って、組を守るというのは、彼らの生存の根本条件であり、親子間の勘当に相当する「破門」は、親分による生殺与奪権の行使であって、子分はこれを非常に恐れる。

組の看板があるからこそ、子分も生きていける。しかし同時に、親分に権力があるのも、子分という実働部隊がいればこそである。

『仁義なき戦い』も、第一作目で描かれるのは、まだ戦後の闇市から誕生したばかりの新興ヤクザであり、組織的に不安定で、子分は親分に刃向かうし、親分は子分同士の対立を煽る。なぜなら、親分はまだ十分に経済的な実力を子分たちに示すことが出来ないからであり、他方で武器を持ち、暴力を実践する力を持っているのは子分の方だからである。御恩がなければ、奉公する理由がない、というわけで、ヤクザ社会の理想からはほど遠い。

第一作目で、松方弘樹扮する坂井鉄也が、親分の山守に向かって言い放つ「神輿《みこし》が勝手に歩けるなら歩いてみいや！」という有名なセリフは、このことを象徴的に示している。

しかも、ヤクザ組織は、本来の意味での「仁義」のような、共同体を維持する倫理的規範を持ち得ない。決して徳治政治ではなく、また、人に対する思いやりだとか人権意識などといった概念は、彼らの行使する暴力と矛盾する。そこで、子分は親分に対して絶対服従する、という形式的秩序を何としてでも守る以外にない。

これが、『仁義なき戦い』に見られるヤクザ社会の唯一の掟である。

親分のお陰で子分は生きていける。親分もまた子分のお陰で生きていける。この関係が互恵的に循環することが理想である。

ところで、親分に相応しからぬ人物がその地位に就くとどうなるか？　子分は逆らえないという絶対的な掟の故に、ひたすら割を喰う羽目になる。これが、親分たる山守の仕打ちに憤る広能の一貫した不満であり、完結篇では「つまらん者が上に立つと、下の者が苦労する」という積年の思いが、網走刑務所で手記を綴る場面で吐露され、シリーズが総括される。

だからこそ、引退する親分の「跡目（＝後継者）」問題が、彼らの最大の関心事なのである。

形式的な秩序維持

第二作目の『広島死闘篇』は、第一作目の外伝的なものだが、興味深いのは、本作から、登場人物たちの台詞に「**カッコつけにゃいけん**」、「**カッコつけんにゃならん**」という当為表現が現れることである。

しかも、第一作目の一般的な筋論とは異なり、ヤクザ社会の形式的秩序維持のために、彼らは「〜しなければならない」と自覚的に行動するようになる。そしてこれが、六〇年代初頭の抗争事件を描く第三作目『代理戦争』、第四作目『頂上作戦』では、物語の根幹を成す重要な概念として、主人公の口から発せられるのである。

『代理戦争』は、広島市最大の暴力団村岡組の次期組長と目されていた杉原が射殺される場面から始まる。賭博の揉めごとが原因だったが、実行犯に指示を出した人物は、何喰わぬ顔でその葬儀に出席している。しかし、極度の緊張からか、急に怖くなったのか、杉原の遺体の顔を見て嘔吐してしまう。

その様子を見ていた広能は、杉原に次ぐ実力者と目されていた打本と、こんな会話を交わす。

「打本さん、兄弟分のアンタが、カッコつけてやらにゃいけんのじゃないですか？　もし殺《ヤ》るいうんなら、ワシが手伝いますけ。」

「広能、ありゃあ、村岡さんが呼んどる客人じゃけ。……」

打本の弱気な態度に、周囲は顔を見合わせ、「ワシらは見んかったことにしますけ。」と、今すぐにでも殺してくるべきだと詰め寄る。ところが、打本は結局、笑って曖昧にごまかしてしまう。

葬儀の出席者たちは、その態度に強く失望し、打本は、広島を支配する村岡組組長の

「跡目」としては相応しくないと判断されるに至る。結果、村岡の引退後、当然に、自分こそが後継者だと信じていた打本は脱落し、広能属する山守組の山守義雄が後継者となる。しかし、両者の対立はこれを機に激化し、広島進出を目論む神戸の巨大組織をも巻き込んで、血みどろの抗争が繰り広げられる、というのが、第三作『代理戦争』及び第四作『頂上作戦』である。

さて、この場面の何が問題だったのか？

「カッコつけてやらにゃいけん」という広能の言葉通り、葬儀の出席者たちが問題にしているのは、打本が、報復として相手を殺さなかったことであり、それは、彼が兄弟分という立場のあるべき姿を逸脱しているからである。

もしこれが罷《まか》り通るなら、組の親分、兄貴分は対抗組織に殺され放題であり、結果、組自体が崩壊してしまう。元々、「事業家」と称される打本は、ヤクザ社会の常識に疎く、行動規範からはズレている。それは「カッコがつかない」ことであり、だからこそ、彼は親分に相応しくないのである。

義務としての「恰好」

第三作目、第四作目になると、ヤクザ組織の疑似家族的秩序は、第一作目の時代よりも遥かに安定している。その価値観を愚直に信じる広能は、どれほど山守の酷い仕打ちに腹を立てても、「親に弓を引く」というタブーを絶対に犯さない。それは、自分が親分から「的に懸けられる（＝暗殺のターゲットになる）」状況でさえ維持される、理解し難いほど強固な掟である。なぜならそれは、ヤクザ社会全体を危機に陥らせる行為だからであり、恥であるばかりでなく、今や彼自身も、若い衆を引き連れた広能組の親分であって、言わば自殺行為だからである。

だからこそ、広能は苦悩する。彼の認識は、ヤクザ社会の理想と現実との深刻な乖離である。自分だけでなく、皆が「カッコをつけにゃならん」にも拘らず、兄貴分の打本も、親分の山守も、平気で規範から逸脱してしまう。

しかし、元々、その「恰好」には、実体が欠けている。親に絶対服従すべき理由は、本当のところ、組織維持の形式的理由以外にはないのである。だからこそ、常に内実があるかのように「カッコつけにゃいけん」のである。なるほど、そこには、一種のシニシズムがあろうが、それは、「カッコをつける」という言葉の一般的なチャラチャラした意味よりも、遥かに切迫した内容を含んでいる。

実際に、この時代のヤクザ社会の中で「カッコつけにゃいけん」という言葉が、どの程度、用いられていたかはわからない。原作『仁義なき戦い～美能幸三の手記より』（飯干晃一）にも、「恰好つける」という言葉は何度も用いられており、映画の脚本で、それがキーワードとして強調されている点は慧眼だが、原作も映画も、七〇年代になって、「カッコいい」という言葉が大流行した後に書かれているので、あとから加えられた認識かもしれない。

この映画に見られる、疑似家族制度下の絶対的な上下関係という主題は、第二次世界大戦下の総動員体制の経験と不可分であろう。広能自身が復員兵という設定であり、彼の苦悩は軍隊組織に於ける上官と一兵卒との関係、あるいは大日本帝国下の臣民の経験に擬せられる。また『代理戦争』というタイトルや被爆地としての広島の強調など、全篇にわたって政治的なアレゴリーに富んでいる。

更に、戦後の高度経済成長期の会社組織ともオーヴァーラップするからこそ、多くのファンが、その理不尽に翻弄される彼の姿に、強く共感したのだった。

5 「義理」こそ「カッコいい」？

宋学の「義理」

「仁義」は勿論、ヤクザ社会のキーワードであろうが、日本の思想史的な観点からすると、『仁義なき戦い』は『義理なき戦い』とした方がより正確だったかもしれない。そして、私たちが考えようとしている「カッコいい」は、「恰好が良い」だけでなく、恐らくは、この「**義理**」もルーツに持っている。

義理というと、〝義理と人情の板挟み〟といった近世文学の主題がすぐに思い浮かぶが、日本思想史が専門の源《みなもと》了圓《りようえん》によると、元々、「義理」は、「礼儀行為が事宜に合致するという意味の『義』と、玉《ぎよく》の条理から物事の条理、すじみちという意味になった『理』との複合語として、中国の春秋・戦国期に成立し、秦漢時代に中国の社会や文化に定着した」言葉だという。そして、「義」は『礼』だけに限らず、『道義』ということを含めて『社会生活の中で人が処さねばならないこと全般』へ拡がっていった(2)」。

義理という概念を発展させたのは宋学で、その理由は、商業の発展が利己主義を招き、また、北方の異民族の脅威が漢民族の危機として受け止められる中で、当時の主流な学問であった仏教と老荘が、**人倫**（人としての倫理）**について無関心だった**から、とされる。いずれも存在論的な思想なので、危機下ではより実践的で具体的な知が求められたのだろう。

更に孟子の影響を受けて、「義」が相対的に不安定とならないように、「理」に一種の形而上学的な〝普遍の正義〟としての水準が導入された。

この「義理」が九世紀になって日本に輸入され、歴史的に意味が変遷するのだが、源は、その語源との相違を次のようにまとめている。

「わが国の場合は、『義理』はAとBとの間の個人的関係における『好意の返し』『信頼の応答』であって、その関係が絶対であり、それを超える価値がほとんど存在しないが、宋学の義理は人間関係の道徳でありつつ、『天地』ないし『天』の文脈の中で論じられる。人間関係の義理は、天理に裏づけられねばならない。」

中国の義理は、このような超越論的な規範であったが故に、「義理と人情」の相克といった悲劇はほとんど生じなかったという。当然、義理に従うべきだからである。

人情が義理と拮抗するのは、それが単なる人間関係の規範である場合である。

統治のイデオロギーとして

義理は、日本では最初、「わけ、意味、意義」と理解されていたが、中世後期に「**物事の道理、理にかなった筋道**」という秩序の原理としての意味が加わり、その後、「**人として踏み行うべき道**」という個人の生き方の規範たるべき道義的意味へと分化していった。更に、武士の社会的台頭とともに、その**実践的な教訓**として土着化していく。

義理が大いに発展し、広まっていったのは近世だった。それは、宋学と同様で、仏教の人倫否定に対する儒学者たちの批判に発している。このことの意味は、「カッコいい」について考える上で非常に大きいので、留意してもらいたい。

今日、私たちが〝武士道〟として思い描いている、百姓や町人とは違った武士の倫理は、この義理を巡って大いに議論されている。

例えば、江戸時代初期の陽明学者である熊沢蕃山《ばんざん》は、人間の欲望を否定しないが、義理を欠いては動物と同じで、「**欲の義にしたがって動くを、道と云**」(『中庸小解』)と説いている。

また、より若い世代の儒学者・室鳩巣《むろきゅうそう》は、「**義理にさときをもて士とし、利欲にさときをもて町人とす**。士として利欲にさときは、一向うけられぬ事にて候。」(『明君家訓』)として、武士の倫理を義理に求め、現実には町人的な功利主義に堕落してしまった武士が多いことを嘆いている。彼が説いているのは、飽くまで武士としてのあるべき姿であり、その理想像から乖離しているのは、本書のテーマに従えば、「恰好がつかない」のであり、「恰好が悪い／カッコ悪い」のである。当然、それは恥ずべきことだった。

『葉隠』を書いた佐賀藩士・山本常朝《つねとも》は、室鳩巣とほぼ同時代人だったが、儒学者ではなく出家の身で、やはり当時の武士の武士らしからぬ有様をしきりに嘆いている。その『葉隠』を、まさに「カッコいい」という言葉が爆発的に広まった一九六〇年代に高く評価したのが、その時代に「ダンディ」として名を馳せた三島由紀夫だった（第7章参照）。

三島は勿論、「武士道と云ふは死ぬ事と見つけたり」という『葉隠』の思想に強く魅了されていたのだったが、著書『葉隠入門』では、むしろ現代にも応用可能な実践的な人倫の書としてこれを高く評価している。そして、彼自身は、理想的な日本人と戦後民主主義下の日本人との乖離を批判し続けた小説家だった。

義理は、武士にとってはまさにそのアイデンティティの中核をなす道義的規範だったが、徳川幕府は、その主従君臣の上下関係の強調により、**統治のイデオロギー**として活用した。

例えば、『東照宮御遺訓』は、実際には徳川家康が書いたのではない偽書だが、長く広く武士に読まれたもので、その中には「**武道といふは命を的にかけ、義理を勤《つとむ》ることを第一とする**」とある。この「義理」は幕府に対する忠信の意味である。また、『諸士法度』(一六三五年)には、「忠孝をはげまし、礼法をたゞし、常に文道武芸を心がけ、義理を専にし、風俗をみだるべからざる事」とある。

この視点から、制度化されたのが、主君を討たれた武士の敵討ちである。つまり、『忠臣蔵』の大石内蔵助は、『仁義なき戦い』風に言うならば、「カッコつけにゃいけん」と信じ、また周囲からも「アンタが、カッコをつけてやらにゃいけん」と目されていた人物なのだった。

「人倫の空白」を満たす

武士以外の庶民の間では、「音信《いんしん》・付届《つけとどけ》を義理・順義といふ」(『百姓分量記』)とあるように、**贈答儀礼**が重視された。「付届」は「謝礼・依頼・義理などのために、他人に金品を贈ること。また、その金品」(『明鏡国語辞典』)の意味である。現代で言えば、お歳暮や菓子折、寸志等、色々で、そうした贈与に対して返礼を欠かないという、私たちが用いている「義理」という言葉の意味と、かなり近い内容が説かれている。

源は、一七世紀に「義理」という言葉が一般に普及するに際して、それまで日本にあった「ゆい」や「もやい」のような文化が、この言葉に吸収されてゆき、宋学的な意味とは凡そ懸け離れた、借金の返済だとか、約束を守るだとか、何かをしてもらったからにはこちらもお返ししないといけないだとか、世間的な体面といった、多様な「**名誉の道徳**」と化していったと指摘している。そして、それが日常生活を成立させる基礎的な規範となっていった時、その慣習的で、超越論的な正義概念を欠いた絶対的な拘束力の故に、しばしば「人情」との矛盾が露呈し、その相克が悲劇を生むこととなったのだった。

　明治以降、武士道的な義理は、用語としては政府の文章から消えたが、儒学者たちが「天理」を導入したその形而上学的な根拠は、天皇制のイデオロギーにすり替えられ、また武士の道義は、「教育勅語」的な忠孝に置き換えられて再解釈され、意味的には存続したと見るべきだろう。

　他方、言葉としては、「あの人は義理堅い」などと言うように、より明確に庶民の「義理」の方が残って、今日にまで至っている。

　武士道的な義理は、戦後社会では、強欲に対する戒めとして一種の**精神主義**に引き継がれ、またその「主従君臣」は、ある意味、**企業文化**の中に持続することになった。「愛社精神」は、愛国教育の変質したもののように見えるが、義理という概念に注目することで、より古い歴史に接続することが出来そうである。

『仁義なき戦い』の「カッコつけにゃいけん」は、こうした武士道的な義理が、特異に顕著に残った世界を描いているが、既に指摘したように、その「子分は親分に刃向かってはならない」という掟の根拠は失われており、それはただヤクザ社会の存続のためという実利的な意味しかない。

一方、私たちが、生き様として「カッコいい」を考える時には、直接的に、この庶民の義理から外れていない、ということもしばしば含まれるだろう。恩知らず、礼儀知らず、というのは、決して「カッコいい」ことではなく、また丁重なもてなしを受けたまま、返礼もしないでいるのは、「格好がつかない」ことである。

しかし、それよりも遥かに重要なことは、義理が、宋の時代にも江戸時代にも、**「人倫の空白」を埋めるために求められた**、という事実である。

既に見てきた通り、「カッコいい」が爆発的に広まったのは、一九六〇年代だったが、戦後、大日本帝国の思想教育から解放された日本人が、民主主義と資本主義が発展してゆく社会で直面していたのも、この「人倫の空白」に他ならなかった。

一体、個人は何のために、どのように生きてゆけばいいのか？　実存主義は、まさしくその孤立を主題としていたし、三島由紀夫のように、戦後の日本社会にニヒリズムを見て、生の「大義」を天皇制の復活に求めた人もいれば、マルクス主義に求めた人、宗教に求めた人、仕事に求めた人と様々だった。

この時、「カッコいい」存在への憧れが、人としていかに生きるべきかという「人倫の空白」を満たす上で果たした社会的機能を、決して過小評価してはならない。

「カッコいい」存在は、個人主義の社会の中で、人から侮られない振る舞いを教え、その生き方の手本を示し、同化・模倣のための努力を促して、大衆にすべきこととすべきでないことを判断させた。しかもそれは、決して画一的でなく、上からの押しつけでもなく、**自発的に、その体感的な感動と共に受容された「人倫」**だった。

同時に、江戸時代の義理が、宋の時代のそれと違って、超越論的な規範を持たなかったように、「カッコいい」理想に提示された生き方も、相対的にならざるを得ず、その支配的な地位を巡る競争や法秩序との相克が、ある意味では社会を活性化させ、またある意味では混乱させた。

この事実を踏まえ、次章では、更に「カッコよさ」の倫理性と多様性を、デザインとファッションを通じて考えてみたいと思う。

第5章　表面的か、実質的か

1　デザインの外観と内実

前章では、「カッコ悪い」を考えることで、「カッコいい」の意味に裏側からアプローチした。それは、普通とされる規範からの逸脱を意味しており、その乖離は、個人の羞恥心に於いても、社会の秩序観に於いても、解消されるべきであると考えられている。

しかし、他方では、その**外観と内実とが乖離していること**こそが重要であり、また**合致していなくても構わない**とされるケイスがある。

具体的には、デザインである。

デザインと芸術の違い

一口にデザインといっても、プロダクト、グラフィック、服飾、更にはコミュニケーションから都市計画まで、……と、昨今ではそのジャンルも多様化しており、一言で定義するのは難しい。

語源は、後期ルネサンスの画家・美術理論家のフェデリーコ・ツッカリが『画家・彫刻家・建築家のイデア』の中で使用している「ディセーニョ disegno」という言葉とされて

いる。(1)

今日でも、「素描」や「設計」の意味で使用されているイタリア語だが、ツッカリは、新プラトン主義の思想家プロティノスが用いる「形相」という概念の翻訳として、これを使用している。質料に形相《ディセーニョ》を分有させるのが、芸術(技術 technē)だというのがその考え方である。

理想と素材との二元論という意味では、私たちが考えようとしている「カッコいい」とも関連するようだが、いずれにせよ、デザインは、歴史的にも芸術と近接するジャンルである。

では、デザインと芸術とは、一体何が違うのか？　両者は確かに違っていて、参照し合うことでそれぞれの理解が深まるが、今し方書いた通り、デザインのジャンルにもより、また、現代のアーティストも、常に芸術とは何かという定義と格闘しながら創作に携わっているだけに、単純な比較は出来ない。

しかし、せめて頭を柔軟にするために、矛盾を恐れず、その整理を試みてみよう。

例えば、プロダクトを、広義の彫刻と比べてみる。

両者の一番の違いは、使用が前提とされているか否かである。機能の有無といってもいい。プロダクトは、基本的に合目的的であり、椅子にせよ、トースターにせよ、用途が明確で、その存在と意味とが一対一で対応している。他方、芸術の目的は、一義的には、美なのか、崇高なのか、ともかく、私たちが感じ取る何かであり、必然的に多義的に開かれている。プロダクトと違い、鑑賞者によってその受け止めが異なり、しばしば役立たずと批判されるように、特に用途はない。

しかしこれは、たちまち色々な反論を思いつく、あまり説得力のない二分法であろう。プロダクト・デザインにも美的な意匠は施されており、それは多分に芸術的である。また彫刻も、歴史的には、建築や広場といった展示場所に適合的であり、また制作には、構図の決定など、デザイン的な視点の導入が必要な段階がある。人の心を癒やす、あるいは刺激する、という意味では、立派な社会的な機能を果たしているとも言える。その時、表現はその目的に準じている。

内発的か、外発的か

プロダクト・デザイナーのマーティン・バースは、一度燃やして炭になったフレームを樹脂で固めて、それにクッションを設置した、ユニークな椅子を発表している。今にも壊れそうなボロボロの真っ黒なフレームが何とも言えず「カッコいい」が、これなどは、プロダクトとも彫刻とも言えそうな作品である。

もっと合目的で機能的なミケーレ・デ・ルッキのトロメオという照明機器や深澤直人の《HIROSHIMA ARM CHAIR》などは、プロダクト・デザインのお手本のような代物だが、美術館に展示されると、その惚れ惚れする造形の故に、彫刻としての鑑賞に堪え得るかもしれない。(2) ドラクロワ＝ボードレール的な体感主義に基づくならば、細いワイヤーで引っ張られたトロメオの美しいアームに「しびれ」たり、人体の構造そのものが比喩的に物象化したようなその椅子の抽象性に鳥肌が立つのであれば、「美の多様性」に回収しても構わないのではあるまいか。

そもそも、プロダクトは掃除機や椅子など、一日の中でも機能していない時間が長く、その間は彫刻的に美的な喜びをもたらしてくれた方が良いだろう。ダイソンが人気なのは、機能のみならず、インテリアとして飾っておいても「カッコ悪く」ないからである。

プロダクトは、その合目的性の故に、機能的で「恰好が良い」ことこそが重要であり、「恰好が悪い」のは困る。しかし、用を足せれば良いという以上に、どうしても欲しい、買いたい、という衝動を感じさせるためには、更にそれを突き抜けて、「カッコいい」と「しびれ」させる何かが必要である。

こうしたデザインと芸術との〝相互乗り入れ〟は、グラフィックに関してもある程度、当て嵌まる。抽象絵画の創始者カンディンスキーと、ロシア構成主義のグラフィック・デザイナー、ロトチェンコとはほぼ同時代人だが、ロトチェンコを芸術作品として扱う展覧会に、今日、別段の異論はないであろうし、「広告」という合目的性とは凡そ無縁のカンディンスキーも、描いているものが自然を参照していないだけに、構図の最終的な決定には、フレームとの関係というグラフィック的なバランスの効果が不可欠となっている。

そこで、もう一つ考えられる差異は、表現の対象が、**内発的なものか、それとも外部から与えられるものか**、という点である。

これはロマン主義以降の考え方と言うべきだが、芸術は主題が内発的に芽生え、表現はそれと一体的に生じる。表面と実質との関係は不可分である。

しかし、デザインは、表現対象は基本的に依頼によって他者から与えられる。デザイン事務所の仕事は、ほぼクライアントの相談から始まるはずである。それが、椅子のように既存の形態が一定程度、定まっている場合もあれば、機能や目的のみを伝えられて、それを具現化する新しいアイディアを一から考えなければならないこともある。

プロダクト・デザイナーの山中俊治は、Ｓｕｉｃａを使用する自動改札機のデザインを依頼され、人間がスムーズに通過し、猶且《なおか》つ機械がカードをエラーなく読み取れるだけの接触時間を確保するために、読み取り面に１３・５度という微妙な角度をつけた(3)。水平にすると、人がＳｕｉｃａをかざす時間が短くなり、エラーが生じるが、垂直にすると今度は一々立ち止まらなければならず、改札が混雑してしまうからである。

こうした事例では、工業デザインであっても、外観とエンジニアリングのコンビネーションが、主題と表現との一体的な造形を要請すると言える。

デザインの倫理性

デザインは、その課題を**美的に解決する**ことが望ましいわけだが、服飾のように対象を**美的に見せる**ことが目的である場合もある。というのも、加湿器を内部の機械ごとデザインする場合と違い、身体自体は、デザイナーが変更することが不可能だからである。

この場合、美しく見せるべき実体と、その手段たる表面のデザインは、そのギャップを巡って格闘することになる。そして、たとえその人物が美しくなくても、あるいは、極悪人であっても、服飾は意図してより美しくさせようとする。ここが、後に議論するように**デザインの倫理性**の問題となる。

両者は、常に乖離が前提とされているわけではなく、機能的には、身体の運動との一体化が求められている。また、見た目に於いても、最終的には、岩倉具視の衣冠の着こなしのように、調和が生じ、一体化が感じ取られることが目指されている。しかし、だからこそ、問題とも言える。極悪人が、上品で美しい服を見事に着こなしてしまえば、どうなるのか？

これは、グラフィック・デザインにも言えることである。公演や商品のポスター、本の装幀は、公演や商品、本の中身自体にまで手を加えることは出来ない。ヒプノシスが手がけたピンク・フロイドの『狂気』のジャケットは、グラフィック・デザインの傑作だが、それは楽曲を変更することなく、一つの新しいイメージを付与することで、受け手の印象に影響を及ぼしている。

他方、ホテルやレストランのサイトやお菓子のパッケージなどのように、実体を変更することは出来ないが、その**良い部分だけをピックアップし**、よりよく見せる、ということもある。

だからこそ、そこにはデザインの悪用の可能性があり、その端的な例は、戦争を美化する政治的プロパガンダである。

設計としては、一体的な発想が求められるプロダクト・デザインに於いて、表面と実質とが極端に乖離するのは、電子機器のユーザー・インターフェイスである。

デザインは、使用目的がある以上、人と対象とを媒介しなければならないが、例えばポスターや雑誌といったグラフィック・デザインが、イヴェントや商品などを比較的、短期間、広告する目的で制作されるのに対し、プロダクト・デザインは、操作を伴った長期間の使用が目的である。そのため、公共のものであれば都市空間と調和している必要があり、個人の使用によるものであれば、その人のライフスタイルと合致していなければならない。むしろ、その生活を、より快適に、「カッコよく」してくれることが望ましい。

当然のことながら、プロダクトの実質だけでなく、受け手の身体性——人間の形や大きさ、振る舞い——が大きな意味を持つ。携帯電話は、どんなに半導体が小型化しても、指で操作できず、肉眼で見ることが出来ないほど画面が小さくなっては無意味である。

産業革命以後、社会には、人間の生活を支援する様々な機器が普及していったが、その内部は年々複雑化してきている。機能はプロダクトの形と不可分だが、視覚的には、機械の実体に意味があるわけではないので、完全に覆い隠されても構わない。中身がこんがらがるほど複雑でも、外観はシンプルな方が、当然、混乱は少ない。

つまり、この場合、中身と外観との合致は必ずしも求められていないのである。

2 ナチスの制服を「カッコいい」と言って良いのか?

ナチスの制服を着る意味

このデザインの外観と実質との乖離に関して、今日でもしばしば問題となるのは、ナチスの制服である。

ナチスの制服を着用することは、ドイツでは刑法第一三〇条「民衆煽動罪」で禁止されており、ドイツ国外でも、一般常識として厳しく批判される。

ところが、現代でも、ナチスの制服やそのシンボルを身につけることによる炎上事件は後を絶たない。近いところでは欅坂《けやきざか》46が二〇一六年一〇月二二日のコンサートでナチスの制服と酷似した舞台衣装をまとい、世界的な批判に曝され、アメリカのユダヤ系人権団体「サイモン・ヴィーゼンタール・センター」が謝罪を求める声明を出すに至った。

これは、戦後、七十年以上が経ち、歴史が風化した今だからこそ起きた嘆かわしい事件というわけではない。この間ずっと、映画や音楽、文学、オモチャ、アニメに漫画と、日本の文化がいかにナチズムを消費してきたかは、『ヒトラーの呪縛——日本ナチカル研究序説』（佐藤卓己編著）に詳しい。佐藤はそれを「ナチカル」と読んでいるが、同書中には、ナチスの軍服を映画で見ると、「それだけで胸がときめいた」という、某大物女優の「大きな声じゃ言えないけど」といった証言も収録されている。

一般的に、今日、ナチスの制服を着ることの意味は、次のように分類されるだろう。

①ネオナチなど、思想的にナチスに傾倒している。
②ナチスに共感しているわけではないが、制服その他、そのファッションは「カッコいい」と思っている。
③ナチスへの賛否はともかく、ナチスは怪《け》しからん、という一般常識に逆らうことが、「カッコいい」と思っている（一種の反体制）。
④ナチスのことなどよく知らず、ただ「カッコいい」洋服を着ていたら、それが実はナチスの制服だった。

①は、根本的な問題だが、「カッコいい」を巡る議論からは一旦、外しておきたい。
④は、無知故ということで、教育されればビックリして反省するのかもしれない。③は

ナチスである必然性はないが、例えばカンボジアのポルポト派のコスチュームを着ることが社会問題化することはないので、やはりナチス自体に何らかの禍々《まがまが》しい、危険な〝魅力〟を感じているのかもしれない。

ここで、今議論したいのは②である。

ナチスの制服は、もしそれがナチスという存在とまったく無関係であったならば、確かに「カッコいい」と見做されてしまうかもしれない。その上で、問題は、そう言って良いのか、ということである。

レミー・キルミスターの場合

モーターヘッドというロック・バンドを率い、カリスマ的な人気を誇ったレミー・キルミスターは、所謂〝ミリタリーオタク〟で、そのコレクションは、ダマスカスやトレドの古い刀剣からフリーメイソンの剣といった骨董の類い、戦車の模型や制服、更に勲章その他の小物に至るまで幅広い。「装飾やデザインが気に入って集め始めた」そうだが、その中には、ナチス関連のものも数多く含まれている。

『極悪レミー』という彼のドキュメンタリー映画の中では、実際に、ナチスの制服を自由に着崩して身にまとった彼が、ミリオタ仲間と戦車で遊んだあと、「ナチスに傾倒していると観客に誤解されたら？」と質問される場面がある。レミーは、こう答えている。

「黒人の恋人が六人いた俺は、ナチスなら不出来な党員だな。彼女といるのを見つかれば、仲間からつるし上げだ。**軍服を着て楽しんでいるだけで、誰にも迷惑をかけちゃいない**。ここ（アメリカ）は自由の国だろ？　カッコよけりゃイスラエル軍の軍服でもいいんだ。要は好みの問題だ。ナチスに傾倒してるだと？　見当違いも甚しい。」

実際に、モーターヘッドの音楽がナチスを賛美しているわけではなく、歌詞に、人種差別やホロコースト否定論が含まれているわけでもない。ナチスにははっきりと否定的だが、自分でステージ衣装をデザインするほどファッションセンスに恵まれた彼が、純粋にそのデザイン、工芸品としての美しさに惹かれている、というのは事実だろう。つまり、彼は②の典型例である。

私は、十代の頃からモーターヘッドが大好きなのだが、この伝記映画を見て、改めて、ジャック・ダニエルのコーラ割りを飲みながら、日がな一日、ゲームをしている彼の何とも言えず自由なキャラクターに心惹かれた。何と言っても、レミーはロック的に、その音楽も、ライフスタイルも、皆が〝お手本〟にするほど「カッコいい」のである。

その上で、ナチスの制服の「カッコよさ」は、ナチスという存在と切り離して肯定し得るという彼の考え方には、当惑を覚えた。誰からも愛される彼のキャラクターを前にすると、批判するのも野暮という気についさせられそうになるが、だからこそ、敢えて一つの複雑な事例として取り上げるべきだと感じた。

「カッコいい」のは、実質から切り離された表面性に過ぎないし、それは一緒くたにしていない、というわけだが、これは、「カッコいい」は、外観と内実との一体化が重要だという視点と、対立する考え方である。

ヒューゴ・ボスとナチスの制服

ナチスの制服のデザインを手がけたのが、世界的なファッション・ブランドの創始者ヒューゴ・ボスであるという噂は、ナチスの制服を「カッコいい」と感じる人々を、さもありなんと、納得させてきた。しかし、この俗説は、今日、専門家による研究調査によって否定されている。但し、ボス社がナチスとまったく無関係だったわけではない[4]。

二〇一一年にミュンヘン連邦軍大学研究員のローマン・ケスターによって発表された『ヒューゴ・ボス、一九二四―一九四五　ワイマール共和国と『第三帝国』の時代のある衣料品工場の歴史』によると、一九二四年に創設されたヒューゴ・ボス社の衣料品工場は、元々、下着や作業着などの生産を行っていた中小企業で、国防軍・ナチ党組織の制服に関しては、生産を受注していたものの、デザインに関与するような中心的立場にはなく、全国に一万五千社ほどあった制服工場群のうち、ドイツ南西部シュヴァーベン地方で事業を行っていた工場の一つに過ぎなかった。ボス社がファッション・ブランドとして名声を博するのは、戦後になってからのことである。

従って、ナチスの制服を、ヒューゴ・ボスがデザインしたという理由で「さすがに立派」と評価するのは誤りだが、逆に彼を「ナチスの仕立屋」という言葉で非難するのも、的を射てはいない。こう書くと、ヒューゴ・ボスの戦争責任は、他の一万五千社の縫製工場に紛れて相対化されたようにも受け取られようが、調査は、そのナチスへの協力の悍ましい中身を仔細に明らかにすることで、却ってより具体的な断罪に至っている。

日本経済新聞の特集記事「『茶色の過去』を直視せよ　ドイツ企業の十年」（二〇一五年八月一九日）には、このケスターの調査内容が次のように紹介されている。

一九二四年に自社を創業したヒューゴ・ボスは、経営がうまくいかず倒産寸前に追い詰められていたが、三一年にナチ党に入党し、三八年にはドイツ軍の制服の大量発注を受け、その業績を飛躍的に回復させる。

ヒトラーが首相に就任した直後の三三年一一月には、会合が開かれ、社内オーケストラが国歌《世界に冠たるドイツ》とワーグナーの《ニュルンベルクのマイスタージンガー》を演奏し、親衛隊に属する社員が行進するなど、会社を挙げての政権の支持を鮮明にした。

強制労働も明らかとなっており、その百四十名の内、大半が女性で、四〇年一〇月から四一年四月までの間には、四十人のフランス人捕虜も使用されている。人材募集にはゲシュタポが関与しており、社内では、国粋主義者の上司の手荒い扱いを、社長のヒューゴ・ボスが黙認していた。

更に、「ユダヤ系など非アーリア人の顧客名簿を提出せよとの文書が本店から支店に回覧される一方、ナチスに非協力的だった支店長が部下や同僚の密告で絞首刑にされた」という衝撃的な内容も含まれている。

全体的な印象としては、渋々政府に協力していたというより、かなり前のめりで、世界的なファッション・ブランドとしては、致命的とも言える醜聞だが、実は、だからこそ、「過去の真相究明を進めるため、調査を依頼した」のはボス社自身であった。

記事では、このような「過去の総括」がドイツで始まったのは、一九九〇年前後とされており、その理由として、世代交代が進み、ナチスに協力しつつ、戦後も企業の幹部の地位にあった者たちがいなくなったこと、彼らを追放すれば事業拡大に支障を来し、冷戦下で東側陣営に敗北することが懸念されていたが、ドイツ統一が政府による歴史検証を可能にしたこと、更に経済のグローバル化により、労働力の供給源としても市場としても重要な国外向けの真摯な反省の態度が不可欠となったことが挙げられている。

ドイツは、カール・ラガーフェルドのようなスター・デザイナーやジル・サンダー、エスカーダなどのブランドを擁していながら、なぜ世界的なファッションの中心地となり得ないのか、という疑問について、ケイト・アブネットは、ファッションサイト『BoF』で次のように語っている。

ドイツは、歴史的に小国に分裂していた期間が長く、戦後でさえ東西に分割されており、更に今日も〝倹約的な〟北部とリッチな南部といった差異のために、「ドイツ・ファッション」という統一的な「カノン」を形成できなかった。

それでも、一九二〇年代には、短期間、ドイツ版『ヴォーグ』が刊行されるほど、ドイツのモードが影響力を持った時代もあり、ベルリンのワイルドで退廃的なナイトライフは、国際的なファッションの熱狂の舞台となった。しかし、この自由な雰囲気も一九三三年のナチスの政権掌握までで、本質的に男性中心主義的だったナチスは、女性が美しく装うことを否定せず、質実剛健すぎて色気を失うことさえ恐れていたが、むしろ、ユダヤ人の追放により、ファッション・ビジネスは壊滅してしまった。

また、ドイツ的な「機能主義」は、華やかなモードの世界で分が悪かった。ただし、昨今のリアルクローズ↓ファストファッションという流れと、他方でのストリートファッションの導入を通じて、状況は良い方向に変わりつつある。アディダスやプーマのようなスポーツ・ブランドが、ファッションとしても存在感を発揮しているのは承知の通りである。

不可分な記憶

さて、デザインには携わっていなかったとは言え、ナチスの制服を製造していた一企業としてのボス社のこのような実態を見てきた後に、私たちはそれでも、ナチスの制服を、「カッコいい」と言うことが出来るだろうか？

モノ（製品、作品等）には罪がない、という考え方がある。

昨今のMe too運動でも議論されたこの問題は、セクシャル・ハラスメントに止まらず、そもそも人を殺したカラヴァッジョの絵画を、美術館で展示していいのかどうか、といった話にまで敷衍《ふえん》された。一体、彼の『聖マタイの殉教』を「美しい」と表現することは許されるのか？

刑法には量刑という考え方があり、多くの人がそれを妥当なことと納得しているが、社会的制裁に関しては、粗雑な十把一絡げになりがちである。

実際は、セクシャル・ハラスメントに関しても、その悪質さの程度と反省の有無、被害者への謝罪と和解、事件の時代背景などによって、作品の扱いは異なってくるだろうが、カラヴァッジョに関して言うなら、彼の殺人という事実を隠蔽しないまま、作品を鑑賞するということに、芸術体験の意味を見出すべきではあるまいか。これほど素晴らしい作品を描く一方で、殺人を犯すのが人間であり、また、殺人者にこれほどの天分が備わっている、というのもまた人間なのだと。

その上で、彼の芸術上の比類ない成果は、後続の画家たちの分析対象となり、影響を与え続けるであろうし、実際にこれまでもそうだった。その段階で、彼の作品は、要素や断片と化して解体され、他者によって練り直されて、一先ず彼自身から切り離される。

その影響が歴然としていることもあれば、換骨奪胎されて、完全に匿名化されることもあるだろう。

ナチスの制服も、ナチスに特に関心を持たない人間が、純粋にデザインとして「カッコいい」と感じてしまうことは、止めようがあるまい。そればかりでなく、ナチスの恐るべき非人道行為をよく知る人間でさえ、内心そう思ってしまうことはあるだろう。実際、ファッションだけでなく、日本では、それを「ナチカル」として消費してきた歴史がある。

しかし、幾らナチスそのものとは切り離していると言っても、歴史的事実を完全に払拭することは出来ないし、そうすべく努力するというのは正しい考えだろうか？

ナチスの制服を「カッコいい」と表明することには、否応なく、社会的な非難が浴びせられる。当人がどんな意図であろうと、ホロコーストで九死に一生を得た人にとって、その過酷な体験と制服とは、記憶の中で一体化しており、**断じて不可分**である。そして、人類の大きな過ちとしてその歴史を学習した我々も、犠牲者たちの写真と、ナチスの制服とを、そう簡単に切り離すことはできない。

「カッコいい」存在は、これまで見てきた通り、「しびれる」ような興奮をもたらしてくれるが、その**生理的反応自体に倫理性はない**。「経験する自己」を反省的に、批評的に言語化するのは「物語る自己」だが、その際に、例えばファッションとしてナチスの制服を「カッコいい」と感じた鳥肌を、ナチスそのものを「カッコいい」と感じていると錯誤する可能性は常にある。

ナチスの制服が、強い憧れの感情を刺激し、メディアが集団に作用を及ぼす時、「カッコいい」はその凄まじい動員力を、今も政治的に誤ったかたちで発揮してしまうかもしれない。

「カッコいい」対象の選択は、個人の自由である。しかし、少なくとも社会的には、一定の制限が設けられることはやむを得ないだろう。

容易に合致せず、切断も出来ず

勿論、レミー・キルミスターがナチスの制服を着ている時、「カッコいい」と憧れるのは、飽くまでレミーに対してであって、ナチスに対してではあるまい。彼自身のハッキリとしたナチス否定のコメントは、「物語る自己」の誤解の可能性を相当程度、抑制している。ファンは、ナチスの制服は、純粋にそのデザインが、レミーという人物を「カッコよく」引き立てているに過ぎないのだと、主張するかもしれない。

しかし、「カッコいい／悪い」にせよ、「恰好が良い／悪い」にせよ、その対立は**スタティック（静的）なものではなく、ダイナミック（動的）なものである**点に特徴がある。

表面と実質とは乖離と一体化とを巡って、私たちの感情を揺さぶり続ける。

「カッコ悪い」人間が、表面的な「カッコよさ」を通じて、実質的に「カッコいい」と認識されることを目指すように、ナチスの「カッコいい」制服は、ナチス自体を「カッコいい」と感じさせる危うさを常に孕んでいる。そもそも、それこそが「カッコいい」制服をデザインする意味だからである。

もし服飾の表面的な「カッコよさ」に、それをまとう人物を実体として「カッコよく」見せる力がないのであれば、それは無価値だろう。どんなに「カッコいい」服を着ていても、飽くまでそれは、服だけの話だと頑なに自分から切断されてしまうならば、誰もそんな服を買ったりはしまい。

もっと単純に、逆を考えてほしい。「カッコ悪い」制服を着ていれば、やはり私たちは、その着る者をも「カッコ悪い」と感じてしまうのではないか？

実質は、そう容易には外観と合致せず、さりとて外観からは容易に切断できないのである。

3 『FRONT』とプロパガンダ

「戦時国家宣伝の宿命」を担う

勿論、制服に限らず、ゼロ戦や原子爆弾、戦中のポスターなど、戦争に関わるあらゆるデザインを、今日、「カッコいい」と言うことが可能かどうかは、同様に考えるべき問題である。

日本では、戦前から対外宣伝用のグラフ誌が数多く刊行されていた。別《わ》けても、『NIPPON』（日本工房）、『COMMERCE JAPAN』（貿易組合中央会）、『JAPAN PICTORIAL』（鉄道省国際観光局）などが知られ、それらは、同時期の『週刊朝日』（朝日新聞社）、『婦人倶楽部』（講談社）といった雑誌、あるいは『写真週報』のような官製グラフ誌とは比較にならないほど完成度が高く、今見ても、オリジナリティには乏しいが、デザインはやはり「カッコいい」と言わざるを得ない。関わったのは、写真家の木村伊兵衛や土《ど》門拳《もんけん》、グラフィック・デザイナーの河野鷹思《こうのたかし》、亀倉雄策といった当時の一流どころだった。

取り分け、一九四二年から四五年までの間、陸軍参謀本部直属の東方社より刊行された『FRONT』は、そのデザイン性が今日でも高く評価されている。

この雑誌は、プロパガンダ誌であるにも拘らず、編集部に数多くの共産主義者が含まれていたなど、謎めいたところもあるが、理事長に岡田桑三、写真部長に木村伊兵衛、美術部長には原弘を据えて、第二号からは林達夫が編集責任者となるなど、日本のグラフィック・デザイン界の粋を集めて制作されている。

一九三〇年に刊行されたロシアの『ＵＳＳＲ』と一九三六年にアメリカで刊行された『ＬＩＦＥ』が強く意識されており、殊に岡田と原の傾倒から、初期は「そこまで似せなくても」(多川精一)というほど『USSR』に酷似していた。

元々は「世界各国に向けて日本の立場や、アジアの実像をPRしよう」という「おだやかな宣伝方針」だったが、ヨーロッパでの開戦、日本軍のアジア進出などにより、方針転換を余儀なくされ、「**戦時国家宣伝の宿命**」を担うこととなる。[5]

創刊号も、当初は「陸軍号」の予定だったが、太平洋戦争開戦直後の「海軍のめざましい戦果に合わせて」、「海軍号」に取って代わられ、その後、「陸軍号」、「満州国建設号」、「落下傘部隊号」、……と、十種類が制作されたが、最後の「戦時下の東京号」は東京大空襲で消失したため、刊行されていない。

「日本の資源はまだ十分ある」ことを宣伝する目的もあり、多額の費用が注入され、A3という『USSR』と同じ迫力のある大きな判型で、多い時には世界十五ヵ国版が制作され、海軍号は六万九千部印刷されたという記録がある。

ロシア構成主義の影響が看て取れるその誌面は、大砲を発射する戦艦や戦闘機のパイロットのポートレート、上空での編隊飛行、パースを効かせたハルビン市の街並みなど、木村伊兵衛の写真が、言葉を極力切り詰めて効果的に、大胆に掲載され、非常に「カッコいい」作りとなっている。

グラフィック・デザインは、それが表象する対象と、認識する人間とを媒介するメディアである。そして、ポスターや雑誌は、文字通り、広告する（＝広く告げる）。必要最低限に対象の現実を伝えるならば「恰好が良い」で十分だろうが、憧れの気持ちまでをも喚起するためには、「しびれる」ような興奮を引き起こす「カッコよさ」の次元が求められる。

私たちは今日、日本の帝国主義の過ちや太平洋戦争の無謀さを知っているが、『FRONT』は、当然のことながら、それらを改竄し、隠蔽して、**戦争全体を非常に美化**している。

しかし、写真界、デザイン界のこうした戦争協力は、戦後、公式に断罪された形跡がなく、例えば、『NIPPON』に携わっていた写真家の渡辺義雄は、戦後の対談で「みんな命ぜられてやる方でしたから」、「写真じゃ人殺せないんだよ（笑い）」という認識を語っており、日大芸術学部教授、日本写真家協会会長、東京都写真美術館初代館長などを歴任している[6]。

個々には、戦後の活動にその反省が生かされたようで、木村伊兵衛は、写真専門学校生たちを「戦争に行かせないために、東方社にかかえ込んで、なにかやらせている」といった証言もあるが、いずれにせよ、美術界で藤田嗣治が、文学界で横光利一らが曝された戦争協力の批判と比するならば、写真界、デザイン界のそれは、〝お咎めなし〟に近いものだった。

「カッコよく」見せる力は残っている

実は、『FRONT』のオリジナルは、空襲で焼失してほとんど残されていないが、一九八九―九〇年に平凡社から復刻版が刊行されている。

さて、では、この『FRONT』を、今、「カッコいい」と言いながら眺めることは可能なのだろうか？

こちらは、ナチスの制服と違って、日本の問題であるにも拘らず、木村伊兵衛らの戦後の処遇同様、かなりタブーが弱い。日本の戦争は間違っていたが、雑誌をデザインとして評価するのはまた別だ、という理屈は、リベラルなアーティストからも多くの支持を集めるのではないか？

ナチスの制服を着て街を歩くのと、家で一人で『FRONT』を見るのとでは、社会的な影響力という意味では大きな違いがある。しかし、『FRONT』に、今以て大日本帝国を**「カッコよく」見せる力が残っている**ことは事実であり、昨今では、それを真に受けている国粋主義者もいる。

『FRONT』のスタイルにインスピレーションを得て、新しいデザインを思いつく、ということはあるだろう。同じことは、ナチスの制服にも恐らく言えるが、その表象性は、雑誌のアートディレクションとは比較にならないくらい強い。服は服だが、雑誌は、写真や文章が変われば、ほとんど別物に見えるからである。

いずれにせよ、その影響力を考えるならば、『FRONT』もナチスの制服も、歴史上のオリジナルを、「カッコいい」と称揚することに、私は反対である。実際、私はそれらを見ていると、「しびれる」よりも、嫌なものを感じる。歴史を踏まえて、総合的に考えれば、やはり「悪趣味」だろう。しかし、他方で、それらのいずれも、ゼロから作り上げたわけではなく、先行するデザインの影響下で生み出されたものである。その流れの中の否定的な事例として参照する、ということは一つの態度だろうが、直接的な影響があまりに濃厚で露骨なものは、やはり、社会的には受け容れられないだろう。

ミリタリー・グッズ自体は、一般に旧枢軸国のものに対するタブーが強く、旧連合国のものに関しては、戦後、すんなりと「カッコいい」化してしまった、という問題もある。タブーは戦争そのものというより、その政権の比重が大きくなっている。

一九五〇年代にイギリスで発生したモッズというファッショナブルな若者たちは、アメリカ軍のM－51というコートを一種のアイコン的に着ていて、それは未だに定番として愛されている（第6章参照）。迷彩柄のように完全に「カッコいい」デザインの一種として定着したものもあるが、例えば、イラク・アフガン戦争の傷痍軍人を見舞いに行く時に、その手のジャケットを、飽くまでファッションだからと着ていくべきかどうかは、考えてみるべきことだろう。

いずれにせよ、「カッコいい」に「人倫の空白」を埋める機能が認められる以上、私たちはその倫理性に意識的にならざるを得ないのである。

4 『プラダを着た悪魔』とモード

ファッションの脱着可能性

さて、デザインの表面と実質との乖離と合一という問題を考える上で、今度は**モード**に注目しよう。

アメリカの有名モード誌の内幕を描いて大ヒットした映画『プラダを着た悪魔』には、冒頭にこんな象徴的な場面がある。

アン・ハサウェイ扮する見習い編集者アンドレアは、〝悪魔〟のように厳しい編集長ミランダ——アメリカ版『ヴォーグ』のアナ・ウィンターがモデルとされる——の過剰なまでの仕事ぶりをつい笑ってしまい、次のような辛辣な皮肉で叱責される。

「あなたには関係ないことよね。家のクローゼットからそのサエない〝ブルーのセーター〟を選んだ。『私は着る物なんか気にしないマジメな人間』ということね。でも、その色はブルーじゃない。ターコイズでもラピスでもない。セルリアンよ。知らないでしょうけど2002年にオスカー・デ・ラ・レンタがその色のソワレを、サン＝ローランがミリタリー・ジャケットを発表。セルリアンは八つのコレクションに登場。たちまちブームになり、全米のデパートや安いカジュアル服の店でも販売され、あなたがセールで購入した。その〝ブルー〟は巨大市場と無数の労働の象徴よ。でも、とても皮肉よね。『ファッションと無関係』と思ったセーターは、そもそもここにいる私たちが選んだのよ。」

ファッションに於ける「カッコいい」の表層性と実質性とは、なるほど、完全な切断は不可能だが、**脱着は可能**である。身にまとっている以上は一体化するが、その関係は一対一で排他的に結びついているわけではなく、常に変更可能である。

まず年齢相応の趣味があり、また流行がある。十代の頃に気に入っていた服を、三十歳になっても着続けていれば「カッコ悪い」し、時代遅れの服装もやはり「カッコ悪い」。前者は、**似合わなくなる**、という意味であるが、後者は、似合っていても**時の移ろいとともに「カッコ悪く」なる**。むしろ、流行を追ってみても、似合っていないせいで、ムリしている感じがヒシヒシと伝わってきて「カッコ悪い」ということもある。十代の若者の間で今流行っている服を、三十代の大人が着てみても、**年齢不相応で「カッコ悪い」**だろう。ガダマーが言うように、少し距離を置いて個人的な趣味で言えば、流行の方が「ダサく」、「カッコ悪く」感じられて、こんな服はちょっと着られない、と戸惑うことも少なからずあろう。しかし、多少時間がかかっても、一旦身につけてみると、意外と「カッコいい」と思えてくることもある。

その意味で、ファッションはその服を選択する人間の**趣味の表れ**という側面と、**趣味自体を社会の側から作り直される**という側面との**相互作用**で成り立っている、と言えるだろう。デザイナーは、単に自分の趣味を押しつけるだけでなく、それによって**着る人の社会的な意味が変わる**ことを意識している。ジェンダーにとらわれず、誰もが対等に働く時代には、活動的で、堂々とした服をデザインする必要があるだろう。

誰も逃れられない?

ところで、近代以前の民族衣装とは異なり、近代以後、ファッションにはトレンドがあり、しかもそれは、人為的なものである。

ナポレオン軍の服がヨーロッパ全体に影響を及ぼし、それがまた極東の日本の大礼服にまで反映されたことは既に見たが、戦後、メディアによって世界的に共有されるようになったモードには、パリやロンドン、ニューヨーク、ミラノといった複数の明確な中心があり、その新作コレクションが「巨大市場と無数の労働」によって模倣され、消費される、という仕組みが、この半世紀というもの、機能してきた。

最新のモードは「カッコよく」、流行遅れの服は「カッコ悪い」。自分は流行を追わないつもりでも、アパレル産業の実態を知っていれば、誰もこの価値観からは逃れられないのだ、というのが、今し方の『プラダを着た悪魔』だった。

自然という存在の参照が不可欠な「美」と違って、基本的には人間か、人間が生み出したものを対象とする「カッコいい」は、より一層、**社会的な認識に左右**される。青空や花の美しさは、普遍的と呼びたくなるほどの長い歴史を持っているが、ファッションは六ヵ月毎に変化するものであり、大きな流れとしてみても、六〇年代、七〇年代、八〇年代、……と十年単位くらいで独自の流行を形成してきた。

ジーパン今昔物語

いきなり、ニューヨークのモードの話に飛躍せずとも、もっと身近でわかりやすい事例は、ジーパンの流行だろう。

そもそも、今の高齢世代の人たちにとっては、ジーパンを穿くこと自体に抵抗があり、かつてはジーパンにスニーカーでは入ることの出来ないレストランも少なからずあった。大学の授業にジーパンで出席することを断固として禁ずる教授もいたほどである。

ジーパンは、戦後の「カッコいい」存在の先駆けだったジェームズ・ディーンの象徴だったが、若い人にとっては、そうした憧れの服装であっても、年長者にとっては労働者の作業着という認識だった。

八〇年代後半、中学生になった私が、ジーパンを穿くようになった頃にも、そんな話を親の世代の人から聞かされることがあった。とはいえ、当時はジーパンも既にファッションに不可欠な存在となっており、そのデザインも流行に敏感だった。

当時は、ストレートか、ワイドなダブッとしたシルエットで、ストーン・ウォッシュ、アシッド・ウォッシュの〝霜降り〟模様が人気だった。

まだファッションというものに意識的でなかった私は、ジーパンとはそんなものだと思っていたので、六〇年代末から七〇年代のロックやフォークのミュージシャンやそのファンたちが、ベルボトムと呼ばれていたフレア裾のジーパンを穿いている写真を見ると、「ダッセぇなァ、……」と思ったものである。タイポグラフィでも、サイケデリック・カルチャーの象徴としてベルボトムという書体があるが、日本で俗に〝ラッパ〟と呼ばれたこの末広がりの裾のシルエットは、オジさんたちの青春の象徴であり、それがまた流行るなどということは、絶対にないと信じて疑わなかった。

大体、私は、『ビー・バップ・ハイスクール』が絶大な影響を及ぼしていたヤンキーブームのまっただ中に、北九州の中学校に通っていたので、〝ラッパ〟はおろか、ストレートのズボンでさえ、「カッコ悪い」というのが常識だった。学校の服装検査でも、指導され、没収されたのは、標準の制服より太いラインのズボン――所謂ボンタン――である。

〝美脚パンツ〟と称して大流行

そのうちに、いつまでもケミカル・ウォッシュのジーパンを穿いていると、それを「ダサい」と笑う友人が出てきた。店頭でも、ヴィンテージ風のジーパンしか見なくなり、古着ブームもあって、こだわりの芸能人が、コレクションしているジーパンは決して洗濯しないと公言して話題になったりした。

ロックも、グランジがブームになり、一種の停滞感の中にある、ルーズでラフな雰囲気が「カッコいい」とされるようになり、八〇年代に流行したＨＲ《ハードロック》／ＨＭ《ヘヴィーメタル》はダサい、とされていった。他方で、ヒップホップのブームもあり、ダボダボのかなりルーズなシルエットのジーパンも目にするようになった。

その辺りまでは、あまり驚かなかったが、丁度大学に入学した九〇年代中頃から、遂に

〝ラッパ〟が復活し、〝ブーツカット〟と呼ばれる細身で裾の開いたパンツが〝美脚パンツ〟と称して大流行し始めた時には、まさか、と目を疑ったものだった。ただし、股上はかなり浅くなっていたので、タンスにしまってあった七〇年代のパンツをそのまま引っ張り出してきても、「ダサい」と言われただろうが。

その後、二〇〇〇年代後半には、再びストレートやタイトフィットが流行り出すが、一〇年代後半になって、モードのトレンド・セッターの一人であるラフ・シモンズが、またぽつぽつ、ベルボトムのデニムをコレクションで発表し始めている。

そして、『プラダを着た悪魔』で語られている通り、結局のところ、日本の片隅で私が経験したこのジーパンのブームも、世界的なモードの中心地の動きに連動したものだった。十代の私は、アンドレアのように、直接には八〇年代のカルヴァン・クラインによるジーパンのモード化や、九〇年代後半のトム・フォードのラグジュアリーな七〇年代スタイルなど知らないまま、その中心から遥か彼方の裾野で、二次的、三次的にトレンドを経験していたわけである。

5 「ダサい化」という戦略

モードは直進的、スタイルは円環的

ファッションは、かくの如く、常に新しい流行を生み出している。

「カッコいい」には、**新鮮さ**という要素が不可欠である。ランバンのデザイナーとして、カリスマ的な人気を誇ったアルベール・エルバスは、**ファッションはフルーツのようなものだ**と言っている。それは、今のものであり、昨日はまだ早すぎ、明日にはもう食べられなくなってしまうのだ、と。古臭く、見飽きたようなものは「カッコ悪い」とされ、時折その屈折として、レトロなものの価値が新たに再発見されたりする。

明治時代に、日本人が欧米人の服装をどうにか模倣しようとしたように、ファッション業界は、基本的に進歩史観であり、それに一定の循環性を併せ持っている。

イヴ・サン＝ローランは、**「モードは過ぎ去る。しかし、スタイルは残る。」**という有名な言葉を残している。これは、ファッションの本質であって、確かに流行現象はあり、それに便乗しただけのものは時とともに廃れていくが、その際に色や形、素材などを通じて生み出された一つの**スタイル**は、歴史に然るべき地位を占め、後世に影響を及ぼし続ける。

モードは直進的で単線的だが、**スタイルは円環的で反復的**である。重要なのは、一つのスタイルが再来し、モードと交わる時、それはかつてとまったく同じではなく、微妙に変化する、という点である。

七〇年代とともに滅びたと思われていたベルボトムは九〇年代に復活したが、まったく同じではなく、ラインはより体形を美しく見せるように変更されていた。

私は、近年のラフ・シモンズのカルヴァン・クラインのコレクションを見て、さすがに〇〇年代のブーツカットくらいなら、まだ穿けるのではないかと、クローゼットの奥で眠っていたものを引っ張り出してみたのだが、当時は「カッコいい」と思っていたその股上の異常な浅さが、目が醒めたように、かなり奇異に感じられた。

「ファッションとは醜さの一形式」

伝統衣装には、こんな六ヵ月単位などという急激な流行の変化はなかった。

洋服のトレンドが世界的に共有される、というのは近代以降であり、そのためには、国を越えた人の往来が頻繁で、社会的に「カッコいい」と目されるインフルエンサーが出現し、新規デザインの複製が可能なほど技術的にも規模的にもアパレル産業が発展し、メディアがそれをリアルタイムでフォローし、伝播することが可能になる、といった条件が揃う必要があった。

『婦人の世界』という女性誌の編集に携わっていた時代のオスカー・ワイルドは、『衣装の哲学』というエッセイの中で、フランスからイギリスにもたらされた「ファッション」が「衣装dress」をダメにしたことを嘆じ、「ファッションは儚い。芸術は永遠だ。一体、ファッションとは本当のところ、何なのか？　ファッションとは単なる醜さの一形式に過ぎず、断じて耐え難いものであるだけに、我々は六ヵ月毎にそれを変更しなければならないのだ。」と、例によって辛辣だが、含蓄のある皮肉を残している。

一九世紀後半に、既に現在と同様、春夏／秋冬という六ヵ月単位でモードが変化していたことが興味深いが、ここから読み取れるのは、美と対比した際の**モードの飽きられやすさ、根拠のなさ**であり、それはガダマーの指摘の通りである。ワイルドは軽蔑を込めて揶揄しているが、ともかくそれは人為的に**変更可能であり、また変更すべきもの**だということである。

第7章で見るように、近代最初のモードのインフルエンサーは、ワイルドもその代表として数えられる「ダンディ」たちだったが、モードが世界的な現象となってからは、ココ・シャネルやエルザ・スキャパレリ、ジャンヌ・ランバン、クリスチャン・ディオール、イヴ・サン゠ローランといったカリスマ的なデザイナーが続出し、映画の隆盛と歩調を合わせて、ハリウッドの女優の着用などが大きな意味を持つようになる。

ワイルドが言うように、モードが安定的に持続しないのは、まずデザイナーが競争的に複数存在するからである。それは、王室御用達の専属服飾係とは異なっており、また個々のデザイナーのクリエイティヴィティは、新シーズン毎に新しい作品を生み出す。が、そのままであれば、個々にバラバラの服が併存するだけであって、何が「カッコいい」ファッションなのかという共通認識は形成されないだろう。

では、デザイナーたちは、何に刺激されて新しい服を考えるのか？　自身の関心、メゾンのアーカイヴと同時に、当然のことながら、**時代の変化**であり、その端的な例は、戦中と戦後の服装の変化に表れている。

これは、モードの変化の中でも、根拠のある、必然的なものと言え、それとズレた洋服を着ているというのは、敢えて言うなら、時代の雰囲気に鈍感であるからこそ、「カッコ悪い」のである。

「カッコいい」神話の形成

とは言え、『プラダを着た悪魔』の台詞に見る通り、〇〇年代初頭の色が、ターコイズでもラピスラズリでもなく、セルリアンブルーだ、というのは、あまりに微妙すぎて、必然性を証明し難く、**多分に感覚的であり、文脈依存的で恣意的**である。

モードの世界では、トレンド・セッターと目されるデザイナーが存在するが、なぜ彼らのデザインがトレンドとなり得るかと言えば、実力は勿論、彼らが〝天才〟である、という一種の**「カッコいい」神話**の形成に成功したからである。イヴ・サン＝ローランを典型として、彼らは二〇世紀後半の最もクリエイティヴな人間としてカリスマ化され、その美的趣味が信頼されている。

更に、同様に才能に恵まれたスター・デザイナーたちが、言わば〝神々の戯れ〟として、その**寡占的なコミュニティ内の模倣を、創造的な文化として容認**してきたからである。

セルリアンブルーが流行色になったのは、それを「カッコいい」と感じた他の八人のデザイナーたちが、次のコレクションで自作に導入したからである。

権利関係にウルサい昨今の感覚では、そんなのはパクリじゃないか、などと言われそうだが、パリやミラノで開催されているコレクションには、そこに参加するトップデザイナーたちのアイディアの出し合いという意味があり、彼らの間では、それは許されたことなのである。だからこそ、とても着られないような奇抜なデザインで、実際に商品化できない類いの服であっても、その世界観を提示することには大いに意味があるのである。

アイディアは、**元祖が常に最上とは限らない**ように、シェアされ、多様な個性によって揉まれることで発展し、それを『ヴォーグ』のような強い影響力を持つファッション雑誌が、「カッコいい」ものとして周知させる。結果、「ブームになり、全米のデパートや安いカジュアル服の店でも販売され」るといったアパレル業界全体への波及が生じる。もしそうならなかったならば、セルリアンブルーだ、というアイディアは時代に対して説得力を持たなかったということになる。つまり、それを「カッコいい」と感じたデザイナーたちは、感覚的にズレていて、流行の形成に失敗した、という意味である。

劣等感につけ込んだビジネス

首尾よく成功したならば、数年後にはアンドレアのような、着る物に凡そ無頓着な人間までもが、その巨大な「カッコいい」のうねりの渦中にいることになる。

すると、どうなるのか？　流行は、なるほど、衣服との一体化を通じて人を「カッコよく」させるが、二次的、三次的コピーは、所詮は新しいわけでも創造的であるわけでもなく、陳腐化する。また、バッチリ着こなせない人たちが増える分、セルリアンブルーを身につけているのに「カッコ悪い」姿も目立ってくる。つまり、「**ダサい化**」である。

この「ダサい化」は、時間経過と規模の拡大とによって必然的に発生するだけでなく、**意図的にも引き起こされる**。なぜなら、私たちは、今年も去年と大して変わらない流行の渦中にいるなら、わざわざ新しく服を買う必要がなく、去年の服を着続ければいいからである。

しかし、アパレル業界はそれでは困るのである。だからこそ、流行は意図的に「ダサい化」されなければならない。

これは、衣服の耐久性の問題とも関わっている。今日の服は、ある意味、非常に丈夫であり、クリーニング技術も向上し、「ダサい化」が起きなければ、破れるまで何年でも着られるだろうが、実際には、大抵の服は、そこまでボロボロになる以前にクローゼットで安楽死することになり、まだ着られる状態のまま、どこかのタイミングで「もう着ないだろう。」と、処分されるのを待っている。

明治時代の日本人が、なぜ、あれほど欧米の洋服の導入にこだわったのか、もう一度、思い出してみたい。「カッコ悪い」ことは、一種の恥であり、自尊心を傷つけられ、人に侮られる原因となる。

シーズン毎に各デザイナーのランウェイをチェックして、その「カッコよさ」に「しびれ」ながら積極的に流行を追う、というファッション・ピープルは、全体から見れば一部に限られるだろう。店頭で、実際に商品を見て「しびれる」人が更にいようが、そうでもない人たちは、むしろ、**「ダサい」と思われたくないという消極的な理由**で流行と付き合っている。「ダサい化」とは、悪い言い方をするなら、そうした**劣等感につけ込んだビジネスの手法**とも言える。

勿論、それによって、新しい自分を発見するという楽しみもある。しかし、そのテンポ感は、必ずしも六ヵ月毎でなくていいのではあるまいか？

まさしくこうした無理こそが、「ダサい化」がうまくいかなくなってしまった、今日のアパレル業界の抱える問題である。

「様式戦争」

アメリカのヘーゲル主義の哲学者ダントーによると、「宣言《マニフェスト》」と結びついた前時代の芸術への「死亡宣告」は、モダニズムに固有の観念だった[1]。我々の表現こそが芸術であり、それ以外は芸術にあらず、という排他的な「**様式戦争**」がその特徴だったが、実際にはロマン主義時代にそれは始まっていて、「美の多様性」が解禁された一九世紀半ばの出来事を、進歩史観と結びつけた認識と理解出来るだろう。

重要なのは、ただ批判するのではなく、自らが否定した様式に替わる**新しい様式、価値観を「宣言」を通じて実践する**、ということである。

そして、ダントーは、今日の「多元主義の時代」には、もうこうしたイデオロギーに基づく**単線的な「様式戦争」自体が不可能**であり、「**あなたが何をしようともそれは問題ではない**」という時代が到来したが、それは今日の政治状況の一つの帰結であると論じている。

美学者の小田部胤久は、この主張に対して、モダニズムの時代であっても、その「宣言」の傍らには無数の様式が死滅することなく**複数的に存在**していたし、今日に於いても、幾ら「お気に召すままに (do as you like)」と言っても、必然的に時代制約はあるのではないかと、尤もな反論をしている。

また、ピカソやマイルス・デイヴィスのように、作品毎、時期毎に作風がどんどん変化してゆく芸術家も少なくなく、長い時間を経ての反復などもあり、「様式戦争」という考え方を、個人的な発展にどこまで適用できるのかは疑問である。

モードの「ダサい化」が、どれくらいこのモダニズムの「様式戦争」の影響を受けているかは不明だが、ココ・シャネルやエルザ・スキャパレリらの芸術家たちとの交流とライヴァル関係とを考えるならば、同時代的な現象と見做すことも可能だろう。

そして、今日の「多元主義の時代」の中で、モードが見舞われている困難も、似たような状況がある。

「リアルクローズ」の発生

アパレル業界の不況が叫ばれて久しく、その理由は様々に分析されているが、これまで見てきたような**「カッコいい」トレンドの形成と「ダサい化」というサイクルが、機能不全に陥っている**という構造的な問題は指摘できるだろう。

デニムの話をしたが、私たちは、六〇年代から八〇年代までにかけては概ね、各時代の流行をイメージできるが、九〇年代ファッションとは何だったのかという問いには、なかなかパッと答えられない。

今日でもしばしば耳にする「**リアルクローズ**」という言葉は、「カッコいい」の決定権を持っていたデザイナーたちが、あまりにも自己満足的に、アーティスティックになりすぎたことへの反動として、日常的に、一般の人たちが着られる服を指す業界用語として発生した。時代によっても、人によっても、その定義が異なる、案外難しい言葉だが、大きな流れを作ったのは、アメリカ版『ヴォーグ』のアナ・ウィンターだとされている。

彼女の編集長就任第一号となった一九八八年一一月号の表紙は、それまでのアヴェドンによるシックなスタジオ撮影から、リンドバーグによるストリート撮影に変わり、モデルはカットソーにデニム、ほとんどノーメイクでナチュラルヘア、カメラ目線でもない柔和な笑顔という、今でこそ、日本の女性誌などでもお馴染みのテイストだが、当時は印刷所から「写真のセレクト間違いじゃないか？」と問い合わせがあったほど――という伝説的な噂がある――革新的なものだった。

アメリカ版『ヴォーグ』（1988年11月号）

また、一九八八年には、これまでモード誌の表紙を飾ってきたモデルに替えて、初めて女優のレネー・ゼルウィガーを起用している。それについて、彼女はこう語っている。

「スーパーモデルの次の世代のモデルたちは、私生活にスポットライトが当たるのを嫌がった。けれど、セレブたちはファッションの持つ影響力に気づいていたから、ファッションに気をつかい、レッドカーペットやショーの最前列で自己表現をするようになった。こうして、スーパーモデルの次にセレブの時代がきたのよ」[7]

一九〇九年に『ヴォーグ』を買収して以来、今日に至るまで現在世界十八ヵ国でこの雑誌を刊行しているコンデ・ナスト社の創立者は、「クラス・パブリケーション（上流階級向け出版物）」に拘り、「富や教育や洗練」だけでなく「関心事項」についても徹底した態度を貫くことで、上流階級以下の人々の憧れを刺激し、彼らにも購入されるようになるという考えを持っていた。「一般の総合雑誌になってしまうと部数が結果的に薄まる」る、という理屈で[8]、アナの大衆化とも言える路線変更は、雑誌の歴史的アイデンティティを揺さぶる画期的なことだった。

ファストファッション・ブーム

〇〇年代のリアルクローズを代表するデザイナーは、二〇〇一年にステラ・マッカートニーの後任として二十四歳の若さでクロエのクリエイティヴ・ディレクターに大抜擢されたフィービー・ファイロで、彼女はその後、セリーヌに移籍して十年間、活躍した。シンプルで品があり、誰が見ても〝着やすい〟服で、私たちが「リアルクローズ」という言葉から想像するところと過不足なく合致している。

他方、一九九〇年代半ばに登場したトム・フォードもまた、高級素材を贅沢に使った、グラマラスな、わかりやすい「カッコよさ」で、リアルクローズという概念を具現化した一人だった。

この流れは、九〇年代末に過熱したＬＶＭＨとケリング（旧グッチ・グループ、旧ＰＰＲ）との老舗ブランドの買収合戦によるファッション・ビジネスのグローバル化によって一気に後押しされた(9)。

私は二〇〇四年にパリに住んでいたが、当時知り合った現地のファッション関係者たちの間からは、このリアルクローズ・ブームへの戸惑いと嘆き節が多く聞かれた。デザイナーたちは、これまでモードの世界で養われてきた美的な趣味と、巨大産業化したファッション・ビジネスの中でマス・コンシューマーを満足させることとのギャップに苦労していた。

同時に、イタリア版『ヴォーグ』のような、ヨーロッパ的エレガンスの極地とも言うべき価値観からは、〝着やすい〟服の誌面化などというのは、スタイリストにとっても、カメラマンにとっても、アート・ディレクターにとっても、面白くも何ともなく、モードの〝金儲け主義〟は、一種の危機として受け止められていた。時はあたかも、戦後モードの象徴的存在だったイヴ・サン＝ローランが引退したタイミングで（二〇〇二年）、一つの時代の終わりが強烈に印象づけられた。

結果、どうなったか？　リアルクローズ・ブームは、恐らくそれを始めた人たちの思惑とは異なり、間もなくファストファッション・ブームを引き起こしてしまう。

誰でも〝着やすい〟シンプルなデザインの服は、実際によく売れ、また安価で模倣が可能であり、そうなると、「カッコ悪い」という羞恥心を避けるためだけに流行につきあっていた人たちは、ハイブランドの十分の一の値段で買えるH&MやZARAで結構だということになってしまった。

その商業的インパクトは大きく、これまで寡占的なアイディアの出し合いとして模倣を特権的に許容し合っていたモード界は、ファストファッション企業が、自らは何ら新しい価値で業界に寄与することなく、巨大なブルドーザーのようにコレクションの成果を収奪してゆくことに愕然とした。そこには、かつてのような中心とその裾野というヒエラルキーは、最早通用しなくなっていた。

この〝着やすさ〟を実現しつつ、クリエイティヴィティを回復し、ファストファッション・ブランドと差別化するにはどうしたらいいか？　その苦肉の策の一つが、その後のモードのアートへの接近とヒップホップの導入という流れだろう。

ネットが「ダサい化」を難しくした

もう一つ、モードにとって誤算だったのは、言うまでもなく、インターネットの登場である。

元々、アナ・ウィンターの現実主義は、思想的にはネットのカジュアルな感覚と親和性が高かったように見える。しかし、リアルクローズという概念がモードの現場で議論され始めた時、彼らは決して、その寡占的な流行の生産体制自体が危機に瀕するとは考えていなかっただろう。

大きな変化が見られるようになったのは、光ファイバーが普及し、ネットの常時接続が可能となった○○年代半ば（所謂ウェブ2・0）以降である。

この時期から、多くの人がブログを書くようになり、社会的な多様性が一気に可視化されることとなって、**単線的な流行を形成することが困難**になった。

更にeコマースが本格的に発展し始め、モードの高級ブランド服でさえ、全国どこからでもユークスのようなサイトで手軽に購入することが可能となった。

問題は、それらのサイトに、二年前、三年前のコレクションの服が、法外に値引きされて、いつまでも残り続けるようになったことである。また、リアル店舗のアウトレット・ブームがこれに重なった。

元々、「ダサい化」が可能だったのは、モードのブランドが、今シーズンの服は今シーズンしか手に入らない、という仕組みを作り上げていたからである。定価で売れ残った服は、シーズンの終わりにセールで売り払われ、余った服は廃棄処分されていた。だからこそ、去年の服はもう去年の服であり、それを今年着ている人は、「カッコ悪い」とされたのだった。

ところが、ウェブのファッション・サイトで、昨年十万円だった服が、今年は半額で売られている、来年になると更に値引きされて、二万円で買える、といった事態が発生するようになると、消費者の間に、だったらそれでいいか、という雰囲気が蔓延するようになった。

例えば、二〇〇八年の夏、アレキサンダー・マックイーンは、薔薇でスカルを描いた「しびれる」ほどに「カッコいい」Tシャツを販売し、コレクション・ピースでもないこれが、大いにヒットした。

私も愛着したが、翌年になると、同じスカルプリントで、微妙にデザインが変更されたTシャツが同ブランドから販売され、明らかに二番煎じだったが、伊勢丹メンズ館やバーニーズ・ニューヨークで買い物をするようなファッション好きの男性は、断じて前年のT

シャツを着ずに、新シーズンのものを着ていた。なぜか？　たとえ、デザインとして実質的に最初の方が「カッコよく」ても、前年のものを着ているのは、「カッコ悪い」からである。

これが、最もわかりやすい「ダサい化」の例である。

更に翌年以降も、このスカルプリントのTシャツは、毎回、マイナー・チェンジを施されて発表され、ファンはせっせと買い続けたが、クオリティは最初が一番で、さすがに私も、途中でバカらしくなって、このTシャツを買うのを止めた（マックイーンが亡くなったことも大きかったが）。

アレキサンダー・マックイーンのTシャツ

私は、マックイーンのコレクション自体は、毎回本当に楽しみだったが、Tシャツ・ビジネスの「ダサい化」戦略につきあうというのは、また別の話である。

更に、段々と、ネット上に残り続けている前年、一昨年のTシャツを着ている人も目にするようになり、ムキになって毎年、新作を追っていること自体が、なんとなく、「ダサい」感じがしてきたのだった。

マックイーンのスカルTシャツに限らず、どんなブランドにも、こうしたヒット商品はあり、毎シーズン、新色を出したりすることで、「ダサい化」ビジネスを行っている。

これは、アパレル産業の最もつまらない部分の話だが、構造的には、その精華に関する部分でも同様であり、全体的にシーズン毎の「ダサい化」が機能しなくなると、新作コレクションに「しびれる」よほどのファッション・ピープル以外は、流行に対してかなりユルい態度を取るようになる。趣味自体の多様さも相俟って、今は絶対にこれを着ていないと恥ずかしいといった一世を風靡する流行も、ますます難しくなりつつある。

また、バーバリーが二〇一七年度の一年間で約四十二億円もの売れ残り商品を処分していたことが発覚し、欧州のメディアから強く非難された事例など[10]、消費者の意識も変わり、従来通りのブランドの戦略に疑問が付されるようになった。

バーバリーは、その後、「商品の再利用やリサイクル、寄付などを行っているほか、一九年三月には英慈善団体スマートワークス（SMART WORKS）と提携し、従来の寄付に加えて困窮している女性が仕事の面接に行けるようにスタイリングアドバイスも提供している」という。こうなると、シーズン落ちの服を「ダサい」などとは、もう決して言えなくなるだろう。

6　ファッションは今もまだ重要なのか？

服装よりもSNS

ネットのもう一つのより本質的な影響は、個人のアイデンティティを評価する上で、**服装の比重が劇的に低下した**ことである。

洋服に限ったことではなく、私たちは、かつては「カッコいい」の象徴だった高級スポーツカーを所有し、乗り回すことを、今ではあまり「カッコいい」と思わなくなっている。若者の車離れには、経済的な理由や、運転していると〝ながら〟が出来ないなど、色々な理由があろうが、ステイタス・シンボルとしての憧れが失われた、というのも、その一つだろう。

消費社会論というのは、やはり、景気のいい時代の思想で、長いデフレ経済の影響もあり、**〝誇示的消費〟は「ダサい」**と感じられるようになりつつある。実際、フェラーリやランボルギーニが似合うというのは、日本の道路事情的にも運転手のキャラクター的にも、なかなか難しい話だが、そうなると、車の「カッコよさ」は、表面的なものとして内実から乖離したものと思われてしまう。

低い車体に苦労しながら乗り込むのも、大きなエンジン音も、駐車場が見つからずウロウロするのも「ダサく」、今日的な価値観では、シェアリングの方が遥かにスマートで、そうした新しいライフスタイルで生活を合理化している方が、「カッコいい」と目される可能性もある。いずれ、車の自動運転が実現すれば、所有の必要自体がなくなるというのは、私たちが漠然と思い描いている未来像である。(11)

衣服の場合も、本当にそのデザインに魅了されているならばともかく、これ見よがしにブランドの大きなロゴがついたTシャツなどを着ていると、金持ちの自慢のようであり、ただ流行っているから、というので、あまり趣味でもない服を無理して着ていても、センスの良い人、という評価は必ずしも得られなくなっている。

外観の印象は、勿論、否定できないが、それでも今日、ある人物がどういう人かを判断する上では、ネット上のSNSを丹念に読んだ方が、遥かに多くの情報を得られる。どんな服を着ているかで、自分が趣味の良い人間であるということを相手に理解させる必要は相対的に減っている。

極端に言えば、「ノームコア」などというコンセプトまで語られた通り、**服は何でもいい**、というくらいの無頓着の方が「カッコいい」という感覚さえある。つまり、**「カッコ**

悪く」なければ十分というわけである。それには、スティーヴ・ジョブズの黒いタートルネックや、ザッカーバーグのパーカーなど、シリコンバレー的な価値観の影響も少なからずあるだろう。

今日、就活の学生のリクルート・スーツが異様なまでに同じだというので、しばしば批判の対象とされているが、むしろ、ファッション・センスが採用を左右するくらいなら、そこはみんな同じでいいじゃないか、という考え方には一理あるだろう。安い既製品が出回っているからというのもあるが、表面の「カッコよさ」よりも実質を見てほしいという考えを徹底するなら、採用面接はブラインド・テストのようにパーティション越しに行うくらいの方が正しいのかもしれない。

「カッコ悪くない」服

デザインは、二〇世紀以降、機能性を追求してきたが、その必然として、現代のテクノロジーは、生活の中の面倒臭さを駆逐すべき悪としてターゲット化している。IoT関連の技術は取り分けそれが顕著で、ドラえもんの存在意義は、のび太君のものぐさというキャラクターの故であり、あの漫画が真に近未来的だったのは、実のところ、その主人公の設定にあったのかもしれない。現代人は総じて〝のび太君化〟している。

そういう時代には、ちょっとした買い物には何かと不便そうなスポーツカーや、どこから袖を通したらいいのかわからないような複雑なデザイナーズ・クローズなどは、「ダサい」とも見做されかねない。

更には、貧富の差も拡大し、外観によって人をジャッジすることに抑制的な風潮も広がっている。


私たちは、さすがにいつも同じ服ばかり着ていては飽きるし、そのためには、時代の空気を敏感に表現するデザイナーたちの才能が不可欠である。しかし、基本的に、モードのコレクションに依存してきたファストファッション・ブランドに、自力で時代の美を更新する力はなく、H&Mとカール・ラガーフェルドとのコラボやユニクロとジル・サンダーとのコラボなど、両者の融合も部分的には図られてきたが、大きな成功を収めるには至っていない。

ユニクロは、ヒートテックやストレッチデニムなど、機能に独自性を見出し、趣味に関しては大量のカラー・ヴァリエーションを揃えることで、多様性に対応する、という戦略を採っている。しかし、機能性の追求は、競技という、車で言うならF1のような先鋭的な実験の場を持つスポーツ・ブランドには勝てないであろうし、色の豊富さは、結局、多すぎて選べない、というもどかしさを与えてしまう。

ファストファッションは、結局のところ、「カッコいい」服ではなく、**「カッコ悪くない」服**である。それは、別に憧れられない服であり、そこにはカリスマ的なデザイナーによって生み出されたトレンドというモードの神話が、決定的に欠落している。

それでも、「ダサい」という羞恥心から、私たちを解放してくれるのは事実である。

「当たり年」の服を着続ける

モードは近年、着やすさとデザイン性との両立を、ヒップホップの世界的な影響下にあってストリートに求め、スニーカーを大ヒットさせている。しかし、幾ら何でも振れすぎた針を、オーセンティックなモードのエレガンスの方に引き戻す力も働きつつある。

ネットの登場によってもたらされたこの二十年ほどの混乱を経て、モードは、流行と「ダサい化」の新しいテンポ感を今、模索している。私たちの態度としても、例えば、最新のモードを追うだけでなく、過去のコレクションの中から**「当たり年」の服を敢えて着続ける**、というのも、新しい「カッコいい」のあり方ではあるまいか。

トム・フォード時代のグッチの一九九五年秋冬は、ラグジュアリーなリアルクローズを決定づけた傑作コレクションだったし、私の大好きなアルベール・エルバス時代のランバンの二〇一〇年の秋冬は、今見ても比類なく「カッコいい」と思う。そうした思い入れは個々にあるだろうが、それに拘って当時の服を着るというのは、スマホをかざすだけで、ヴィジュアル・タギング技術により、ARが情報を教えてくれるといった社会が到来すると、ただ新シーズンのコレクションを追うより、ツウだとされるかもしれない。

イヴ・サン゠ローランのモンドリアン・ルックやサファリルックなど、歴史的なコレクションもある。それらのヴィンテージを自分でスタイリングして着る、というのも、贅沢な着こなしだし、ブランド自体が、過去のコレクションをリファインして再現し、新たに**ヒストリック・コレクション**として売るというのも、一つの発想だろう。

「ダサい化」は「ダサい」戦略か？

多様性が尊ばれる現在では、「ダサい化」は、むしろそれ自体が、あまりに単線的な進歩史観に基づいた、**「ダサい」戦略**とも見えよう。

人それぞれに、「カッコいい」と感じるものは違う。前のシーズンの服は、まだネット上で買えるし、自分はそっちの方が「カッコいい」と思っている。世代によって、趣味も違う。それで何が悪いのか？　なぜ、「ダサい」と貶《けな》す必要があるのか？

想像の共同体を維持してきたマスメディアの退潮は著しく、ネットは多様性を推し進めながら、分断と対立も深刻化させている。更に、貧富の差が全世代的に亀裂を生じさせているが、そのために世代を超えた結びつきが生じる可能性もある。

流行と「ダサい化」を繰り返す同調圧力から個人が自由に解放される、というのは、私たちが今日よく知っている世界観である。

しかし、その問題を、既に現実を通じ、骨身に染みて知っている私たちは、更にこのように考えるだろう。

個人の趣味が、もし完全にバラバラであるならば、私たちは孤独である。だから実際、ネット上には無数の共通の趣味による場所が形成されている。それが社会を変えるほどの影響力を持つためには、非常に巧緻な戦略が必要であることは、よく知るところである。いいものであれば、自ずと広がるなどとは言えないのだ、ということは、レジス・ドブレがメディオロジーという学問で喧しく繰り返した事実である。

そして、実際に共通の趣味が、一つの流行となったならば、結局、それが自ずと帯びてしまう同調圧力に反発する、個々人の更に別の趣味が求められる。

流行には、確かに多様性を否定する一面がある。同時代の他の存在を「ダサい化」し、過去の存在を「ダサい化」して、**一時代の趣味を独占しようとする暴力性**がある。

では、そんなものはない方がいいのか？

必ずしもそうではないだろう。

私たちには、時代の変化を、洋服や食べ物を通じて感じ取りたい、という欲望もある。戦時だから、派手な服は着るべきではない、などというのは、単なる迷惑だが、人間観・世界観が大きく変わってゆく時代に、それを敏感にキャッチした「カッコいい」デザインの服が流行るならば、それを楽しみたい。それが、自分を「カッコよく」見せてくれるならば、自分の趣味一本で「カッコいい」人間になろうと努力するよりも、ある意味、楽である。

実際、自分の好きだと信じるものにだけ固執し続けるのは、些か退屈でもある。

私は、タックが入ったようなストーン・ウォッシュのジーパンから、しゃがむと尻が見えそうなほど股上の浅いベルボトムのジーパンまで、色々穿いてきたが、流行がなければ、決してそれほど豊富なヴァリエーションのジーパンを試してみることはなかっただろうし、勿論、自分でデザインなど出来なかっただろう。

前のシーズンとは違う「カッコよさ」を追求するデザイナーの才能と戯れることにも楽

しみがあり、その意味では、流行と「ダサい化」にも、クリエイティヴィティを後押しする積極的な意味があることは事実である。

分人ごとに「マイブーム」を所有する

なぜ、「ダサい化」が効果的だったのか？　それは、流行が終わって、マーケットが萎縮すれば、大量生産を前提とする製造業では、その商品の製造を終了せねばならなかったからである。だらだらと、微妙にブームが続くことを許容することは難しかった。

しかし、3Dプリンターが注目され、AIによるデータベースの活用が期待されている今日、状況は変わりつつある。

「カッコいい」ものは、一時代の全面的な支配ではなく、一定のシェアの獲得で十分である。そして、実のところ、それを受け止める私たち自身の主体も分化し、複数化している。気分によって、あるいはTPO次第で、今日ブーツカットのジーパンを穿き、明日、ストレートのジーパンを穿いても構わない。表面の奥には、**複数の実質**が控えていて、いずれにせよ、その**一つの外観でその人物の多様な本質を全体的に把握することは出来ない。**

私たちは、思いつきめいた複数の「マイブーム」を分人ごとに所有し、多種多様な「カッコいい」を、同時に楽しむことが出来るようになっている。

勿論、その時にも「カッコいい」は結局のところ、**競争する**はずである。なぜなら、私たちの人生の時間、一日の時間は有限であり、出費にも限度があるので、その多様性の中から、何かを優先的に選ばねばならないからである。

私たちは複数の分人の構成比率を配慮しつつ生きている。そして、出来れば、「しびれる」ような「カッコいい」ものに触れる分人を多く生き、羞恥心を抱かせられるような「カッコ悪い」分人を生きずに済ませたいと工夫する。

最新の「カッコいい」ディオールの服を着て、パーティに行くこともあれば、「カッコ悪くない」ファストファッションで無難にやり過ごす日常もあるだろう。長年、愛着をもって着続けているヴィンテージで、デートすることもあるだろう。

そして、SNSは、私たちのそうした多面性を、単線的に流行を追うよりも、遥かに複雑で豊かな個性として提示してくれる。

「カッコいい」の外観と内実とのギャップと同一化とは、こうした**複数の趣味と複数の人格との組み合わせ**を通じて、楽しまれてゆくこととなるだろう。

第6章　アトランティック・クロッシング！

1　「カッコいい」の具体的な中身

世界各国に「カッコいい」はあるか？

さて、「カッコいい」というのは、言うまでもなく日本語だが、これまで私はやや先走って、モードや音楽など、海外に於ける「カッコいい」対象に言及してきた。

「カッコいい」という言葉の日本での流行が、一九六〇年代以降であり、その対象がジャズやロック、モード、ハリウッド映画にフランス映画、オリンピックやワールドカップなどのスポーツ、テクノにヒップホップなど、常に欧米文化が大きな位置を占めてきたことを考えるならば、「カッコいい」対象の考察として、海外の事例は不可欠である。近代以降を考えても、洋行帰りの「**ハイカラ**」は、今日の「カッコいい」の観点から論じられるべき存在だっただろう。

では、実際のところ、それぞれの国に「カッコいい」に該当する概念なり、言葉なりはあるのだろうか？

それは日本の「カッコいい」とどこが共通していて、どこが違うのか？　あるいは、それらは、「カッコいい」という概念の形成にどのような影響を及ぼしたのだろうか？

本章では、まず、アメリカの「**クール cool**」、「**ヒップ hip**」、そして、イギリスの「**モッズ mods**」といった言葉に注目し、そこから生まれてきた文化が、大西洋を行き来しながら刺激し合い、混淆し、一九六〇年代に世界的な「カッコいい」ムーヴメントを形成した過程を確認したい。既に、日本のジャズやロックの受容の歴史で見たことだが、結論から言うと、日本の「カッコいい」という概念は、この戦後の〝**大西洋文化**〟の多大な影響下に形成されたものである。(1)

2 「カッコいい」＝「クール cool」か？

「カッコいい」音楽

さて、私が散々、「カッコいい」人として名前を挙げているマイルス・デイヴィスだが、『マイルス・デイヴィスの真実』（小川隆夫著）で、彼は自分の音楽を、端的に次のように定義している。

「オレの音楽がどういうものか教えてやろうか？　『**カッコいい**』**音楽**だ。それ以外に何がある？」（一九八六年）

マイルスは、ダントーがモダニズム芸術の特徴と指摘した「様式戦争」を、自らの発展の中で独りで実践している。兄貴分のチャーリー・パーカーやディジー・ガレスピーが創始した即興的で熱狂的なビバップとは違う、アンサンブルを重視して、口ずさめるようなメロディを備えたクール・ジャズを創始したのを皮切りに、ハード・バップ、モード、新主流派、フュージョン、……と、常に自分の足跡を「もう時代遅れ」にしては、先へ、先へと突き進んでいったミュージシャンだった。『マイルス・デイビス自叙伝』は、今でも、ビバップ以降のジャズの歴史を知りたい人にとっての最重要文献である。

ところで、勿論、マイルスは「カッコいい」などという日本語を知っているわけでなく、元々は「cool」という言葉を使用していた。それに「カッコいい」という日本語訳を当てたのは、著者の小川隆夫である。

小川は、マイルスと個人的な交流もあり、マイルス本人から「お前は、オレのことならなんだって知ってるじゃないか。」とお墨付きを与えられたほどの人で、この時の会話やマイルスという人物とその音楽から受ける全体的な印象を考えても、妥当な訳語だと感じられる。

実際、小川に限らず、coolを「クール」とカタカナで書かないのならば、「カッコいい」と翻訳するのは一般的なことだろう。そうした翻訳を見ずとも、私たちが「カッコいい」と感じているロックやヒップホップは、当人たちにとっては「cool」であり、私たち一人一人が、「cool」を自分の頭の中で「カッコいい」と翻訳し、憧れ、受容している。テイラー・スウィフトやレディー・ガガ、サム・スミス、Kygoを、今日、多くの日本人が「カッコいい」と感じているが、彼らにそれを英語で伝えようとすれば、ひとまずは「cool」と言うのではあるまいか。

「取り乱すことがない」態度

それでは、一九六〇年代以降に流行した「カッコいい」の正体は、端的に「cool」だったのか？　しかし、今日の英語の日常会話で用いられる「cool」の意味は、「カッコいい」の比ではないほど多様化しており、少し考えただけでも、両者が単純に直結しないことがわかる。

「クール」という言葉自体は、シェークスピアの作品にも出て来る古い英語だが、その二〇世紀以降の新しい用法の起源は、西アフリカから中央アフリカの諸言語に見られるという。端的な例は、一五世紀前半のベナンにいた、ナイジェリア帝国の王「エウワレ」で、その名前は、文字通り、「クールである」という意味だった。その「クール」の定義は、水に由来する清涼さと同時に、「個人に於ける落ち着きまたはバランス、あるいは集団における安定性」だったという(2)。

『オックスフォード新英英辞書』では、「cool」は、①気温が低いという意味の他、次のように説明されている。

②showing no friendliness towards a person or enthusiasm for an idea or project
【人に対して愛想を振りまかないこと、何かの考えや計画に我を忘れる様子がないこと】

■free from excitement, anxiety, or excessive emotion
【興奮や不安、極端な感情に囚われないこと】

■(of jazz) restrained and relaxed
【(ジャズに於いて)抑制され、寛いでいること】

③《informal》fashionably attractive or impressive
【〈くだけた表現〉今風に魅力的なこと、印象的なこと】

■excellent **【優れていること】**

■used to express acceptance of or agreement with something
【何かへの承諾、同意の表現としても用いられる】

私たちが、カタカナで「クール」と言う時には、大抵、②の意味だろう。「あの人は、クールだから。」というのは、冷静だという肯定的なニュアンスもあれば、冷淡だ、取り付く島がないといった否定的なニュアンスもある。**取り乱すことがない**、という態度は、「カッコいい」性質の一つとしても、多くの人が同意するだろう。

他方、③は、より直接的に私たちのこれまでの議論に関連するようだが、この意味で「クール」というカタカナの日本語を使用することはほとんどない。流行の「カッコいい」服を着ている人に対して、「今日の服、クールだね。」などと言うと、何となくキザな、調子っ外れの印象である。

また、承諾や同意の表現として、「Great!」などと同様に用いる「Cool!」も、「カッコいい」とは翻訳できない。ただし、「恰好が良い」という原義とは、意外に合致しているのかもしれない。

この他にも、単純に「いいね！」であったり、「センスが良い」であったり、「頭が良い」であったりと、「cool」の意味はかなり広く、また、「カッコいい」と重ならない点も少なくない。

「cool」という言葉についての研究は、一九九〇年代からあるが、まだ十分には深まっていない印象である。[3] 社会心理学者のイアン・ダー＝ニムロッドは、「cool」という言葉の意味は、非常に多様で、辞書的には「**社会的に好ましい socially desirable**」という意味だが、先行研究では、**若さ、性的欲求、リスクを取ること、タフであること、男性的であること、無感情、反抗、必死さの拒否、**あるいは、**喫煙やドラッグの使用**などが挙げられているとする。また、**支配的な文化の価値観を冷然と、皮肉交じりに拒絶する態度**として、アフリカ系アメリカ人の間でこの言葉が用いられていた、ともつけ加えている。「カッコいい」と私たちが感じる態度とも一定の重なりが認められる内容だろう。

歴史的に、俗語としての「クール」の広がりは、ジャズに由来しており、マイルス・デイヴィスの傑作アルバム『クールの誕生 Birth of the Cool』（一九五〇年）は、ビバップのホットで陶酔的な演奏に対し、「抑制」され、しかも革新的という意味で、まさに、「クール」という言葉を体現していると言うべきである。

メインストリームの文化に対する〝反抗〟

一九六〇年代になると、「クール」は白人の中間層の若者たちにまで拡大し、十代の成長と反抗を表現する言葉として一般的に認知され、更に大人にも適用が広がってゆく。このプロセスは、日本での「カッコいい」という言葉の流行とほぼ同時代的であり、その際に音楽やファッションなど、具体的な文化の輸入にともなって、「クール」が参照されたことは間違いあるまい。

ニムロッドの主張で重要なのは、「クール」が、**若者の欲求や目新しさへの渇望**に根を張った**消費社会と親和的な概念**で、**メインストリームの文化に対する〝反抗〟と〝自己防衛的な態度〟**が特徴という点である。

流行については、既に触れてきたが、そのつきあい方は、複雑である。まったく無視して「カッコよく」あるというのは難しい。流行の質次第というところもあり、あまりにもくだらない、ダサい流行に盲従していては、その人の価値も下がってしまう。特にそれが体制的で、安定していて、それ故に私たちの日常をどことなくつまらなくしていて、自由を阻害し、窮屈にしている場合には、つきあいきれない、と正直に反発する方が、「カッコいい」だろう。

しかし、ではまったく孤立してしまうのかというと、そうではなく、「クール」であるためには、メインストリームとは違った何か、という**対抗的な価値観**が求められる。それなくしては、ただの世捨て人のようになってしまう。

「coolness」という言葉は、暗い歴史（ドラッグの使用など）も併せ持っており、その反抗的な性質は、伝統的な意味での「社会的な好ましさ」からは独立している。

ただし、メインストリームの文化でも、この「クール」という言葉が頻用されてきた結果、今日では、かつてよりも反抗やアイロニー、粗暴さといった性質は弱くなってきている。カウンターカルチャーの力としての「クール」は、最早、実質的な反抗のための価値体系を反映しておらず、むしろ、現在の支配的な権力や消費主義に迎合しつつ、**反抗的な外観をまとっているポーズ**に過ぎなくなっている、という辛辣な指摘もなされている。

この点は、私たちの「カッコいい」の外観と内実との乖離と言った議論とも相通じるし、また、昨今の日本の、いかにも保守的・体制支持的で、何ら新しい価値を創造しないまま、「カッコいい」を自任し、またそう見做されている存在とも符合するであろう。

3　What is Hip?

「ヒップって何だい？」

一九七〇年代に活躍したファンク・バンド、タワー・オヴ・パワーのサード・アルバムには、《What is Hip?》という曲が収録されている。スリリングな１６ビートに乗った、切れ味鋭いホーンが聴き手の体を揺さぶるバンドの代名詞的な曲だが、そのサビは、「**ヒップって何だい？** 知ってると思うなら教えてくれよ。ヒップって何だい？ お前が本当にヒップならさ。」という問いかけになっている。歌詞には、ヒップ、ヒッパー hipper、ヒッペスト hippest と、その三段活用まで（！）登場する。

明確な答えはなく、「ヒップ探しの旅」のような歌だが、終盤、次のように歌われている。

「お前は一つ知っておくべきことがある。**今日ヒップなことだって、時代遅れになってしまうかもしれない**ってことさ。」

日本人には、なかなか、耳慣れない言葉だが、「カッコいい」のお手本として、「クール」と並んで参照すべきアメリカの価値観こそが、この「ヒップ」である。

『ヒップ――アメリカにおけるかっこよさの系譜学』の著者ジョン・リーランドによると、「クール」だけでなく、ダウン down、ビート beat、フレッシュ fresh、ラッド rad、ファット phat、タイト tight、ドープ dope、……といった「カッコいい」に関連する英単語は、すべてこの「ヒップ」に帰着するという。

尤も、「クール」は、今でも日常的に連呼されているが、「ヒップ」はやや死語化している。それでも、流行に敏感な人たちを意味する「ヒップスター hipster」という言葉は、近年また復活していて、しかも、今日では時に、「意識高い系」といった日本語などと近い、少々揶揄するようなニュアンスも含んでいる。

「世界一ヒップ」

一九八五年から九〇年にかけてマイルス・デイヴィスと交流を持った小川隆夫によると、この時代のマイルスは、専ら「クール」という言葉しか用いず、「ヒップ」とは言わなかったそうだが、『マイルス・デイビス自叙伝』（1989年）は、この「ヒップ」という言葉のオンパレードである。勿論、非常に肯定的な意味で使用されている。

例えば、一九四七年頃、マイルスが「最高にヒップで、すごいサックスを吹いていた」と評するデクスター・ゴードンとのこんな件がある。

五二丁目にもよく行ったが、デクスターは当時のはやりの肩の大きなスーツを着て、とてもヒップにキメていた。オレも、自分で最高にヒップだと思っていたブルックス・ブラザーズのスーツを着ていた。例のセントルイスふうのヤツだ、わかるか？　セントルイス出身の黒んぼは、恰好に関しちゃ定評があった。だからオレには、誰も何も言えなかった。だが、デクスターだけは違った、オレの恰好がヒップだなんて思わなかった。彼はいつも「ジム（注・マイルスのこと）、そんな恰好でオレ達と一緒にいないでくれよ。もっとマシな恰好をしてこいよ。もうちょい、キメないとな。『F＆F』に行ってこいよ」と、ブロードウェイのミッドタウンにある服屋のことを言うんだ。

「どうしてだ、デクスター。このスーツだってキマってるだろ、高かったんだぜ」

「マイルス、違うね。**ヒップとは言えないな**。値段なんて関係ないんだ、わかるだろ、ジム。ヒップかどうかだけが問題で、お前が着ているものときたら、ヒップなんて代物じゃないね。もしヒップにしたかったら、肩のデカいスーツに、ビリー・エクスタインと同じシャツを着なきゃ」

「でも、デックス。これはいい服なんだぜ」

「ヒップだと思ってるのはわかるがね。マイルス、そうじゃない。お前みたいな**スクエア**なシャツを着た奴と一緒にいるわけにはいかないね。おまけにバードのバンドで吹いてるんだろ？　**世界一ヒップ**なバンドだぜ。おい、もう少し勉強しろよ」（中山康樹訳）

「ヒップとは何か？」を考える上で、これ以上はないほど、凝縮された場面である。

日本では、一九七一年頃から「ＮＯＷな（ナウな）」という俗語が流行し、七〇年代を通じて使用された後、七九年に「**ナウい**」という語に取って代わられ、八〇年代までは使用されていたが（『日本俗語大辞典』）、「ヒップ」の流行の意識の仕方は、それと近い印象を受ける。

「肩のデカいスーツ」というのは時代を感じさせるし、デクスター・ゴードン自身が、七〇年代になると、タートルネックのセーターのようなラフな恰好でステージに立っている。その方がヒップだったのである。

しかし、単なる表面的な流行とも違っているのは、チャーリー・パーカー（バード）のバンドの評価の仕方を見てもわかる。「世界一ヒップ」というのは、最上の褒め言葉であり、「世界一カッコいい」以外の何ものでもなく、この会話中の「ヒップ」を、すべて「カッコいい」と翻訳しても、まったく違和感がないだろう。

「カッコいい」は、実力主義である

「カッコいい」という言葉を使用し出した日本のミュージシャンたちが感化されたのは、こういう文化だった。彼らも、言わば岩倉使節団のように、本場アメリカのミュージシャンたちの服装を見て、自分たちは「ヒップじゃない」と恥じ入り、疎外感を感じたかもしれない。

言われた通りに買った「肩のデカいスーツ」を着たマイルス（右）と、「はじめに」で話題にした80年代のマイルス(左)

今でこそ、マイルス・デイヴィスは、ジャズの歴史上、最も「ヒップ」なミュージシャンと認識されているが、その彼をしても「ヒップとは何か?」は、なかなか計り知れない問題だった。

デクスター・ゴードンは、言わば「お手本」として一目置かれているわけだが、なぜ彼にその資格が認められていたかといえば、単純に、彼の服の選び方と着こなしが「カッコよかった」からだろう。「カッコいい」は、**実力主義**である。なぜなら、理屈ではなく、受け手の体感が判断の根拠だからである。そして、「カッコいい」人は、**存在そのものが影響力**となる。デクスターを見て、「最高にヒップ」だと感じたマイルスは、その恰好に憧れを抱いたし、「ダサい」ヤツ扱いをされて、恥ずかしかっただろう。

素直なマイルスは、このあと、「47ドルたまると『F&F』に行って、ちょっと大きすぎるんじゃないかと思うくらい肩の大きなスーツを買い、着ているところにデクスターと出会して、「イエー、ジム。なかなかキマってるぞ。**ヒップだ**。これでオレ達と一緒でも恥ずかしくないな」と褒められたという、微笑ましい後日談が書かれている。

こうした会話は、実際のところ、私たち自身が「カッコいい」を巡って十代に経験したことの言わば原型だろう。


「ヒップ」と「スクエア」


日本では、「ヒップ」という概念は定着しなかったが、紹介されたのは、六〇年代後半である。

一九六七年にアメリカの『コスモポリタン』誌が「ヒップ」についての特集を行うと、翌年、評論家の植草甚一が、「五角形のスクエアであふれた大都会」というエッセイを書き、「**ヒップ**」と「**スクエア**」という対義語を解説している。

植草は、「**スクエア**」を、**体制側で、責任感が強く、真面目で、ルールを守り、守らない人間を見下しながら、小心翼々として面白くもない単調な生活を守って生きること**だと説明している。要するに、日常性の奴隷であり、安定第一という価値観である。日本語でも、「四角四面」という言葉は、これと近い意味を持っているだろう。

対して「**ヒップ**」は、そんなせせこましい、偽善的な世界に背を向ける。「ヒップ」な人間は、**勇気があり、好奇心に満ちていて、クールで執着がなく、権威主義的でない**。何より、「**自分自身になる意志をもつことが根本的なヒップの条件**」とされ、**非日常的な刺激**を求める。

「スクエア」がスタティック（静的）であるとするなら、「ヒップ」はダイナミック（動的）である。

面白いのは、彼が、「スクエアの理想はアメリカの夢であって、それはすなわち住み心地が良い家を作って家庭生活をあじわい、その家は郊外の静かな場所にあって、庭の芝生にはきれいな花が咲き、新型車に乗って給料もそう悪くない会社に出かける。帰ってからはマーチニ・カクテルを飲んでから食事ということになり、やがて二人か二人半の子供ができるだろう。」などと揶揄している点である。

とは言え、現実社会を生きていくためには、ただ「ヒップ」で居続けるわけにもいかず、二つの世界を行き来する人間もいて、彼らは「**スウィンガー Swinger**」と呼ばれる。そして、昼は「スクエア」で、夜は「ヒップ」で行こうというのが、植草の提案である。これは、後に見る「モッズ」にも共通する生き方であり、私の言葉で言うならば、一種の**分人主義**だろう。

安定した生活か、「しびれる」生活か

「ヒップ」と「スクエア」は、「カッコいい」と「カッコ悪い」にほぼ該当するように見えるが、「カッコいい」は、戦後社会のアメリカ文化への憧れかというと、今し方見た通り、どうもそう単純ではなく、ここでは、アメリカの〝標準的な安定した生活〟に憧れることは「カッコ悪い」とされている。

私たちは、「カッコいい」存在の「人倫の空白」を埋める機能に注目したが、いかに生きるべきかを教えてくれるという意味では、「ヒップ」や「クール」も同様である。

植草の理解する「ヒップ」は、やはり、一九六〇年代のリベラリズム、カウンターカルチャーと親和的で、だからこそ、本場のアメリカで、反抗の対象とされていた「住み心地が良い家を作って家庭生活をあじわい、……」云々は、日本人も「スクエア」と思うべきなのである。植草が憧れ、「カッコいい」と感じ、同化・模倣願望を抱いているのは、アメリカそのものではなく、アメリカの「ヒップ」な人たちである。

他方、同時代の多くの日本人は、植草が揶揄しつつ描出したアメリカのメインストリー

ムの生活をこそ「カッコいい」と感じ、憧れていたのだった。

私たちがここで思い出すべきは、「恰好が良い」と「カッコいい」との違いである。**「恰好が良い」**は、**規範的な理想像に合致しているという判断**であり、**「カッコいい」**は、「しびれる」ような生理的興奮を伴って、アイデンティティと深く結びついたかたちで対象を魅了する。

つまり、植草が言う「スクエアの理想はアメリカの夢」云々は、退屈と引き換えの「恰好が良い」生活、ということなのかもしれない。それに対して、彼が「ヒップ」の特徴として列挙している勇気や好奇心、反権威主義的な自由、ナイトライフは、その分、「しびれる」機会により多く恵まれる生活であり、つまりは「カッコいい」のではあるまいか。

実際は、「マイホーム」を買おうと、住宅展示場に見学に行けば、「しびれる」ような興奮があるかもしれないし、「新型車」にしてもそうだろう。

にも拘らず、体制的なものへの合致が「カッコ悪い」というのは、子供のアンケートでも歴然としており、それを肯定するものとして導入されたもう一つ別の「カッコいい」が、次章で見る「ダンディ」だったのかもしれない。

ピカソは「ヒップ」、ウォーホールは「スクエア」

ところで、この『コスモポリタン』の特集には、何が「ヒップ」で何が「スクエア」かという、二十八項目五百以上の細目にわたる対照表が掲載されており、ここでその一部を紹介したい（左ページの図）。

非常に時代を感じるし、「四晩続けて同じ料理店」でデートするのが「ヒップ」などというのは、意味不明すぎて笑ってしまうが、恐らくこれも、非常識的で非日常的な行為、という意味なのだろう。

画家も、ポップアートは軒並み「スクエア」に分類されているが、時代遅れなのかと思いきや、案外、ピカソやコクトーが「ヒップ」とされていたりする。

植草は、「ヒップ」の説明として、三人のアメリカ人の定義を紹介している。

一人目は、詩人のケネス・レクスロスで、曰く「**反インテレクチュアル、反コマーシャル、反カルチュアであることがヒップだ**」と。

二人目は、ジャーナリストのユージン・バーディックで、曰く「**なぜ自分が信じることに合理性があるか、そんなことを議論したってしょうがないと考えるのがヒップだ**」と。

三人目は、『コスモポリタン』誌では、「スクエア」扱いされていたノーマン・メイラー

	ヒップ	スクエア
ボーイ・フレンドへのプレゼント	アール・ヌーボー型のジェリー・ビーンズ、自家製パン、スズキ製モーターサイクル、バーバリ・コート	カフス釦、オプ・アートのネクタイ、イアン・フレミングの小説、靴下止め。
デートする場所	四晩続けて同じ料理店、アニメーション映画祭、恐怖映画、オペラの立見席、スーパーマーケット	ドライヴ・イン映画、グリニッチ・ヴィレッジ、オルガン演奏会
画家	ピカソ、デ・クーニング、ベン・シャーン、レジェ、コクトー	アンディ・ウォーホール、リクテンスタイン、ジャスパー・ジョーンズ
作家	コレット、セリーヌ、カフカ、アイリス・マードック、プルースト、ソール・ベロウ、マラムード	ハロルド・ロビンス、ノーマン・メイラー、ヘンリー・ミラー、ジェームズ・ボールドウィン、ヘミングウェイ、サガン

で、曰く「**なにが起ころうとクールでいられるのがヒップだ**」と。

レクスロスとバーディックの主張には、やはり一種の体感主義が看て取れる。他方、ノーマン・メイラーの言葉は、「クール」の字義の説明に見た通り、「取り乱すことがない」態度が重視されている。

反抗、衝動性、クールさというそれぞれの特徴は、「カッコよさ」として、恐らく日本の読者にも理解されただろうが、しかしそうすると、「ボーイ・フレンドへのプレゼント」で「自家製パン」を贈ることのどこが「ヒップ」なのだろうか？　〝手作り〟というのは、なんとなくほのぼのした印象だが、恐らく「反コマーシャル」というのに近く、後のヒッピーカルチャーに見るように、既製品、大量生産品の拒絶に関係しているのかもしれない。

相互作用で新しい価値が生み出される

「ヒップ」とは何かについて、もう少しだけ、歴史を通じて確認しておこう。「ヒップhip」の語源はウォロフ語の動詞**「へピhepi」(見る)**乃至**「ヒピhipi」(目を開く)**で、アメリカでの最初の使用は一七〇〇年代に遡るという(2)。

ウォロフ語は、セネガル、ガンビア、モーリタニアに住むウォロフ族の言語で、西アフリカから奴隷として連れて来られた人々によってアメリカに持ち込まれた。

ジョン・リーランドは、この「ヒップ」にアメリカのナショナル・アイデンティティそのものを見ようとする。重視されるのは、対立よりも融合である。

「ヒップ」は、「黒くて白いアメリカの歴史を、両者を結びつける抗争と好奇心のダンスの歴史を物語って」いて、「最良の場合、それはポップ・カルチャーに見られる**人種の溶け合った状態**」を理想像として提示し、「最悪の場合、ヒップは**現実の分離と不平等を糊塗**し、当を得た隠語とレコード・コレクションが、人種間関係史の重荷よりも重要であるかのように見せかけてしまう」。

つまり、人種、アウトサイダーとインサイダー、ハイカルチャーとサブカルチャーを**結び合わせ、混淆し、新しい価値観を生み出してゆく**、という点にこそ、その本質があるのであって、ヨーロッパの趣味論で見た排他的な支配権の競争とは些か異なっている。アメリカの大衆文化は、クリエイティヴな黒人が生み出したものを、白人が横取りして金儲けに利用する、というクリシェがあるが、リーランドはそれは単純すぎ、もっと複雑な相互作用があると重ねて強調している。

また、ニムロッドが「クール」の分析で指摘した、メインストリームの文化に対する反発という態度よりも、その**相互作用によって新しい価値が生み出される**点を重視するところに特徴がある。

しかし、だからこそ、「ヒップ」でさえあればいい、という態度は、社会的な融合を進めるが、ヘタをすると、その表面的なポーズのために、解決すべき分断の根源から目を逸らしてしまう懸念もある。今日では、富裕層の白人でも、「カッコいい」音楽としてヒップホップを聴くが、だからと言って、「アメリカから差別がなくなって良かったですね。」などという単純な話にしてはならないのである。

「ヒップ」前史

一般的に「ヒップ」が誕生したのは、ロスト・ジェネレーションの一九二〇年代、あるいはジャズのビパップが熱狂を巻き起こした一九五〇年代とされている。しかし、「ヒップ」にアメリカのナショナル・アイデンティティの核心を見ようとするリーランドは、それ以前の、更に百年ほど前の歴史を語る。興味深い主張であるので、以下、その概略を辿ってみよう。

「ヒップ」の起源は、北アメリカである。北部では、南部と違って一八世紀の末まで農家の規模も小さく、アフリカ系アメリカ人とヨーロッパ系アメリカ人との間には、互いの文化を受容し合うような親密さが見られた。特に黒人は、一七世紀後半まで直接アフリカから連れて来られるのではなく、カリブ海やブラジルのさとうきびプランテーションから連れて来られたため、クレオールとしての文化は多様だった。

勿論、黒人に対する差別はあり、取り分け、独立戦争から南北戦争までの間は苛烈だったが、若者たちの交流は緊密で、恋愛にも事欠かず、また奴隷所有者は奴隷を家父長的に世話してやることで、その合理的な支配と、自らの美徳の誇示とを両立させた。黒人のキリスト教への改宗も大きかった。

こうした雰囲気の中で、元々は様々な民族の集まりだったアフリカ系アメリカ人たちは、「ヒップ hip」という俗語をも含んだ独自の英語を話し始め、白人はそれに強い関心を示し、真似するようになった。

「奴隷たちが何を話しているのか気になる奴隷所有者たちにとっては、一つ一つ新語をフォローすることが重要だった。このことは逆に、黒人たちを更なる新コードの発明へと駆り立てた。このプロセスは現在も続いている。それはヒップの発明の本質なのだ。ヒップは**小さな円**《サークル》から始まる。そのメンバーたちは、**より独創的な表現、より極端な表現を生み出す**ようお互いを刺激し合い、やがて同心円を描きながら**外へと影響を与えていく**。それぞれの円は、**可能な限りのものを取り込んでいく**。外側の円が追いつく頃には、内側の円は**新たなコード**を発明しなければならない。」

「ヒップ」が新しい文化を生んでゆくメカニズムの原型である。

リーランドは、この時代の象徴的な文化として二つのものを挙げている。

一つは、一八二〇年代、三〇年代に流行した白人が黒塗りをして黒人を真似るミンストレル・ショーであり、これは「誘惑的であると同時にアクセス不可能な世界に対し、白人観客が代理的に参加することを可能とした」。

この屈折した、空想的なノスタルジーと差別的なユーモアに満ちたショーは、一九世紀の最も人気のあるエンターテインメントだった。――但し、こうしたミンストレル・ショーの評価の仕方には、批判もあるだろう。

もう一つはブルースで、これはミシシッピ・デルタのプランテーションに持ち込まれた三つの伝統音楽のハイブリッドである。セネガルやガンビア由来の弦楽器やアラブ風のイントネーション、コール＆レスポンス形式。奴隷海岸由来のポリリズム、コンゴやアンゴラ由来のヴォーカル・アレンジ。更に、アイルランドのバラードや賛美歌など、ヨーロッパ音楽の影響が加味される。

一九世紀後半には、マーティンやギブソンのギターが、このジャンルのソロ・パフォーマーを一気に増やし、二〇世紀の初頭からは盛んにレコーディングが行われるようになる。

加えて、リーランドが強調するのは、アメリカン・ルネサンスの作家たちの重要さだが、その意義は、第3章で見たようなアフェクト理論の分析対象としてではなく、エマーソンやソローを代表として、彼らが「**個人を称え、規範に従わない者たちを賞賛し、市民的不服従を唱え**」、また「**新しいものがもつ官能的な力を主張した**」からである。体制への反抗と新しい価値の創出というのは、ヒップの不可欠の要素である。

生活の舞台は都市へと移り、言語もファッションも民主化した。労働者たちは、匿名化された日常の中で、**余暇にアイデンティティを求めねばならず**、その時間にこそ「ヒップ」が芽吹いた。これは、六〇年代に植草が、「ヒップ」と「スクエア」の現実的な折り合いとして「スウィンガー」を紹介した通りである。

そして、「ヒップ」は必然的に**メディアと広告**と手を結んでゆく。

大衆消費文化の発展とともに、都市空間は混沌化し、マージナルな文化が高密度で異種交配を起こし、メインストリームを揺さぶる。その象徴的な音楽がジャズだった。

ヒップはニューヨークのロスト・ジェネレーションとハーレム・ルネサンス、更には西海岸のハード・ボイルドなどを経て、この後いよいよ、黄金時代の五〇年代に突入する。

……

新しく自己を作り直す可能性

「What is hip?」は、この後も時代と共に変遷し、六〇年代のカウンターカルチャー、八〇年代のMTV的なビジネスへの発展、それへの反発としてのDIY的なヒップホップの誕生、今日のサイバースペースでの展開と、目まぐるしいが、六〇年代に日本で「カッコいい」が流行し始めた時、その意味することは何だったのかを考える私たちとしては、一先ずこの辺りに留めておきたい。

リーランドの認識は、トリックスターの強調など、多分に「中心と周縁」理論的で、その分断された文化のダイナミックな合一運動の軌跡の描き方には、彼の思い描くアメリカの理想像が強く反映されている。彼が歴史上、最もヒップだと評価する人物は、マイルス・デイヴィスとジャック・ケルアックである。

ヒップは常に複数の文化に足をかけ、**新しく自己を作り直す可能性**だと説かれる。安定は停滞であり、「スクエア」とは硬直である。そして、ジャズやロックを通じて私たちが知っている**反抗と新しい価値観の創出**は、アメリカの建国以来の長い文化に支えられている、というのが、リーランドの主張である。

このダイナミックな創造性のイメージは、私たちの「カッコいい」という価値観の中にも息づいていると言えよう。

4　Atlantic Crossing!

「カッコいい」は西側諸国の文化

ヒップやクールの受け止め先は、アメリカ国内だけではなかった。

取り分け戦後、大西洋を越えて、イギリス、フランスに及ぼした影響は絶大で、一九六〇年代以降の世界的な「カッコいい」ブームの形成は、この広がりなしにはあり得なかった。

ロッド・スチュワートに《アトランティック・クロッシング》（一九七五年）という名盤があるが、アメリカの建国物語が、ヒップという概念の形成に大きな影響を持っていたこと、またこのあとで見るダンディ第三世代のオスカー・ワイルドが、アメリカ、フランスを往来していたことなどを見るにつけ、そのダイナミズムは、まさに**大西洋の横断**にあった。

アメリカ発祥のブルースやロックは、イギリスに渡ってビートルズやレッド・ツェッペリンを生み出し、更に彼らがまたアメリカに渡って「**ブリティッシュ・インヴェイジョン（イギリスの侵略）**」とさえも呼ばれた大ブームを巻き起こす。……少しロックに興味があれば、誰でも知っていることだろうが、日本人は、日本を中心とするメルカトル図法が染みついていて、この大西洋を挟んでの欧米の一体感を、なかなかイメージ出来ない。その地図だと、太平洋が中心近くにあり、大西洋は両端で切れ、アメリカとヨーロッパとは、左右に分断されているからである。

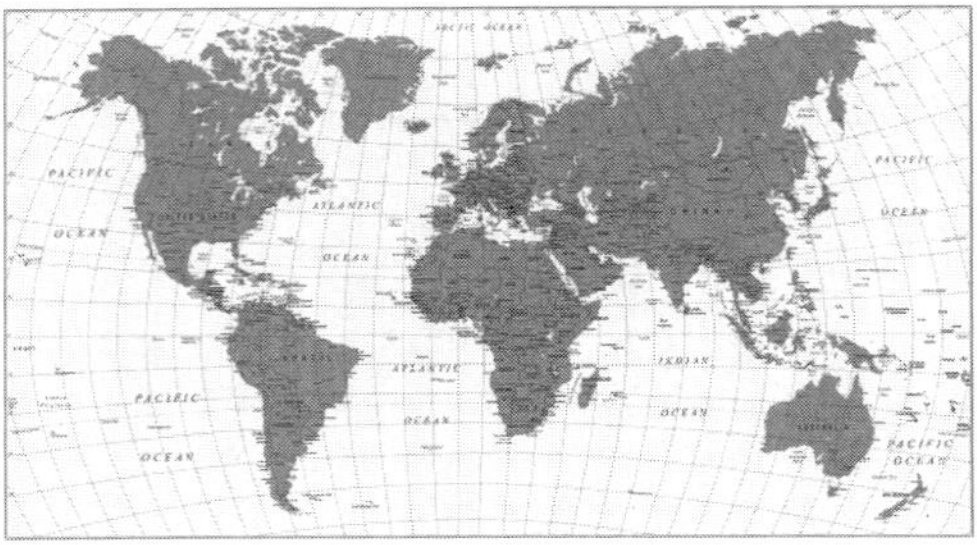

日本を極東とする世界地図。「カッコいい」ムーヴメントの中心を再確認

しかし、私たちは、欧米人の頭の中にある、日本を「極東」に位置づける世界地図を常に参照すべきである。冷戦時代、日本は西側陣営の一員だったが、大西洋を中心として結び合っている欧米からすると、後ろを振り返って遥か彼方の離れ小島のような東の極限に位置しているのが日本である。坂本龍馬が、四国から太平洋を見つめるシーンは、幕末ものの映画などでもお馴染みだが、今言ったような地図を念頭に置くと、何となく虚しい感じもする。

こう考えて、私たちは初めて、NATOとワルシャワ条約機構との対峙といった冷戦時の状況をイメージ出来るのだが、実のところ、「カッコいい」はこの政治的領域と密接に結びついている。

戦後、ソ連を中心とする東側諸国では、ロックが禁止されていたために、この音楽の「しびれる」ような興奮に衝き動かされた「カッコいい」を、そこに住む人々は、ペレストロイカの時代まで公には知らなかった。海賊版は流通していたものの、ロシアの「ロックの神様」と称されるヴィクトル・ツォイのバンド、キノーがアンダーグラウンドで結成されたのは、ようやく一九八一年になってからである。

勿論、東側諸国に「カッコいい」ものがなかったわけではなく、取り分けデザインの領域では、ロシア構成主義を始めとして、グラフィック、プロダクト、建築など、今日でも注目される様々な成果を生み出している。しかし、個人主義を基礎に、資本主義と民主主義という社会で、「しびれる」ような体感とともに、消費と動員に絶大な威力を発揮した「カッコいい」は、**西側諸国の文化**であり、ロックは、ソ連の崩壊、ベルリンの壁崩壊時にも、〝自由〟という価値観の祝祭的な象徴となった。

ロック・コンサートの動員力

当時は、ロックの中でも取り分けＨＲ《ハードロック》／ＨＭ《ヘヴィーメタル》の全盛期であり、一九八八年には、ドイツのスコーピオンズが、西側のロック・バンドとして、初めてソ連で大規模なコンサートを行い、バラード《ウィンド・オヴ・チェンジ》のロシア語ヴァージョンが大ヒットした。彼らは、ゴルバチョフ書記長にクレムリンに招待され、今でもその交流が続いているという。

また、麻薬撲滅と世界平和のアピールを謳って開催された一九八九年のモスクワ・ミュージック・ピース・フェスティヴァル[4]は十二万人、同年のイングヴェイ・マルムスティーンはモスクワで十一回、レニングラード（現サンクト・ペテルブルク）で九回の単独コンサートを行って延べ二十六万人、一九九一年のモンスターズ・オヴ・ロック[5]は一説には二百万人以上が詰めかけたという。

いずれも、その映像を今でも見ることが出来るが、会場の興奮は凄まじい。観客の一人一人が、「しびれる」ような興奮を味わっているのが、ヒシヒシと伝わってくる。

思い出話になるが、十代の頃、その様子を衛星中継や市販ヴィデオで見ていた私は、ソ連という遠い世界に住んでいるはずの人々が、自分と同じ音楽を聴きながら感情を爆発させている光景に、言いしれぬ感動を覚えたものだった。

また、ロジャー・ウォーターズは、ベルリンの壁崩壊後の一九九〇年、ベルリンでかつて在籍したピンク・フロイドの名盤《ザ・ウォール》を再現するコンサートを行っており、こちらは、HR《ハードロック》／HM《ヘヴィーメタル》に限らない、幅広いジャンルのミュージシャンが参加している[6]。

ロック・コンサートに於けるこうした動員力は、六〇年代後半以降、西側諸国では既にお馴染みだった。有名な野外コンサートの動員数だけを列挙しても、左ページの図の通りである[7]。

日本のフジロックは、二〇一八年に延べ十二万五千人、「ROCK IN JAPAN FESTIVAL

年	ロック・コンサート	開催国	動員数
1967	モンタレー・ポップ・フェスティヴァル	アメリカ	20万人
1969	ウッドストック・ミュージック&アート・フェア	アメリカ	40万〜50万人
1969	オルタモント・スピードウェイ・コンサート	アメリカ	30万〜50万人
1970	ワイト島ミュージック・フェスティヴァル	イギリス	20万人
1973	ワトキンス・グレン・フェスティヴァル	アメリカ	60万人
1982	第1回USフェスティヴァル	アメリカ	50万人
1983	第2回USフェスティヴァル	アメリカ	67万人
1985	ロック・イン・リオ	ブラジル	300万人
1999	ラヴ・パレード	ドイツ	150万人

2018」は二十七万六千人が動員されている。

また、経済誌『フォーブス』によると、二〇一八年に最も稼いだミュージシャンは、次ページ図の通りだった。

ユーチューブが登場した時、こんなに手軽にライヴ映像が見られるようになると、もうコンサート会場になど、みんな足を運ばないのではないか？といった懸念が語られたが、実際には、レコードの売り上げの落ち込みに対して、コンサート・ビジネスはその規模を、年々、拡大している。

一般にそれは、消費の中心が〝体験〟に移ってきたからだと説明されてきたが、それは些かソフト・フォーカスの議論だろう。

その本質は、**〝体験〟の核にある〝体感〟**であり、もし「しびれる」ような〝体感〟が伴わないならば、どれほど〝体験〟があろうとも、参加者は絶対に満足

	ミュージシャン	年間収入(ドル)	公演数
1位	エド・シーラン	4億2950万	99
2位	テイラー・スウィフト	3億1500万	48
3位	ビヨンセ&ジェイ・Z	2億5400万	48
4位	ブルーノ・マーズ	2億3800万	100
5位	ピンク	1億8000万	88
6位	ジャスティン・ティンバーレイク	1億4900万	76
7位	U2	1億1900万	55
8位	ローリング・ストーンズ	1億1800万	14
9位	ケニー・チェズニー	1億1400万	42
10位	ジャーニー&デフ・レパード	9700万	60

しない。むしろ疲れるばかりで、期待していた分、不満が残るだろう。そして、ユーチューブではなく、ライヴ会場に人が足を運ぶのは、まさしくこの〝体感〟を求めてのことである。

イギリスの「モッズ Mods」

さて、少し時計の針を巻き戻してみよう。

ヒップやクールはどのようにして大西洋を越えて、イギリスで受け容れられたのか?

アメリカと違って、第二次世界大戦で本土空襲まで経験したイギリスは、一九五四年まで食糧の配給が続くほど、復興に時間がかかったが、その頃から景気は上向きとなり、五〇年代の終わり頃までには、テレビの普及率が75パーセントにまで達している。

戦後のイギリスの若者たちの間で、「カッコいい」存在として出現したのが、「**モッズ Mods**」である。モッズは「モダニスト Modernists」の略で、「現代主義者」であるから、ウォロフ語にまで語源を遡るヒップとは来歴が違う。

モッズの起源には諸説あるようだが、そのムーヴメントと強い関わりを持っていたイギリス人のDJジェフ・デクスターの証言によると、彼が最初にモッズを見かけたのは、**一九五八年**、ロンドンのウォルワース・ロード、サザークだという。

「私は、それまで見たことのあるどんなものとも違った、非常に小綺麗な、丈の短いジャケットを着ている人を見ました。私はその時、十二歳でした。(8)」

また、イギリスのファッション業界で大きな影響力を持ったブティック経営者ロイド・ジョンソンは、「私がモダニストと自称するようになったのは、**一九五九年**のことです。(8)」と語っているので、恐らくその辺りが始まりだろう。

労働者階級の若者たち

モッズの担い手は、戦後の新しい社会の中で、父親世代とは違った自分たちの新しい価値観を模索していた**労働者階級の若者たち**だった。

彼らはまず、そのファッションで注目された。

ロンドンでは、戦後しばらくは、復員兵たちが、未だに配給が続いているような社会で、どうにか戦時の軍服から脱して、もっと艶やかな服装を身にまとおうと、昔ながらのサヴィル・ロウの服飾店で仕立てた、エドワード七世時代のような服を買って着ていた。戦前から、大量生産の既製服は既にあったが、中心的なスタイルはなく、流行はゆったりとしたテンポで、皆が一斉にそれを追いかける、ということもなかった。

それが、五〇年代になると、イーストエンドその他のオシャレな街で生まれた新しいスタイルを、労働者階級の若者たちがこぞって真似するようになった。

最初は基本的には、エドワード七世時代のスタイルだったが、そこに独自の変更を加えて発展させていき、**個性を競い合う**ようになる。彼らのファッションは、**父親世代とも上流階級とも異なる、新しい「カッコよさ」**を表現していた。「ヒップは小さな円《サークル》から始まる。そのメンバーたちは、より独創的な表現、より極端な表現を生み出すようお互いを刺激し合い、やがて同心円を描きながら外へと影響を与えていく。」という話があったが、ここでも、起きていたことは同様だった。

後に確立されたモッズ・ファッションとして、今でもよく知られているのは、細身の三つボタンスーツやモッズ・コートと呼ばれるアメリカ軍のミリタリー・コート（M－51）、撫でつけた髪のモッズ・ヘア、ヴェスパやランブレッタといったスクーターなどで、イギリス空軍の青、白、赤の三重丸のロゴが、そのシンボルとなる。現在でも、モッズ・コートは、ファッション・アイテムの一つとして定着している。また、ザ・フーのアルバム《四重人格 Quadrophenia》に基づく映画（邦題は『さらば青春の光』）では、ミラーを山ほどつけてカスタマイズしたスクーターが、主人公にとっては、ほとんど〝命より大事〟な存在として描かれている。

バイカー集団・ロッカーズ

アメリカのR&B歌手であるジーノ・ワシントンは、初めてモッズを見た時の印象を、「**今まで見た何よりもカッコよかった (the coolest)**。アメリカの黒人が、時代の先端を行く服装でどんなに有名だったかは、知ってるだろう? けど、彼らは男性も女性も、とにかく、完璧だった。素晴らしい服のセンスを持ってたね。[8]」と語っている。マイルスとデクスター・ゴードンとの会話を思い出しながら読むと、非常に興味深い。

とは言え、この時代のオシャレな若者たちが、みんなモッズだったわけではない。一般に、モッズの存在が知られるようになったのは、映画『さらば青春の光』のクライマックスである、イギリス南東部の保養地ブライトンでの**ロッカーズ**との大乱闘だった

（一九六五年）。元々モッズは、単にオシャレなだけでなく、ドラッグと乱痴気騒ぎで、大人たちから顔をしかめられる存在だったが、この新聞沙汰にもなった騒動のために、更に「不良」という印象が決定づけられることとなった。

ロッカーズとは、髪型は所謂「リーゼント」で、ワッペンや鋲で装飾したレザーのライダース・ジャケットにパンツをまとい、トライアンフやノートンなどの改造大型バイク（カフェレーサー）を乗り回していたバイカー集団である。

日本では、矢沢永吉率いるキャロルや、その解散コンサートの〝親衛隊〟を務めた、舘ひろしや岩城滉一等のクールスが、ロッカーズ的なファッションの例に挙げられる。

他方、黒い細身のスーツでヴェスパに跨がる『探偵物語』の松田優作は、モッズそのものというより、モッズの一種のパロディと言えなくもない。『探偵物語』は一九七九年から放送が始まっているが、丁度、同年に映画『さらば青春の光』が公開され、モッズ・リヴァイヴァルが起きている。

因みに、ビートルズが、ハンブルク巡業の頃まではロッカーズ風だったのに、デビュー時にモッズに転向したというのは、有名な逸話の一つであり、外観と実質という議論に立ち返るならば、その程度に乗り換え可能なファッションと捉えていた若者も少なくなかった。

「そこには、何かがあった」

モッズとは、結局のところ何だったか？

パトリック・ポッターは、『MODS：A WAY OF LIFE』の中で、次のようにまとめている。

彼らはまず、五〇年代のイギリスのＢＢＣライト・プログラムが提供するような刺激の足らない娯楽に反抗した。また、サイダーしか飲まないようなインテリが、チェスをしながらポスト・マルクス主義理論について議論を交わし、トラッド・ジャズに合わせて踊る、といった旧世代のボヘミアン像に反発した。

労働者階級でありながら、階級を超えて自由に振る舞う、という両義性こそが重要で、昔ながらの労働者階級の価値観に拘束されることに反発した。

新しさの非日常的な「衝撃」を求め、アメリカ由来の「クール」に憧れ、アメリカのＲ＆Ｂやソウル、ロック、ブルースを模倣して、自前の音楽を生み出した。その先には、更に自由に分岐してゆく発展があった。また、音楽的には、ジャマイカのスカが好まれた、というのも、一般的なイメージにはないが、多くの論者が指摘している点である。

歴史的には、自由を何よりも重んじ、常識を軽んじた彼らのルーツは、一九世紀以来、ヨーロッパに存在した「ボヘミアン」を思わせるところがある。しかし、「現代主義者」たる彼らは、むしろ、そのイメージから切断されたがっていた。

ポッターは、「モッズであることは、キャリアも年金も決して与えてはくれなかった。それは、現実の生活の問題を解決することは出来ない。けれども、何かがあったのである。何か革命的な力の核心とでも言うべきものであり、それが今以て私たちに心に引っかかっている。そこには、何かがあったのである。」(傍点平野)と言う。それは『さらば青春の光』の主人公の破滅的な人生にもよく表れている。

その映画の原作者であるモッズ時代の象徴的なバンド、ザ・フーのピート・タウンゼントは、同様の認識を、次のような有名な言葉で語っている。

「ロックンロールは、お前の抱えている問題を解決してはくれないだろう。ただ、それを抱えたまま、踊らせてくれるだけだ。」

大戦末期から終戦時に世界的才能が生まれた

モッズもロッカーズも、ブルースを始めとするアメリカのヒップな音楽に強く魅了されていたことは事実だが、そこから直接にロック・ムーヴメントが誕生した、とは、単純に言い切れない。
ザ・フー、スモール・フェイセズ、キンクス等は、モッズの象徴的なバンドだが、彼らがブルースのレコードを聴いていた少年時代は、当然のことながら、モッズ・ムーヴメントより前である。むしろ、モッズやロッカーズは、これらのバンドの音楽を、リスナーの立場で、自分たちの時代の音楽として受け止めた、と見るべきだろう。

参考までに、この時代のロックのイノヴェーターたちの生年をざっと確認しておこう（上図）。

六〇年代以降、世界を席巻した才能が、ほぼ第二次大戦末期から終戦にかけての時期に挙《こぞ》って生まれていることは注目に値する。

このあとも、陸続と傑出したミュージシャンが登場するわけだが、イギリスの全歴史を振り返っても、この時代は、最も音楽的に充実した時期の一つだったと言えるのではあるまいか。因みに、些か意外だが、八〇年代に活躍したポリスのアンディ・サマーズは、一九四二年生まれで、ポール・マッカートニーと同い年

1940年生	ジョン・レノン、リンゴ・スター
1942年生	ポール・マッカートニー、アンディ・サマーズ
1943年生	ジョージ・ハリスン、ミック・ジャガー、キース・リチャーズ、ロジャー・ウォーターズ
1944年生	ジミー・ペイジ、ジェフ・ベック
1945年生	エリック・クラプトン、ピート・タウンゼント、リッチー・ブラックモア、ロッド・スチュワート
1946年生	ロバート・フリップ、フレディ・マーキュリー、デヴィッド・ギルモア
1947年生	スティーヴ・マリオット
1948年生	トニー・アイオミ、オジー・オズボーン、ロバート・プラント

である。

ヨーロッパとジャズ

ヨーロッパにアメリカのポピュラー・ミュージックは、どのようにして伝わったのか？日本の戦前と同様に、その最初はジャズだった。

ヨーロッパにジャズがもたらされたのは、第一次世界大戦に参戦したアメリカ兵の中にミュージシャンがいて、各地で演奏をし、恐らくレコードも持ち込んだためである。(9)従って、一九一八年以降のことである。取り分け、アラバマ出身の志願兵ジェームズ・リーズ・ユーロップが、フランス軍に編入され、楽隊を率いてフランスとイギリスでラグタイムなどを演奏した記録が残っている。

戦間期には、更に続々とアメリカのジャズ・ミュージシャンが英仏を中心に演奏活動を行い、ニューオリンズ・ジャズの中心人物シドニー・ベシェは、バッキンガム宮殿で奉納演奏までしている。後にブルーノート・レーベルを設立するアルフレッド・ライオンは、この時期にベルリンで初めてのジャズ体験をしている。一九二五年、彼が十七歳の時である。

三三年には、ルイ・アームストロングがヨーロッパ中をツアーし、大ブームを巻き起こしている。更にモダン派では、コールマン・ホーキンスが活躍し、ジプシー・スウィングのギタリスト、ジャンゴ・ラインハルトなどとレコーディングを行っている。ジャンゴはその後、ヴァイオリニストのステファン・グラッペリと「フランス・ホット・クラブ五重奏団」を結成して、人気を博すこととなった。

しかし、ムッソリーニ、ヒトラー、更にはフランコ政権下のイタリア、ドイツ、スペインでは、ジャズが禁止され、アンダーグラウンドに追いやられていたので、三〇年代までのヨーロッパでは、ジャズの中心は英仏だった。このことは、戦後のポピュラー音楽の発展にも影響を及ぼすことになる。

第二次大戦中も、イギリスではスウィング・ジャズが人気で、ナチスの占領下のフランスでは、ジャズが禁止されたものの、タイトルをフランス語にして偽装するなどのあの手この手で、コンサートの開催やレコードの発売は続けられた。

こうした下地があったため、戦後ほど経て、一九四八年に、ディジー・ガレスピーのビッグバンドとハワード・マギーのクインテットがフランスでツアーを行うと、逸早く、ビバップ熱が沸騰した。

翌四九年には、第一回パリ国際ジャズ・フェスティヴァルが開催され、チャーリー・パーカー、マイルス・デイヴィスが熱烈な歓迎を受ける。ポスト・パーカーとして注目されつつあったマイルスは、「あんなに素晴らしい思いはしたことがない。」と語るほどのスター扱いで、この時に、ピカソやサルトルと交流を持ち、ジュリエット・グレコと束の間の恋仲になっている。

ジャズが、サン＝ジェルマン・デ・プレの文化にとって、いかに重要な影響を与えたかは、ボリス・ヴィアンの小説などでもよく知られているところである。マイルスはその後、一九五六年、五七年にもパリに行き、映画『死刑台のエレベーター』の音楽を担当している。

5　なぜイギリスだったのか？

スキッフルの流行

戦中は、ジャズの中心地だったイギリスは、この時期、ようやくスウィングからトラッドへという出遅れた状況で、若者たちがむしろ夢中になったのは、「スキッフル」というジャンルだった。元々は、一九二〇年代にアメリカ南部で流行った音楽で、洗濯板や水差し（ジャグ）、ノコギリといった日用品を使って音を出し、ギターやバンジョーとともに即興的な演奏を行うところに特徴がある。

それを、トラッド・ジャズ奏者だったロニー・ドネガンが、五〇年代のイギリスで復活させ、大ブームを巻き起こす。初期には洗濯板も使用されたが、やがてウッドベースとギター、ドラム、タンバリンだけとなり、彼自身が時折演奏するバンジョーを除けば、ロックン・ロールとほぼ同様のミニマルな楽器構成となった。

曲調はと言うと、時期にもよるが、今聴くとロック風のものもあれば、ブルーグラス風のもの、フォーク風のものと様々で、シンプルなアレンジと軽快なメロディーが親しみやすい。

重要なのは、そのスタイルが自由であったこと、そして、さほど高い演奏技術を必要としなかったことだった。更に、耳で聴いた音楽が、一体どうなっているのかと分析し、模倣することに、独特の面白さがあった。

ボードレールは、『玩具のモラル』というエッセイの中で、子供はおもちゃを手にすると、「いのち」がどこにあるのかを知りたがって、「その玩具をさんざんひねくりまわし、引掻いたり、揺すぶったり、壁にぶつけたり、地面に叩きつけたり」[10]して、壊してしまうという話を書いているが、スキッフルを聴いて、どうなっているのかとギターでなぞり、ああでもない、こうでもないと分析し始めた若者には、これとよく似た楽しさがあっただろう。五〇年代末までに、イギリスには三万から五万（！）もの数のスキッフル・バンドが存在したという。時代的に、娯楽も限られていたのだろう。

この興奮が、そのまま、ロックへと引き継がれることになる。

音楽への参入障壁の違い

「カッコいい」にとって重要だったのは、その生理的興奮を自ら追体験する同化・模倣願望だったが、ジャズがスウィングからビバップに発展した時、多くの人にとって、それは、もう手の届かない音楽になってしまった。どれほどチャーリー・パーカーやディジー・ガレスピーに憧れても、彼らのように凄まじいスピードで、変幻自在に演奏するのは至難の業である。それは一種の〝神々の戯れ〟であって、大半の人間は、鳥肌を立たせて興奮しながらも、彼らの演奏が披露される小規模のクラブの観客として、ただぽかんと口を開けて聴いているより他はない。あるいは、ラジオやレコードプレーヤーの前で聴き入るだけである。

ところが、ブルースやロックは、楽曲をなぞるだけなら簡単であり、しかも、スキッフルは、それをイギリス人なりにこなすヒントを与えてくれた。というのも、ブリティッシュ・ロックの創始者たちは、ほぼ全員、正式の音楽教育を受けておらず、最初は言わば、見様見真似の我流だったからである。

しかし、そのお陰で、**音楽への参入障壁はない**に等しく、労働者階級に生まれて、音楽的にはまったく特別な教育を受ける機会に恵まれなかったが、恐るべき才能を持った若者たちが、幾らでもこの新しい音楽の世界に吸収されていった。これは、八〇年代以降、アメリカでヒップホップが流行する時にも同様に見られた現象である。

逆に言えば、クラシックは幼少期の家庭環境という条件のために、この時期、優れた音楽的才能のスカウティングに失敗している可能性がある。

勿論、ジャズに憧れた若者たちも、我流で真似するところから始め、この後も数々の優れたミュージシャンが生まれ、その人気は今日も続いているが、私が指摘したいのは、ロックと比較した時の**規模と影響力**の違いである。

ジャズには、教育が必要になっていく。それは、今日、日本で活躍しているロック・ミュージシャンとジャズ・ミュージシャンの海外留学経験の比較だけを見ても、容易にわかることである。

管楽器が主体で、延々と即興演奏を繰り広げるジャズの場合、ある程度、楽譜が読め、楽理に通じていないと、フィーリングだけではどうしても乗り越えられない壁がある。真似してみても、そう簡単には「カッコよく」ならない。

ところがギターは、コードのフォームさえ何パターンか覚えてしまえば、歌いながらすぐに演奏が出来、B♭のキーで、Ⅰ→Ⅵ→Ⅱ→Ⅴというコード進行で、どんな音使いが出来るか、といったことを知らなくても「恰好がつく」。演奏技術も、ある程度までは独学で上達する。

しかも、そのコードさえ、ブルースからロックへ、ロックからハードロック、パンクへと発展してゆくにつれ、ルート音だけの短音弾きや、ルート音と5度だけのパワー・コードに置き換えられて、更に簡略化されていく。それでも、ノリが良く、勢いがあれば、素人でも聴く者を圧倒し、「カッコよく」なり得たのである。

少し後の話になるが、一九七〇年に《ビッチェズ・ブリュー》というジャズやロック、ファンク、現代音楽など、あらゆる要素を融合した傑作アルバムを発表したマイルス・デイヴィスは、ロック・バンドと一緒にコンサートを行うようになった頃のことを、こんなふうに回想している。

「『フィルモア』に出ていた頃、ロックのミュージシャンのほとんどが、音楽についてまったく知らないことに気づいた。勉強したわけでもなく、他のスタイルじゃ演奏できず、楽譜を読むなんて問題外だった。そのくせ大衆が聴きたがっている、ある種のサウンドを持っているのは確かで、人気もあればレコードの売り上げもものすごかった。」

これは恐らく、当時のジャズ、あるいはクラシックの音楽家たちの共通認識だっただろう。ピアニストのグレン・グールドは、ビートルズの楽曲が音楽的にいかに酷い代物かを扱《こ》き下ろしている。

しかし、マイルスが面白いのは、それを馬鹿にするのではなく、すぐにこう考え直すところである。

「自分達が何をしているのか理解していなくても、彼らはこれだけたくさんの人々に訴えかけて、レコードを大量に売っている。だから、オレにできないわけがないし、オレならもっとうまくできなきゃおかしいと考えはじめた。」

謙虚さと自信とが何とも絶妙にブレンドされていて、私が好きで、非常に憧れたのはこういうマイルスだった。

エルヴィス・プレスリーの登場

さて、スキッフルは、イギリス全土で爆発的な広がりを見せ、先ほど名前を列挙した一九四〇年代生まれのミュージシャンの多くが、十代の頃にはスキッフルのバンドで演奏していた。その代表例がビートルズの前身バンドである、クオリーメンである。

ジョン・レノンはこう証言している。

「イギリスでのロックンロールの時代には——僕は十五歳くらいだったから、一九五五年のことだろう——スキッフルというものが大流行していた。これはフォーク・ミュージックの一種、それもアメリカのフォーク・ミュージックなんだけど、ただ……ウォッシュボードを使うんだ。それで、十五歳から上の若者連中はみんなそういったグループを組んでいて、僕も学校でひとつ組んだ。[11]」

スキッフルのブームは、アメリカのブルースの影響で、直ちにブリティッシュ・ロックが誕生した、といった一般的な理解からは零《こぼ》れ落ちがちだが、ギターという楽器の普及や観客のノリなど、その前提を準備したという点では、大きな意味を持っていた。

若者たちを、スキッフルから離れてロックへと向かわせるきっかけとしては、何と言っても、一九五四年の**エルヴィス・プレスリー**の登場が大きかった。

これもまた、イギリスのロック・ミュージシャンたちの黒人ブルース信仰というイメージの中では、過小評価されがちだが、既に第3章でキース・リチャーズの証言を紹介したように、ジミー・ペイジも、ロバート・プラントも、エリック・クラプトンも、ジョン・レノンも、十代の頃には、最初は揃ってプレスリーに衝撃を受けている。

新たなヒップな存在へ

更に、ジェリー・リー・ルイス、リトル・リチャード、エディ・コクランなど、アメリカン・ロックは次々とイギリスに紹介され、その洗礼を受けた彼らは、先祖返り的に、ロックのルーツであるブルースを探求してゆくこととなった。この点が、同時代の日本のロックの受容とかなり異なっている。

一九五八年にイギリスでコンサートを行ったマディ・ウォーターズは、エレキギターのフェンダー・テレキャスターを持参したが、聴衆はその音に度肝を抜かれ、当惑したという。胸の前に抱えて演奏するソリッド・ボディのエレキギターとして、世界で初めて量産されたテレキャスターの発売は、一九五〇年だった。

「もうわかったけど、イギリス人は、ソフトなギターの古いブルースが好きなんだな。アメリカでは、ギターが掻き鳴らされるのを聴きたがってるけど、ここでは、自分たちが普段、歌ってる曲を聴きたがってる。今度来る時は、まずここで最近聴かれてる古い曲から覚えることにしよう。」

「シカゴでは最新の曲を演奏してるんだけどな。俺が生まれた頃の曲じゃなくて。(8)」

ロニー・ドネガンでさえ、アコースティック・ギターを弾いていたので、イギリスのリスナーがまだ、エレキギターに慣れていなかったこと、しかし、そのショックはやがては若者たちを「しびれ」させ、のめり込ませてゆくこと、ヒップなブルースがいかに進化し続けていたかということなど、様々なことが読み取れるコメントである。更に恐らくは、イギリスのマニアックな若いブルース・ファンたちの〝起源〟を求める欲求もあったのだろう。ヒップは遡行すべき歴史を自国に持っていたが、根無し草の「モッズ」には、それがなかったからである。

六一年に発売されたロバート・ジョンソンの《キング・オヴ・ザ・デルタ・ブルース・シンガーズ》は、その意味で、決定的なレコードの一つだった。「悪魔に魂を売った」というパガニーニ的な伝説を持つこのブルース・マンは、キース・リチャーズやエリック・クラプトンなど、数多くのイギリスのロック・ミュージシャンに甚大な影響を及ぼした。

ただし、ジミー・ペイジによると、「重要だったけれども、口伝てで広まっていくのにはちょっと時間がかかった。でもね、そういうのが伝わる情報網はちゃんと存在したんだよ」とのことらしい。

ロックには実際、強力な**コミュニティ形成能力**があった。まず、コンサートでの出会いがあり、**「しびれる」ような興奮**を共有した強いシンパシーが生まれた。レコードや情報を交換し合って、互いの家に入り浸り、更に自分の友達を紹介した。勿論、恋も生まれた。バンドを組むためには、メンバーを探さねばならず、噂を聞きつけて隣の町までライヴの偵察に行く。フレディー・マーキュリーの人生を描いて大ヒットした伝記映画『ボヘミアン・ラプソディ』で、私たちが見た通りである。

そして、近代の中央集権化時代の上京物語そのままに、地方の閉塞感に喘いでいる若者たちに、中央での成功を強烈に夢見させた。彼らは、アメリカのヒップの最深部へと自分たちなりに遡行しつつ、更に大きな枠組みで見るならば、彼ら自身が、ヒップとの混淆から、新しい何かを生み出そうとする**新たなヒップな存在**と化していったのだった。

6　生きていることの意味

本の力

この時代のイギリスでの音楽受容は、アメリカから輸入されるレコードで、各地にその文化的な拠点となるような重要なレコード店が存在していた。

ラジオのみならず、テレビも普及していったが、そうしたメディアがなければ、「アトランティック・クロッシング」は、もっと遥かに難しかっただろう。ただし、ロックやブルースが聴けるのは、「ラジオ・ルクセンブルク」だけだった。

「ラジオ・ルクセンブルク」は、一時はヨーロッパ最大のリスナーを誇った民間ラジオ局で、この世代のイギリスのロック・ミュージシャンの回想には、必ずと言っていいほど登場する名前である。

日本の「カッコいい」もまた、メディアの存在抜きにはあり得なかったことを思い出そう。ただし、レコード、ラジオ、テレビの影響力の比率には国ごとに相違があった。

ユニークなところでは、少年時代から読書家だったロバート・プラントは、『ブルース・フェル・ディス・モーニング』(ポール・オリヴァー著)という、黒人ブルースの研究書を読んで、そこに出てくる名前をメモし、地元バーミンガムのレコード店でそれらを入手していたのだという。

本が、いかに「カッコいい」存在への憧れを喚起し、その知識を深めさせ、情報を広く一般に普及させていくかは、出版不況が嘆かれる今日こそ、見直すべき事実である。

これは、書籍のみならず、音楽雑誌の影響力を思い出せば、容易に理解されるだろう。

私は八〇年代から九〇年代前半にかけてのロック少年だったが、新譜のレヴューやインタヴュー、グラビア、楽譜、誰がどこのバンドを脱退して、新ギタリストは元ナントカの誰ソレ!……といった情報が詰め込まれた雑誌がなければ、決してあそこまでロックにのめり込むことはなかったと思う。

本屋で毎月、発売日に雑誌を買って隅から隅まで目を通し、翌日学校に行って、出遅れた友人に、有名バンドの解散のニュースを教えてやったりするのが、本当に楽しかった。勿論、部屋には雑誌の付録のポスターを貼っていたし、透明の下敷きには、好きなバンドの写真の切り抜きを入れて、丁度、今のスマホの待受画面のように、勉強の合間に眺めたりしていた。そして、どこで何をしていても、携帯プレイヤーなど必要とせず、脳内で再生される音楽を通じて、何度となく「しびれ」を追体験していたのである。

単なる情報収集だけでなく、私たちは、「経験する自己」を「物語る自己」が言語化してゆく過程で、その非日常的な生理的興奮が何だったのかを教えてくれる言葉を、どうしても必要とする。歌詞だけでなく、メディアを通じて知るインタヴューも、批評も、大いにその機能を果たしていた。

「戦慄」の体験、熱烈な憧れ

戦後のイギリスの若者たちにとっても、未知なるアメリカの音楽と出会った衝撃は、文字通り、「戦慄」の体験となった。彼らの多くが、その生理的興奮に触れる点に注目したい。

ジミー・ペイジは、少年時代のブルースやロックとの出会いを語って、「ああいった音楽を初めて聴いた時には、本当に、**背筋にゾクッとするものが走った**んだ。今でもそうだよ。」と語っている。

ロバート・プラントは、一九六三年に初めてブルースを生で聴いた時の体験を、「**興奮で汗が噴き出たね**」と回想している。何がどう素晴らしかったと理屈で説明するまでもなく、その体の反応こそがすべてを物語っている、というわけである。彼が特に感激したのは、ボ・ディドリーだった。

「ディドリーのリズムはすべてがセクシーで、たったの二十分で汗だくになった。すごい夜だった(12)」

こうした新しい音楽としてのブルースやロックの受容は、ドラクロワ＝ボードレール的な体感主義が、「戦慄」を審美的判断の中心に据えて、批評の民主化を行った一九世紀中葉のモダニズム前史と完全に連続しており、それがメディアを通じて世界的に爆発したのが、一九六〇年代だった。

そして、この「カッコいい」という感覚は、彼らに**熱烈な憧れ**を抱かせることとなる。

「カッコいい」存在への感謝

「私が生まれた一九四五年三月の時点では、多数の外国の陸軍と空軍の兵士がイギリスを通り過ぎていったので、よくあることになっていたにもかかわらず」と前置きして、エリック・クラプトンは、自分が私生児であり、そのことに、大きな精神的打撃を受けて育ったことを語っている。そして、少年時代に、友人の家で聴いたエルヴィス・プレスリーの《ハウンド・ドッグ》について、「その音楽には二人がまったく**逆らえない何か**があった。」と言い、テレビで初めてバディ・ホリーを見た時には「**死んでもいいと思うくらい嬉しかった。**」と振り返っている。ユーチューブが当たり前になった今日では、好きなミュージシャンが〝動く姿〟を初めて目にした時の強烈な感動は、なかなか理解できないかもしれない。

フェンダーのエレキギターやベースを最初に目にしたのも、この時であり、「宇宙からやってきた楽器を見ているような気持ち」で、「『**あれが未来だ。あれが僕の求めているものだ**』とひとりごとをいった。突然私は、何も変わることのない村にいることに気がついたが、**テレビの中には未来があった。私はそこに行きたかった。**」とその時の心境を語っている。

バーミンガムで子供の頃からいじめられっ子で、学校を出ても「ただの一つの資格もなし。私のキャリアの選択肢は、二つだけ：肉体労働、もしくは肉体労働さ。」という有様だったオジー・オズボーンは、ビートルズのセカンド・アルバム《ウィズ・ザ・ビートルズ》を聴いた時の感動を、「今、こんなことを言うとどうかしてるんじゃないか、と思われるかもしれないが、**あの時初めて私は自分の人生には意味があるんだ、と感じたんだ。**[13]」と振り返る。

「カッコいい」を単に表面的な価値に過ぎないとして軽んじる人は、こうした言葉に強く表れている、人が「カッコいい」存在を通じて、**人生を一変させられ、その生に意味を見出し、生きる方向を指し示されるという体験の重み**に対して、まったく無理解である。彼らは半ば無意識のまま、身悶えするような**変身願望**を抱いていたのである。

そして、少年時代の彼らが、ままならない日々の中で、ある日、ラジオやレコードプレーヤーの前で、未知なる音楽に「衝撃」を受け、感動に打ち震えている姿には、何か人間の生にとってこの上もなく尊いものがある。その意味は、世界中を巻き込んだ殺し合いのあとだけに、一層、強く胸を打つであろう。

彼らの回想の言葉は、私たちがこれまで「カッコいい」について考えてきた中で、迂闊にも語りそこなっていた、一つの奥深い感情に思い当たらせる。それは、「カッコいい」

対象に対する**感謝**である。

「カッコよさ」は、なるほど、未知なる個性的な存在がもたらす「しびれる」ような興奮によって経験される。そして、その後の人生を、憧れとともに長くその対象と過ごすこととなった私たちは、ある時ふと、もしあの出会いがなかったならばと想像して、空恐ろしくなるほどに、彼らに強く感謝するのである。それは誰に強制されることもない、心からの敬愛の念であって、私はそういう感情を、やはり美しいと思う。

音楽だけでなく、「カッコいい」スポーツ選手が引退する時にも、スタンドにいるファンが、目一杯の声で叫ぶのは、しばしば「ありがとう。」という言葉である。

「恰好が良い」と「カッコいい」の接続

「カッコいい」存在は、私たちの憧れを引き起こし、同化・模倣願望を掻き立てる。それは、新鮮な驚きを伴っており、新しい価値観で私たちの目を開かせ、人生の方向性を示してくれる。

そう考えれば、彼らは自分たちからは懸け離れた存在のようだが、実際には、「あれが僕の求めているものだ」と直ちに感じさせるような強い共感をも催させる。これまで自分ではうまく表現できず、誰からもその価値を認めてもらえていなかった何かを共有していて、それを、「まさにこれだ！」と興奮するほど、ズバリと表現している。

私たちは、つまらない存在に自分を投影すると落ち込むが、「カッコいい」存在は、私たち自身を極めて**魅力的に代弁**し、私たちには価値があることを示してくれる。

「カッコいい」存在は、私たちを引き受けてくれる**味方**である。

だからこそ、彼らは尊敬され、感謝の対象となり、また、私たちの延長上に存在するお手本となるのである。


ここから、私たちは、これまで別個に考えてきた「恰好が良い」と「カッコいい」とを接続するメカニズムを説明できるだろう。

「恰好が良い」の場合、事前に理想像がハッキリしていて（和菓子の例）、それとの合致の程度が判断された。他方、「カッコいい」は、事前にそうした理想像がなくとも、「しびれる」ような体感によって対象を評価できた（クラプトンにとってのエルヴィス）。

両者がいつも結びつくわけではない。しかし、「カッコいい」存在が、自分との共通点を備えている時、私たちは彼らを「恰好が良い」人間として理想化し、同化・模倣願望を掻き立てられる。これは、「しびれる」ような快感の反復という観点からの同化・模倣願望とは、区別されるべきだろう。

ランボーの『地獄の季節』

ロックを例にこの話をしてきたが、私自身の文学体験について少し触れたい。

私は高校時代、小林秀雄が翻訳したランボーの『地獄の季節』を肌身離さず持って愛読していた。

ともかく私は、この難解な散文詩集に甚《いた》く感動していたのだが、例えば、こんな件《くだり》である。

俺は旅をして、この脳髄の上に集まり寄った様々な呪縛を、祓《はら》ってしまわねばならなかった。俺は海を愛した。この身の穢れを洗ってくれるものがあったなら、海だったに相違ない。俺は海上に慰安の十字架の昇るのを見た。俺は虹の橋に呪われていたのだ。『幸福』は俺の宿命であった、悔恨であった、身中の虫であった。幾時《いつ》になっても、俺の命は、美や力に捧げられるには巨《おお》き過ぎるのかも知れない。

私は、この詩集を読んでいる間、終始、「しびれ」っぱなしだった。ランボーの翻訳は、今日に至るまで、もっと正確なものが幾つも出ているが、「カッコよさ」で言うならば、小林訳は未だにダントツだろう。

こんな詩は、私にとってまったく未知であり、新鮮だった。ランボーは、とても当時の私と同い年くらいとは思えない早熟の天才だった。

しかし、ここに書かれてあることは、何かにつけて思い悩むことが多く、美に憧れ、酷く多読になったものの、結局、そういう自分を持て余して悶々としていた私には、何と言うのか、痛切に「わかる」と感じられたのだった。私は本当に独りで旅に出て海を見たくなったし、また、こんな文章を書けるようになりたいと強く願ったのである。

この**憧れと共感**、**遠さと近さ**という矛盾の同居こそが、私たちにとって「カッコいい」存在を特別に感じさせる秘密である。私たちが、「カッコいい」存在をただ消費して終わるだけでなく、「恰好が良い」存在として理想化するのは、彼らを通じた自己発見の故であり、また自己発展の可能性を見出すからである。

この共通点がなければ、どれほど生理的興奮を与えてくれても、私たちは対象を「カッコいい」とは感じない。ジェットコースターや吊り橋を「カッコいい」と言う人はいないだろう。しかし、フェラーリなら、車に乗るという自らの生活の延長上に見ることが出来るのである。

もう一点、「カッコいい」存在が私たちに感謝されるのは、それに夢中になっている間だけは、束の間、**嫌な現実を忘れられる**からである。これは音楽でもダンスでも文学でもスポーツでも同様である。

私はそこから、学校にいる時の自分は、みんなに調子を合わせているだけの「ウソの自分」で、家で読書をしている時の自分こそが「本当の自分」だという分裂にしばらく苦しんだ。そう思うのは、読書の最中には、**学校では感じられない強烈な体感**があったからである。

しかし、現在の私は、分人主義の観点から、そうした二元論的なモデルではなく、結局のところ、「カッコいい」存在との分人も、複数の「本当の自分」の一つだと考えている。私たちは、いずれにせよ、様々な人と接し、様々な場所を生きるということを避けられない。しかし、出来れば、心地良い「分人」を生きる割合を多くしたいと、その構成比率に気を配っている。

ジャズやロックに出会った欧米の若者たちの「しびれる」ような興奮とは、新しい分人が電撃的に生じた瞬間のショックだったのだろう。そして彼らは、自分の人生を、出来るだけ多くその分人を生きることが出来るように、アレンジしていったのだった。

コラム② エレキギターの個性

エレキギターは個性を表現する

エレキギターは、ジャズ・クラブよりも遥かに大きな会場でのコンサートを可能にした。その驚くべき動員力については本文でも紹介したが、ギターはとにかく、持っていること自体が「カッコよく」、人を惹きつけ、またそれほどまでに人を惹きつけるからこそ「カッコいい」という具合に、恐らく循環している。なぜなら、エレキギターは、まさに「しびれ」させてくれるからである。

オジー・オズボーンは、高校時代、一学年上で、後に一緒にブラック・サバスを結成するトニー・アイオミが、学校にギターを持って来た時のことをこう語っている。

「トニーはまばゆいばかりの赤いエレクトリック・ギターを持ってきたんだ。**自分が生まれてこれまで見た中で最高にかっこいいものだ、と感じた**のを覚えている。」[13]

更に、エレキギターは、楽器自体にDIY的な魅力があり、それが労働者階級の若者たちのメンタリティと合致していた。

ピアノや管楽器と違って、エレキギターは、ピックアップを弄《いじ》ったり、交換したり、ボディにペイントをするなど、外観から内部の電気系統、ネック回りの演奏性に至るまで、所有者が存分に改造する余地があり、その見た目と音との両方で、自らの個性を表現することが出来た。色や形のヴァリエーションも豊富で、ブランドも次々に生み出され、しかも、憧れのミュージシャンたちと一体化でき、ジミー・ペイジになりたいファンはギブソンのレスポール・スタンダードに憧れ、ビートルズのコピーバンドでベースを弾く少年は、いつかリッケンバッカーを買うことを夢見ながら、当面は廉価なコピー商品に甘んじつつ、腕を磨くのだった。

アンプやスピーカー、その途中のサウンド・エフェクトなどの組み合わせは、それぞれに唯一無二の個性的な世界で、素人が見ると何が何だか分からない、魔術的な雰囲気さえ放っている。今日、ありとあらゆる音楽で用いられているエレキギターのサウンドは、一切の教科書もなく、すべて、ブルースの時代以降のギタリストたちが、自力で生み出していったものである。

エレキギターは、ジャズではなくロックこそが二〇世紀後半の世界の音楽シーンを圧倒した大きな理由であり、また、フランスではなくイギリスがその発信源となり得た理由でもあった。

ギターの出荷本数は半分に

スモール・フェイセズ、ザ・フー、ビートルズ、ローリング・ストーンズ、レッド・ツェッペリン、ブラック・サバス、ディープ・パープル、……と、ギターを中心としたブリティッシュ・ロック・バンドは、一九六〇年代から無尽蔵の豊かさで輩出され、アメリカに渡って更に巨大なムーヴメントを形成してゆく。

逆にアメリカからは、ブルースのミュージシャンだけでなく、ジミ・ヘンドリックスのような革新的なギタリストが渡英し、ギターの演奏方法に破壊的な影響を及ぼした。

しかし今日、音楽シーンの「カッコいい」を牽引しているのは、ロックよりもむしろギターが主役になれないヒップホップやR&Bで、DTMの普及もあり、音楽も多様化し、経産省の統計では、「二〇一五年の国内の『ギター・電気ギター』出荷本数は約十三万七千本と、〇八年（約三十万九千本）の半分以下になった」[14]という。八〇年代までのような超絶技巧を誇るマッチョな「ギター・ヒーロー」はいなくなってしまったが、新しい傾向も見受けられる。

フェンダー社の調査によると、アメリカやイギリスで新たにギターの練習し始める人のうち、実に50パーセントが女性だという。[15]テイラー・スウィフトなど、女性で「カッコよく」ギターを弾くミュージシャンも、以前より目立つようになり、また「カッコいい」という価値観自体が、女性の間にも広がっていった結果でもあるだろう。

第7章　ダンディズム

1　ダンディ一位に選ばれた三島由紀夫

高級感があり、都会的

一九六〇年代以降の「カッコいい」に影響を及ぼしたアメリカ発の概念が「クール」であり、「ヒップ」だったのに対して、ヨーロッパから輸入された概念の一つに、**「ダンディ dandy」**がある。

尤も、こちらは一九世紀の概念であり、フランスでは、ほとんど死語化している。「カッコいい」に相当する言葉は、六〇年代には貴族的な「エレガンス élégance」に対して、より大衆的な「シック chic」があり、これも日本語の「カッコいい」に影響を与えているが、今日ではやや年配の人が使う言葉である。同様に、「クラス classe」というのも、幾らか古風な「カッコいい」で、若者たちは、「スティレ stylé」という表現を好んでいる。元々は、「しつけが行き届いた」といった意味だったが、現在では英語の「スタイリッシュ stylish」に近い、〝今風の〟というニュアンスになっている。

「ダンディ」や「ダンディズム」は、日本語では、些かオジサンっぽい言葉ではあるが、まだ死語となっておらず、男性誌の特集などでは「定番スーツのダンディな着こなし」だの「五十代からのダンディズム」などといった言葉が躍っている。

白洲次郎が特集される時には、必ず「ダンディズム」という言葉が枕につくし、桑田佳祐には、《真夜中のダンディー》（一九九三年）というヒット曲がある。

アパレル企業レナウンのブランド「ダーバンD'URBAN」は、今でも「ダンディ」をキー・コンセプトにしている。ある世代以上の人は、アラン・ドロンが出演し、最後に「D'URBAN c'est l'élégance de là moderne.（ダーバン〝おとなの心〟）[1]」というキメ台詞を言うＣＭを覚えているだろう。ブランドヒストリーによると、「日本一のかっこいい服を、世界で最もかっこいい男に着せたい」というコンセプトだったそうだが、アラン・ドロンは、アメリカ的な「クール」とも「ヒップ」とも違う、フランス的な「ダンディ」の象徴として、日本人に強烈な印象を残したのだった。

この日本的に理解された「ダンディ」には、若者の反抗や体制へのアイロニカルな自己防衛といった「クール」に認められた特徴は皆無で、むしろ、桑田佳祐の歌や、ダーバンのＣＭのように、〝大人〟であることが強調される。ただし、自分の感情に対して抑制的という「クール」の原義的なイメージは、「ダンディ」にも共有されていると言えよう。

また、「ダンディ」は、カウンターカルチャーのカジュアルさ、ある種の貧乏臭さ、自然賛美、リベラリズムと異なり、エレガントで、高級感があり、都会的であって、思想的には保守主義とも相性が良かった。明治の近代化以降、日本には洋行帰りの「ハイカラ」の伝統があり、白洲次郎などはその末期の典型だろうが、「ダンディ」は、むしろこちらの「カッコいい」との連続性で捉えるべきだろう。戦前の山の手文化は、アラン・ドロン的な「ダンディ」へは無理なく接続できたのではないか。

ウッドストックの象徴的なミュージシャンであるジミ・ヘンドリックスと、このアラン・ドロンは、凡そ似ても似つかないが、一九七〇年にこの二人を「カッコいい」と呼んでいいかどうかを訊ねたならば、両陣営に分かれて、熱烈にそれぞれを支持する人たちがいただろう。

その意味では、アメリカ的な「クール」とフランス的な「ダンディ」は、世代的に分離しつつ、相補的に六〇年代以降の「カッコいい」を形成していった、と見ることが出来そうである。

因みに、ジミヘンは一九四二年生まれであり、アラン・ドロンは三五年生まれなので、この年齢差も、若者にとっての「カッコいい」像と大人の「カッコいい」像との形成に影響したと思われる。

〈オール日本ミスター・ダンディはだれか?〉

日本で「ダンディ」という言葉が流行するようになったのは、「カッコいい」と同様、一九六〇年代だった。

六七年、週刊誌『平凡パンチ』は、〈オール日本ミスター・ダンディはだれか?〉という読者投票によるアンケートを行っている。(2) この当時、『平凡パンチ』は八十万部という驚異的な部数を誇る人気雑誌だった。読者層の中心は、十八歳から二十六歳の学生を中心とした男性である。

雑誌では、「ダンディとは、クラシックでありながら、つねに新しさを失わない男性的な言葉である。」と定義しており、「それならば、《〝現代のダンディ〟とはどんな男性をいうのだろうか》――この新しいダンディのイメージをキミたちの投票によってつくりあげようと思う。」と呼びかけている。

「クラシックでありながら」というところが、カウンターカルチャー的な「カッコいい」との差異だろう。

投票結果は、非常に興味深い。

1位は何と、**三島由紀夫**である。2位は三船敏郎、3位は伊丹十三、4位が石原慎太郎で、以下、加山雄三、石原裕次郎、西郷輝彦、長嶋茂雄、市川染五郎、北大路欣也と続いている。

小説家、俳優、スポーツ選手と様々だが、やはり、メディアへの露出が多い人物に限定されている。

この企画は好評だったらしく、翌年、今度は「ミスター・インターナショナル」と称して、世界篇の投票が行われることとなった。「ダンディ」という言葉は使用されていないが、企画としては連続していると見ることができよう。

1位はフランスのド・ゴール大統領、2位が三島由紀夫、3位がベトナムのホー・チ・ミン、4位が松下幸之助、5位がバーナード博士（世界初の心臓移植手術に成功した）、6位がジョン・レノン、7位が石原慎太郎、8位は毛沢東、9位がブラックパンサーのリーダー、ストークリー・カーマイケル、そして、10位がフィデル・カストロとなっている。

政治的には右から左まで幅広く雑多で、当時の青年の政治的関心の高さと、『平凡パンチ』の読者層の幅広さが窺われる。今同様の企画を行っても、まずこうはならないだろう。実はこの時、トップを独走していたのはロバート・ケネディだったが、アンケート中に暗殺され、物故者となってしまったために、リストからは外された。

日本篇では、俳優の名前が目立つが、世界篇では、政治家というより、〝リーダー〟に人気が集中している。「カッコいい」が憧れの感情を喚起することは散々指摘してきたが、第二次大戦後、民主化された社会で〝強いリーダー〟に社会の方向性、ひいては人生の方向性を示してほしい、という願望は強かったのだろう。日本篇の俳優の多さは、むしろ、日常生活の中での振る舞いや服装の「カッコよさ」として、見本を求めていたのではなかったか。

そして、ここに見られるリーダー像は、「男らしさ」と呼ばれた美徳とも密接に結びついている。

時代に揉みくちゃにされた三島

やや余談めくが、『平凡パンチの三島由紀夫』は、若者たちの間で「ダンディ」で「カッコいい」とされつつ、揶揄や批判にも曝されて、時代に揉みくちゃにされてゆく三島の複雑な姿が、間近にいた編集者の目から具《つぶさ》に綴られている。

「はじめに」で書いた通り、森鷗外を「カッコいい」と評した三島は、この言葉にも自覚的であったが、その行動への過程で、こうした若い世代からの評価が与えた影響については、なかなか文学研究がうまく掬《すく》い取れなかった点だろう。

言行一致というのは、彼が繰り返し主張した思想だったが、東大全共闘に理解を示しつつ、安田講堂に立てこもりながら投降し、「遂に革命のために死なない」と彼らの不徹底を批判したあとで、自らが、その政治的主張を行動に移さないことは、なるほど、「カッコ悪い」ことだった。私は、三島をかなり近い立場でよく理解している、とある人物が、ぽろりと漏らした、「結局、引っ込みがつかなくなったんでしょう。」という一言が忘れられない。

実際、政治に関してではないが、一九六八年に早稲田大学で行ったティーチイン(『学生との対話』)では、会場からの「初期の頃の三島先生は〝夭折の美学〟を説かれていたと思うのですが、今まで生きていらっしゃるところを見ると、あんまり本気では考えていなかったのではないか？」と質問され、享年四十九の西郷隆盛の死を「美しい」と評して、自分も「まだ希望を捨ててない」と苦笑交じりに答えている。二年後の決起を控え、三島は当時、四十三歳だった。

一九六九年に学習院の同窓の美術批評家・徳大寺公英と行った対談『青春を語る』では、若い読者に、今なぜ保田與重郎が人気があるかについて触れ、「やっぱり節を曲げないヤツは、彼ら(若者たち)は好きなんですよ。」と評している。

そうした認識で、三島事件のすべてを語ることは明らかな矮小化だが、『仁義なき戦い』で散々繰り返された、「カッコつけにゃいけん」「格好がつかん」という武士道の「義理」に見られるような当為は、時代の雰囲気として、考慮に入れるべきではあるまいか。

2　ダンディとは何か？

《モダニズムの始まりと終わり》

二〇一八―一九年、パリのグラン・パレで、マイケル・ジャクソンの大回顧展が開催されたが、展示の中に、《モダニズムの始まりと終わり》という風変わりな写真作品があった（次ページ参照）。

詩人のシャルル・ボードレールと歌手のマイケル・ジャクソンという二人のポートレートを並べたもので、作者のロレーヌ・オグダディによると、「シャルルは最初のモダニストであるのと同時に最後のロマン主義者であり、マイケルは恐らく最後のモダニストであるのと同時に、やはり恐らく最初のポスト・モダニストなのである」とのことで、その見方の妥当性はともかく、「カッコいい」を考える上では、大西洋を跨ぐヨーロッパとアメリカ、文学と音楽、一九世紀と二〇世紀との関係を再認識させられる、印象的な作品だった。

マイケル・ジャクソンが「ヒップ／クール」の象徴だったとするならば、ボードレール

《モダニズムの始まりと終わり》

は「ダンディズム」の体現者だった。

「衣服を着るために生活する」

ところで、そもそも「ダンディ」とは何だったのか？ 英文学者の山田勝によれば、dandy は、一七世紀初期からイギリスで用いられている Jack-A-Dandy という言葉の省略形らしいが、dandy 自体の語源は、諸説あるものの、明確ではない。[3] ジャック・ア・ダンディは、「嫌な男、低劣な男」という軽蔑語だったようである。

ヴィクトリア朝時代のイギリスを代表する批評家トーマス・カーライルによると、

「ダンディとは衣服を着る男、その商売、職務、生活が衣服を着ることに存する男である。彼の霊魂、精神、財産および身体は、衣服をうまくよく着るというこの唯一の目的に英雄的に捧げられている。それで他の男は生きるために衣服を着るのに、彼は**衣服を着るために生活する**のである。[4]」（『衣服哲学』）

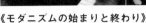

と定義される。

ダンディズムを「似非《えせ》宗教」と揶揄するこのカーライルの定義は、一面の真理を突いているが、決して十分ではなく、一九世紀のダンディの定義はほぼ百年間にわたって変遷している。ここでも、「カッコいい」同様に議論になるのは、一体それは、浅いのか深いのか、表面的なのか本質的なのか、見た目のことなのか精神的なことなのか、という問題である。

以下、ダンディズムを三世代にわけて考えるという山田の整理に従って、その変遷を辿ってみたい。

第一世代は、享楽的な王として知られたジョージ四世時代（摂政皇太子時代を含む）で、中心は**一九世紀初頭のロンドン**。代表的なダンディは、その創始者と目されるジ**ョージ・ブランメル**である。

第二世代は、場所を**七月王政期のパリ**に移し、その最も重要なダンディは、「カッコいい」的体感主義の先駆者として論じた**ボードレール**だった。

第三世代は、再び舞台を、**ヴィクトリア朝時代**の所謂〝**世紀末**〟の**ロンドン**に戻すことになり、象徴的なダンディは、作家の**オスカー・ワイルド**である。

3　第一世代〜ダンディの誕生

ダンディの元祖ボー・ブランメル

ダンディズムは、社会が平和な時にしか花開かない。戦争になれば、オシャレどころではなくなるからである。

一九世紀初頭のイギリスは、産業革命によって急速に資本主義化が進み、伝統的な貴族やジェントリーとは違ったブルジョアジーが社会に台頭してくる。彼らがいきなり、新しい価値観を体現し、ダンディズムを誕生させたのかというと、そうではない。

新興のブルジョワたちに経済的に圧倒され、またフランス革命の影響から、その社会的な地位の維持に危機感を覚えたのは貴族たちで、彼らは、成金や庶民が決して模して及ばぬ貴族性――知性や教養、何よりエレガンス――を誇示するようになる。それらは、幾ら金があっても一朝一夕には身につかないものだからである。

バッキンガム宮殿の改築、ウィンザー城の大改造、ロイヤル・パビリオンの建造などで知られ、文芸や美術を能《よ》くし、ファッションへの拘りなど、浪費家としても悪名の高かったジョージ四世は、言わばその貴族文化の象徴的な存在だった。

この享楽的な国王には、指南役とでもいうべき存在がいた。それが、ダンディの元祖ボー（洒落者）・ブランメルこと、**ジョージ・ブランメル**である。

この人については様々な逸話が残っているが、自らもダンディとして鳴らした詩人バイロンの次のような言葉は、殊に有名である。

「現在のヨーロッパに偉大なる三Bがいる。ボナパルト（ナポレオン）、ブランメル、それに私だ。しかし、その中でも最高に偉大なのは、やはりブランメルだろう」[5]

ブランメルは最初、軍人としてキャリアを出発したが、彼がロンドンの社交界を席巻したのは、その美貌と卓越したファッション・センス、ウィットに富む会話、それに誰にへつらうこともない傲岸不遜な態度によってだった。同時代のダンディとしてやはり有名だったトマス・レイクは、「彼のおしゃれ哲学は『絶対』であり、それは『神のご託宣』に近かった。大貴族といえども、衣裳に関してはすべて彼の忠告に従っていた」[5]と証言している。彼は貴族社会の「エレガンスの判定者《アルビテル・エレガンティアエ》」であり、つまりはファッションのトレンドセッターで、インフルエンサーであり、誰もが憧れるほど、「カッコよかった」のだった。

自己目的化した生活の美化

ブランメルは、逆説的な存在である。

資本主義と民主主義との勃興期、国王と貴族といった社会の支配層は、ブルジョワや一般庶民の拝金主義と勤労精神の必死さを〝下賤なもの〟として軽蔑し、その出自の豊かさと長年培われた美的な趣味、教養を誇示して、経済的・政治的には地位を切り崩されてゆきながら、文化的な優位性を保とうとした。

なぜ、それで優位性が保たれるのかといえば、ブルジョワ自身が、貴族文化に強い憧れを抱いていたからである。むしろ、こう言うべきかもしれない。貴族はブルジョワの服装や立ち居振る舞いを「カッコ悪い」と「**ダサい化**」し、嘲笑《あざわら》うことで、その自尊心を打ち砕き、羞恥心を抱かせ、自己偶像化を図るという戦略に縋《すが》ったのである。

逆に言うと、ブルジョワを圧倒するような文化的魅力を発揮し続けなければ、貴族は無価値な存在となってしまう。ブルジョワから、見飽きた古臭さに固執しているだけだと飽きられ、逆に「ダサい化」されては困るのであって、その貴族的なセンスは、新鮮な驚きとともに表現され続ける必要がある。

その時に、**生活全般の美化がほとんど自己目的化**し、破産するまで浪費し続けるほど極端に趣味を先鋭化させて、貴族社会の文化を更新しつつ牽引していったのが、他ならぬダンディたちだった。

眉目秀麗で女性によくモテ、且つファッション・リーダーでもあったブランメルの自負は大変なもので、庶民を馬鹿にすることは当然だったが、自分よりも遥かに地位の高いベッドフォード公のような人にも、「ねえ、ブランメル、いま私が着ているこの新しい服、どう思うかね？」と問われて、「ベッドフォード君、そんなものを服と呼ぶつもりかね⁉すぐに脱ぎたまえ。」と言い放ったそうだが、この手の逸話は他にも数多く残されている。[5]

まるで、一九五〇年代のニューヨークで、デクスター・ゴードンとマイルス・デイヴィスが交わした「ヒップ」な会話のようである。

また、肥満を気にしていたジョージ四世に対してさえ、「デブ」と揶揄して憚らなかった。

ヒュームのエリート主義的な趣味論を思い出してほしい。

美的な趣味に於ける独自の上下関係は、社会的な上下関係と必ずしも合致せず、国王でさえ、どうすれば人から「カッコいい」と思われるかについては、ブランメルの忠言に従うより他はなかった。そして、「ダサい」と見做されることは、不安であり、恥辱であり、人から侮られることである。それは、岩倉使節団の経験から、私たちが既に知っていることである。あるいは、更に飛躍して、豊臣秀吉と千利休の関係などを思い起こす人もいるだろう。

結局、こんな調子なので、ブランメルは最終的にジョージ四世の怒りを買い、趣味に殉じたと言うべきか、借金で首が回らなくなって、ロンドンを脱出する。その後はフランスのノルマンディ地方で過ごしたが、晩年は投獄も経験し、惨めな最期を遂げている。

皮肉な存在となったダンディたち

元々、貴族たちは、新興のブルジョワたちとの社会的な〝上下関係〟を維持するために、自らの文化を誇示したはずだった。ところが、その文化的優位性の究極の体現者であったブランメルは、「エレガンスの判定者《アルビテル・エレガンティアエ》」として、**貴族社会内部の権力関係を転倒**させてしまったのである。ファッション・センスは、血統や地位とは無関係に、その実力だけが物を言う。**実力主義**は「カッコいい」の特質である。――ここが、まず第一の皮肉である。

同時に、ダンディたちは、**差異化を通じて独自性を発揮し、他者の「ダサい化」によって権力を揮う**ので、必然的にモードはダイナミックに、競争的になり、多様化する。

しかも、国王や大貴族に対して優位に立つために、彼らの豪奢なファッションを「ダサい化」しなければならなかったブランメルは、その後むしろ、敵であるブルジョワ社会に大きな影響を及ぼすような、**実は贅沢だが、機能的でさりげない、新しい「カッコいい」を創造する**こととなった。

中野香織は、ブランメルのスタイルを次のようにまとめている。[4]

・富を誇示するかのような装飾を極力排除し、代わりに、最高品質の素材を用いて、身体のラインに完璧にフィットするよう、仕立てさせること（カット&フィット）。
・清潔さを徹底する。シャツの白さを際立たせるために、洗濯はカントリーにて行う（ロンドンの水は汚くて白モノの洗濯には不適？）。ブーツは靴底までシャンパンで磨き上げる。
・ネッククロスの結び方には完璧を期す。軽く糊づけをしてハリを出し、結び損ねた「失敗作」が山積みになるのも辞さない。
・それだけの努力の成果であっても、人から振りかえられるようでは、「失敗」とみなす。多大な努力をもってつくりこまれるのは、あくまでも、**さりげなさ**でなくてはならない。

私たちは今日、ジョージ四世の肖像画のファッションから学ぶところはほとんどない。ところが、ブランメルのこの「さりげなさ」こそ命というファッション哲学は、この時代の一種トム・フォード的なリアルクローズであって、実際彼は、ロンドンの貴族社会に留まらず、ヨーロッパ中のモードのトレンドセッターとして絶大な影響力を発揮する。

岩倉具視が衣冠束帯の際には、誰も敵わないほど立派だったように、貴族たちも、伝統的な衣装の着こなしに関しては、決してブルジョワたちに負けることはなかった。しかし、ブランメル的な新しいモードとなると、岩倉にとっての洋服同様に、貴族には何のアドヴァンテージもないのである。結果、ブランメルの存在は、むしろ、**文化的にも貴族から優位性を奪う**こととなってしまった。これが、第二の皮肉である。

更に貴族社会の排他性は、ブルジョワ社会が成熟してゆくに従って、**内輪ウケ的な閉鎖性として影響力を失ってゆく**。第三の皮肉である。

実際、ブランメルを神格化したフランスのダンディ第二世代は、貴族でも何でもない銀行家や芸術家、ジャーナリスト、文学者たちだった。次に、彼らの特徴を見てみよう。

4　第二世代〜フランスでの精神的深化

ドルセイ・スタイル

ジョージ四世の治世後、ダンディの第二世代が活躍したのは、王政復古期を経て、革命の動揺がようやく収まり、**ブルジョワジーが社会の実権を握った七月王政期（一八三〇―四八年）のパリ**である。

この世代の特徴は、貴族文化の最後の抵抗といった意味が失われ、ダンディズムの担い手が、広く一般化されたことである。

七月王政期のフランスでも、ショッセ＝ダンタン（今日、デパートのギャラリー・ラファイエットが建っている辺り）にサロンを構える新興のブルジョワジーたちは、サン＝ジェルマンの貴族文化に強く憧れてはいたものの、ダンディズムは最早、保守反動ではなく、七月革命に参加し、新しい時代を謳歌する彼らにこそ相応しいモードとなっていった。

この時代のファッションのトレンドセッターは、ブランメルに代わって、**アルフレッド・ギヨーム・ガブリエル・ドルセイ伯爵**で、パリとロンドンを股にかけて名を馳せ、服飾史に「**ドルセイ・スタイル**」と呼ばれる独自のスタイルを遺したが、最後は例によって没落している。(4)

さりげなさこそを信条とし、国王や大貴族の華美を侮蔑したブランメルの隙のないスタイルとも違って、全体的に曲線的で甘く、フランスロマン主義時代に相応しいもので、丸巻きつば型の彼のシルクハットは「ドルセイ・ロール」、側面をカットした浅靴は、今では女性用の「ドルセイ・パンプス」として知られ、二〇世紀になっても、その名を冠した香水が発売されるなど、長きにわたって影響力を持った。

ダンディが美意識の体現者であったことを考えるならば、当然かもしれないが、この時代に、ダンディとして名を馳せた人々の中には、芸術家や作家たちも含まれていた。ブランメルは、反時代的で耽美的なフランスの作家バルベー・ドールヴィイの伝記によって神格化されるが、彼らにとってのブランメルは、反動の守護神ではなく、むしろ、**俗物主義に対抗する孤高の美的生活者**であり、その侮蔑の対象は一般大衆の無教養な拝金主義と、旧態依然として硬直化した貴族社会との両方だった。

この時代に、ダンディズムの精神性について、先鋭的な思索をしたのが、詩人のボードレールである。

〝不易流行〟

ボードレールが、モダニズム芸術を理論的に準備したことには、既に触れたが、「**絶対に現代的でなければならない**」という彼の信念は、その生活の全般にも現れていた。『一八四六年のサロン』という、官展のレヴューの中で、彼は、「あらゆる美は、あらゆる現象の場合と同じく、**永遠的なものと移りゆくもの――絶対的なものと特殊なもの**とを含んでいる」という一種の〝不易流行〟論を唱えている。

この本質と現れという発想によって、二つのことが可能となる。

まず、同時代的にも歴史的にも、彼が常に強調してきた「**美の多様性**」が肯定される。美は美だが、時代によって、その現れ方は様々である、と。そして、そのお陰で、必ずしも永遠不変のものではなく、**時と共に移ろいゆくものにも美の資格が与えられる**ようになった。「一時的で、うつろいやすく、絶えず変貌を遂げるこの要素(6)」なくしては、「抽象的でとらえどころのない美の、空虚のなかへと落ちこむほかはない」からである。

やがては様式戦争に敗北する芸術、「ダサい化」によって流行の地位を追われるファッションであっても、それを現代的に美と肯定し、享受する可能性がここに開かれる。

当たり前のことのように思われるかもしれないが、この時代の画家は、衣服というものが、どうしても流行に左右されてしまい、美でありながら永遠ではないという矛盾した性質に頭を悩ませていた。その結果、どうしたか？　どんな時代を描いても、人物たちの服だけは、既に美としての評価が定まっている昔風にしたのである。

「われわれが現代絵画の展覧会をざっと見渡して驚かされるのは、画家たちがこぞって、あらゆる主題に昔の衣裳を着せようとする傾向である。ほとんどすべての画家がルネッサンス時代の服装や家具を使っているが、これはダヴィッドがローマ時代の服飾や家具を使ったのと同じだ。けれどもその間には違ったところがある、というのは、ダヴィッドは、ギリシアあるいはローマが舞台でなくてはならないような主題を選んだから、古代の衣裳を着せる他はなかったまでのことだが、これに反して現今の画家たちは、あらゆる時代に当てはまるような一般的性質の主題を選びながら、片意地にも、中世やルネッサンスや近東《オリエント》の衣裳をまとわせなければ承知しないのだから」（ボードレール『現代生活の画家』阿部良雄訳）

勿論、これは誰が見てもおかしな時代錯誤だが、〝芸術の永遠性〟と〝要素の時代性〟という問題は、絵画よりも遥かに雑多な文学のジャンルでは、未だに議論に上るところである。風俗描写が多いと、その部分から作品が「ダサい化」していってしまう、というのはよくある話だが、しかし、実際は服装などではなく、女性観や職業倫理など、作中のものの考え方の部分から古びていってしまう、ということも多く、実はその方が決定的な疵《きず》となり得る。

ボードレールに限らず、この後、唯美主義者のオスカー・ワイルドがダンディズムの第三世代を担い、『婦人の世界』という女性誌の編集に非常な情熱を以て携わったり、世俗からは極限的に乖離したような象徴派の詩人ステファンヌ・マラルメが、『流行通信』という世界初のモード雑誌を刊行したりと、この〝不易流行〟問題は、芸術至上主義的で、美の永遠性を信じる文学者こそが、必然的に自覚せざるを得ない問題だった。

近代に於いてその先陣を切ったボードレールは、「現代生活の英雄性」を主張し、いつまでもアキレスやアガメムノンを崇め奉るだけでなく、「現代の美」をこそ驚きを以て体感し、体現すべきだと説く。

「パリの生活は、詩的な驚嘆すべき主題に満ちている。驚異が空気のように我々を包み、我々を潤している。ただ我々がそれに気がつかないだけである。」

「英雄」というのもまた、「カッコいい」を考える上では非常に重要だが、その話は後段に譲ろう。

こう書くとボードレールは、何でも現状を追認する新しもの好きのように見えるが、実際には、だからこそ「現代の美」と呼ぶに相応しいものは何なのかを、独特の鋭敏な感性と知性を通じて徹底的に考え抜こうとした。彼の体感主義は、そこで機能するのである。

5　ボードレールのダンディの定義

ストイックな精神性を強調

では、具体的に、ダンディについて、ボードレールはどんなことを言っているのか？

彼はカエサルなどを例に出しながら、ダンディズムを**「普遍的なもの」と再定義**して、一九世紀初頭のロンドン固有の反動的な文化という認識から解放する。そして、世間の浮薄なダンディ観から一転して、その**ストイックな精神性**を強調し始める。

ダンディスムとは、思慮の浅い大勢の人々がそう思っているらしいような、身だしなみや、物質的な優雅を法外なところまで追求する心、というのともまた違う。そうしたものは、完璧なダンディにとっては、自分の精神の貴族的な優越性の一つの象徴にすぎない。だから、**何よりもまず品位（distinction）を重んずる**彼の目から見れば、身だしなみの完璧とは絶対的な単純のうちにあるものだし、事実、絶対的な単純こそ品位を持つ（se distinguer）ための最善の道である。

（『現代生活の画家』）

トーマス・カーライルの「ダンディとは衣服を着る男」という定義との違いに注目しよう。

また、ダンディの特徴は、「反逆」、「反抗」である。彼らは、「人間の矜恃の中の最上の部分を代表する者たちであり、**低俗なるものと闘ってこれを壊滅しようとする欲求**、今日の人々にあってはあまりに稀となったあの欲求を、代表する者たち」なのである。

ボードレールは、先述の如く、ダンディズムを「普遍的なもの」としたが、同時に「ダンディズムは特に、民主制がまだ全能となるには至らず、貴族制の動揺と失墜もまだ部分的でしかないような、過渡期に現れる」と、現代の必然性を説く。曰く、「**頽廃の世における英雄性の最後の輝き**」である、と。

持たざる者の創造性

ボードレール的なダンディズムは、何よりも、その**孤高性**が重視される。貴族制は既に終わりかけている。そこに帰るべき場所はない。しかし、民主制は未熟である。そのどちらにも帰属出来ないという立場こそが重要であり、しかも、どちらの低俗さに対しても「反逆」し、「反抗」することこそが、その真価である。

戦後の日本では、ダンディは保守的で、大人な価値観を引き受けることになり、どちらかというと、ブランメル的な超俗性がマイルドになった感じだろう。ボードレールのダンディズムは、むしろ「クール」と親和的に見える。

もう一点、ボードレールは、ブランメルと違って、『悪の華』や『パリの憂愁』といった文学史に燦然《さんぜん》と輝く詩集を遺した他、本書でも度々引用している数々の先鋭的な活動を行っている。

『パリの憂愁』には、次のような件《くだり》がある。

「すべての人に不満であり、また私自身にも不満である。今や夜の静寂と孤独との中にあって、私は自らを償い、多少の誇りを取り戻したいと願う。私がむかし愛した人々の魂よ、私が嘗て歌った人々の魂よ、私を強くし、私の弱さを支え、世の一切の腐敗した臭気と虚偽とを私から遠ざけてほしい。そして爾、我が神よ、私が人間のうちの末の末なる者でなく、私の卑しむ人たちよりも尚劣った者でないことを自らに証するために、せめて数行の美しい詩句を生み出せるよう、願わくは慈悲を垂れ給え。」（「午前一時に」福永武彦訳）

ブランメルの存在が、ボードレールにインスピレーションを与えたのは事実だが、自身は貴族でもブルジョワでもなかった彼のダンディズムは、社会の腐敗に対しては、現にその内部で生きている人間として、侮蔑すれば済むほど単純ではなかった。また、貴族的なるものに対しては、そもそも自分と無関係であり、また既に失われたものとして、多分に美化された郷愁を抱いている。(7)

いずれにせよ、マルクスの同時代人だったボードレールの憂鬱は、ブランメルとは比較にならないほど深く複雑で、**持たざる者の創造性**として、モダニズムに決定的な影響を及ぼすこととなった。

この第二世代は、一八四八年の二月革命以後、フランスが再び不安定化する中で、徐々に衰微していった。第二帝政期の一八七〇年には普仏戦争が起き、その後は思想としては残ったものの、ダンディの存在は社会の中で影が薄くなってゆく。

　ダンディ活躍の場は、再びロンドンへと戻ることになる。

6　爛熟の第三世代

イギリス帝国の最盛期に

　第三世代は**一九世紀後半、ヴィクトリア朝時代のロンドン**に出現する。

　この時代は、イギリス帝国の最盛期であり、政治的に安定し、警察権力によって治安も維持されており、資本主義の目を瞠る発展によって、社会ダーウィニズムの原型的な競争社会が出現する。今日の日本の「自己責任論」のように、**自助**《セルフ・ヘルプ》の精神が称揚された時代だった。

　大富豪のブルジョアがいる一方で、社会の最下層には貧困者が溢れていた。その悲惨さは、ディケンズの小説でもよく知られている通りである。初期には特に上下水道の未整備からコレラが流行するなど、衛生状態に問題があったが、貧困層ほどその危険により多く曝された。ロンドンの人口過密は深刻であり、この時代に数多くの建物が建造されたが、

「貧しい人々のための家はほとんど建てられていないし、それどころか、鉄道建設、道路改修、そして他の重要な公共施設の建設が続けて行なわれたために、貧しい人々を収容する設備がますます不足していった。(8)」

富裕層は都心から脱出することが出来たが、貧困層は取り残された。「失業unemployment」という言葉が生まれたのもこの時代である。社会的腐敗や堕落にも事欠かなかったが、その矛盾を、ピューリタン的な禁欲主義が覆い隠していた。

この時代に、第一世代と第二世代を引き継ぎ、独自に発展させたのが、オスカー・ワイルドを代表とする第三世代のダンディたちである。

ワイルドのファッションの変遷

ワイルドというと、一般に『サロメ』や『ドリアン・グレイの肖像』の印象が強く、世紀末デカダンスを代表する唯美主義者であり、豊かな教養を誇りつつ、大衆の俗悪と愚劣を華麗な逆説で嘲弄し、健康や常識、禁欲、自然賛美、勤労、正直さといった、当時の社会の偽善を挑発し続けた人物と認識されている。無論、それも間違ってはいないのだが、他方で、童話『幸福な王子』や『わがままな大男』のように、ナイーヴすぎるほどにその社会の偽善に傷つき、憤り、弱者に対する慈しみの感情を露《あらわ》にする一面もあった。この挑発的なワイルドと心優しいワイルドとは、偽善という悪を巡って表裏を成している。

ブランメル的ダンディズムのフランスでの受容に重要な役割を果たした、バルベー・ドールヴィイの『ダンディズムとジョージ・ブランメルについて』（一八四五年）には、次のような一説がある。

「**彼は好かれるよりも驚かす方を好んだ**。すこぶる人間的な好み。だがそれだけではすまない。蓋《けだ》し驚きの最も見事なもの、それは度肝を抜くことであるからだ。」

「その冷たさは**ものに動ずることを許さなかった**。ものに動ずることは熱中することだからだ。熱中すること、それは何ものかに執着することであり、何ものかに執着すること、それは己れを劣ったものとして提示することである。代わりに、泰然自若として、彼は〈毒舌〉を放つのだ。[9]」

ボードレールは、本書に影響を受けて、その「人を驚かすことの快楽、自らは決して驚かされることのないという傲慢な満足[6]」について語っている。

ブランメルの特質の中で、特に抽出されて後世に伝えられたものの一つに、この冷然とした侮蔑的態度がある。これは、私たちが「クール」について見てきた時にも確認された「カッコよさ」の一つだった。

それに加えて、「人を驚かす」ことは、〃さりげなさ〃こそを信条としていたブランメルのファッション哲学とは矛盾するようだが、ボードレールの体感主義を考えるならば、なるほど、愚鈍な大衆も、彼らが浸りきっている低俗で偽善的な日常に於いて、何か新しい価値に触れ、目を覚ますためには、「衝撃」を受け、鳥肌を立たせ、驚くべきなのだった。ボードレールの体感主義に於いては、こうして受動性（鑑賞者）と能動性（表現者）が一体となっていた、と理解すべきだろう。それは、ボードレールに強い影響を受けたワイルドにも引き継がれ、更に増幅された観がある。

ワイルドの服装というと、一八八二年にニューヨークで撮影された写真が有名である。熊革の大きなコート、トルグのついたキルティングのジャケット（ヴェルヴェットのヴァージョンもある）にブランメル風の大きなネクタイ、トレード・マークのニー・ブリーチ（膝丈のズボン）、黒い光沢のあるロング・ソックス、そして、真ん中分けのロングヘアー。……今のモードなら「ロマンチック」と評されそうな甘い、色気のあるスタイルだが、ワイルドはオックスフォードのアポロ支部を通じてフリーメイソンに入信しており、その影響もあると指摘されている。この出で立ちは、当時はかなり奇矯に感じられたらしく、ニー・ブリーチは特に、アメリカ講演旅行中にハーヴァードの学生にからかわれ、やり返す一幕もあった(10)。

帰国後、フランスに滞在してからは、ダンディ第二世代を代表するドルセイ伯爵のスタイルを取り入れ、ニー・ブリーチは止めて髪を切っている。

更に『婦人の世界』の編集に携わるようになってからは、イギリスの服装へのフランスからの悪影響を批判し、女性の服は、腰ではなく肩で着るべきだと提案している。バッスルも、ステイズ（補整下着）も、コルセットもすべてなくすべきだとして、古代ギリシアやアッシリア、エジプトの衣服を参照している。

オスカー・ワイルド(1882年、ニューヨークにて)

また、男性のファッションも**「快適」なもの**に変化すべきで、ズボンのラインもゆったりしたものになり、かつて愛用したニー・ブリーチも窮屈だと否定している。尤も、この時期ワイルドは、写真で見る限り、以前に比べて大分太っているので、スキニーなニー・ブリーチは、本人の体形的にもキビシかったと思うが。……いずれにせよ、ボードレールのダンディズムとは、かなり趣を異にしている。

第一世代のダンディは、自分たちの趣味の価値が分かる人間にだけ囲まれていることを好み、閉鎖的、排他的で、都会を愛し、田舎嫌いだった(5)。田舎には、自らの美意識を見せつけるブルジョワさえいないからである。

ボードレールも、成人してからはほとんど旅をせず、衣服についての考えも一貫していたのに対して、ワイルドは敢えて果敢にアメリカやフランスに飛び込み、時には笑い物にされながらも、時期によってその服装を変え、独自のスタイルを探求している。特に『婦人の世界』時代は、意外な合理主義も看て取れる。

いずれにせよ、ミームという文化の伝播現象を考えるなら、ダンディは半世紀ほどの間に、ドーヴァー海峡を越え、また大西洋を越えて、確実にその影響圏を広げていったと言える。また社会的な階層では、貴族階級からブルジョワ、更には作家や芸術家、大学生にまで垂直的に裾野を広げている。これは、一九六〇年代の「カッコいい」の広がりの原型的な経路と見ることも出来よう。

正義のワイルド

文学者や芸術家たちに受け継がれたダンディズムは、完全に貴族の保守反動から解放され、むしろ、美と「カッコよさ」によって**社会の俗悪さに抵抗する武器**となった。

実際、ワイルドは同性愛のために「重労働二年を伴う懲役刑」を課されるが、未成年の男娼との関係はともかく、同性愛自体は、今日の我々からすれば罪でも退廃でもない。奇抜なファッションも、当然、個人の自由である。

ワイルドは言う。

「**芸術は個人主義**であり、個人主義とは**心を掻き乱し破砕するエネルギー**である。そこに芸術の素晴らしい価値があるのだ。というのはそれが掻き乱そうとするのは単調な型、奴隷的な慣習、暴虐な習慣、人間を機械の水準に還元することだからである。[11]」

これは、『社会主義下の人間の魂』というエッセイの中の一節であり、彼のダンディズムもまた、こうした思想から理解されるべきだろう。

『社会主義下の人間の魂』は、私有財産制度の否定と民主主義の否定という過激な主張を掲げ、「俗悪と愚劣が現代生活に於ける二つの非常に生々しい事実である」として、民衆の堕落と偽善を口を極めて嘲弄しているが、その貧しい者に対する意外なほどに深い憐憫《れんびん》は、彼が『幸福な王子』の作者でもあることを改めて思い出させる。

例えば彼は、貧困の原因を放置しながら「愛他主義」を美徳として称揚することを「最悪の奴隷主が自分の奴隷たちには親切である」ことに喩えて痛烈に批判する。

「なぜ富める者の食卓から零《こぼ》れ落ちるパン屑をありがたがらねばならぬのか？　彼らは食

卓についているべきなのだ、そしてそのことを知りかけている。」

「貧乏人は倹約だといって褒められることがある。しかし、貧乏人に倹約を勧めるのは、奇怪であると同時に侮辱的でもある。それは、飢えている人間に、食を減らせと助言するようなものだ。」

また、「飢餓こそが、現代の罪の生みの親なのだ。」と説き、「刑罰が加われば加わるほど犯罪が生まれる」として、その軽減を訴えている。

こうした社会問題への意識は、ブランメル世代のダンディとは懸け離れている。


「お前自身であれ」


なるほど、ワイルドもまた、民衆を軽蔑しきっているが、それは飽くまで、その社会の内部からの批判であり、ボードレールにさえあった精神的な貴族主義すら、彼には既に稀薄である。と同時に、彼は民衆が今や暴力的な権力を手に入れてしまったがために、そこに帰属することもまた決して出来ず、強く「反抗」するのである。

彼は言う。

「専制君主には三種ある。肉体を虐げる専制君主がいる。魂を虐げる専制君主がいる。魂と肉体とを同様に虐げる専制君主がいる。第一の者は『君主』と呼ばれる。第二の者は

『教皇』と呼ばれる。第三の者は『人民』と呼ばれる。」

そして、彼はキリストの口を借りて、こう主張するのである。

「お前には素晴らしい個性がある。それを発展させるのだ。お前自身であれ。お前の完成が外的なものの蓄積や所有にあるとは思うな。お前の完成はお前の内にあるのだ。それが自覚できさえすれば、金持ちになろうなどとは思わないだろう。普通の富なら人から盗める。真の富はできない。お前の魂という宝庫には、お前から奪えない限りなく尊いものがある。……」

二〇世紀のロック・ミュージシャンとも呼応するようなメッセージである。

英文学者の田中裕介は、ワイルドの人生を見舞った幾つもの挫折を指摘しつつ、死の三週間前に「デイリー・クロニクル」の記者に語った「私のこころの歪みの多くは私がカトリックになることを父が許してくれなかったという事実に由来する」という意外な言葉に注目している。(12) ワイルドという人物の複雑さが垣間見える。

美的な優位性により、資本主義社会に於ける大衆の俗悪さを徹底的に侮蔑しながら、弱者に対しては限りない優しさを垣間見せる。

今日の私たちにとって、本当に「カッコいい」ワイルドは、こういうワイルドではあるまいか。

一九六〇年代以降、日本で受容されてきた「ダンディ」は、「大人」であることが重視され、その意味では事を荒立てない、保守的な「カッコよさ」と親和的だった。

しかし、ワイルドのこうしたメッセージは、むしろ六〇年代のカウンターカルチャーの若者たちに、そのまま接続可能であるように見える。

勿論、すべてのダンディが、ボードレールやワイルドのように、深い思索と洗練を極めた美意識、新しいものを生み出す独創性を備えていたわけではない。第三世代末期には、作家マックス・ビアボウムのように、ブランメルに帰れ！とばかりに、「原始ダンディ（ur-dandies）」を理想化し、反抗などというのは、「別にダンディに特有の態度というわけではない。およそ繊細な精神の持ち主ならば誰でもそういう態度をとるものだ。」と言い放つような、軽やかに生活を謳歌したダンディも出現した。[4]

そして、ダンディズムの流行は、第一次大戦を前にして終焉を迎える。

二〇世紀のダンディとして思いつくのは、偏執狂的批判的方法により（？）パロディ化された、サルバドール・ダリのダンディズムあたりであろうか。

コラム③ サタン、ヨーロッパ的「カッコいい」の元祖⁉

アンチヒーローの祖型サタン

「カッコいい」、「クール」、「ヒップ」と同様に、「ダンディズム」もまた、反抗が一つの特徴だったが、ボードレールにとっての「男性的な美の典型」は、**『失楽園』(ミルトン)のサタン**だった。

神に反逆して地獄の底に堕ちたサタンが、同志たちを集めて放った第一声は、こんな具合である。

「あの恐るべき武器の威力を、その場に臨むまで知らなかったとは！　だが、あの武器があるから、いや、勝ち誇る彼(注・神)が、怒りに任せてその他の痛撃を加え得るからといって、今さら悔んだり、また、表面の輝きこそ一変したにもせよ、あの時のあの不動の決意と熾烈な憤怒を変える私ではない。威信を傷つけられて生じたあの決意と憤怒こそ、私を駆って最強者と一戦を交えしめ、無数の武装の天使らを厳しい戦いに赴かせたのではなかったのか。思えば、彼らもまた彼の支配を憎悪し、この私を首領と仰いで、彼の強力無比な威力に全力をあげて抗し、天の広漠たる平原に於いて、勝敗も定かならぬ激戦を交え、彼の王座を脅かしたものであった。**一敗地に塗れたからといって、それがどうだというのだ？　すべてが失われたわけではない。**——まだ、不屈不撓の意志、復讐への飽くなき心、永久に癒やすべからざる憎悪の念、降伏も帰順も知

らぬ勇気があるのだ！」（第一巻・改行略）

暗闇の底から発する堅忍不抜にして雄渾な声が、読者の胸にも鳴り響きそうな名演説である。『失楽園』は、どこを切ってもこの調子だが、もう一ヵ所、引用しよう。

「権利によって当然同等である者、権力と栄光に於いてこそ劣るとはいえ、自由に於いて同等である者として生きてきた者の上に、**理性や権利の点からいって、一体、誰が王として君臨し得るのか？**　律法なくしても誤つことのないわれわれに、律法と命令を誰が下し得るのか？　況《いわん》や、そのために我々の主となり拝跪を求め得るとは、言語道断と言わなければならぬ。これこそ、隷属者としてでなく、支配者として定められた身分を示す我々の誇り高き称号を侮蔑するもの、と言わなくて何であるか？」（第五巻）

その風貌はというと非常に美しく、立派で、しかもアウトローならではの〝影〟がある。

「彼の姿、彼の態度は、まさに威風堂々として他を圧し、その直立している様子は、一大巨塔の趣きがあった。その姿からは、**まだ本来の光輝が失われてはいなかったし、堕ちたりとはいえ、まだ大天使の面影が残っていた。**」

「かく暗影を帯びてはいたが、彼の輝きは他の全員を凌いでいた。それにも拘らず、**雷撃の傷痕がその顔に深く刻み込まれ、**懊悩の色がその蒼ざめた頬に、いや、不屈の勇気と復讐の機を窺う陰険な誇りとを内に秘めたその眉の下にも、漂っていた。」（第一巻）

イタリアの批評家マリオ・プラーツは、『肉体と死と悪魔』の中で、マリーノに始まり、アイスキュロスのプロメテウスやダンテのカパネオをも取り込んで、ミルトンに於いて決定的となる、こうした**反逆者としてのサタンの美化**が、その後、一八世紀末から一九世紀にかけてのロマン主義文学や恐怖小説に、**アンチヒーローの祖型**としていかに大きな影響力を持ったかを、シラーの『群盗』のカール・モール、アン・ラドクリフの『イタリアの惨劇』のスケドーニ、マシュー・グレゴリー・ルイスの『マンク』のアンブロシオをなどを例に挙げつつ指摘している。そして、作品のみならず実人生までをも含めて、言わばその完成型と目されるのが、**バイロン**だった。

それは、更にデュマやウージェーヌ・シューなど、フランス・ロマン主義にまで影響力を拡大してゆく。ボードレールは、言わばその末裔だった。

不屈の反抗

ボードレールは、『失楽園』をどう感じながら読んだのか？　一九世紀のフランス人である彼は、飽くまで「美」という言葉を使用しているが、我々の理解では、やはり、「カッコいい！」と「しびれて」いたのではあるまいか。

『失楽園』のサタンは、『群盗』の中でこのように評されている。

「**他人に支配されることが我慢できず、全能の神に決闘を挑んだ悪魔、あの男は並々ならぬ天才じゃなかったろうか**。無敵の神に立ち向かって行き、破れはしたものの全力を振り絞り、ついに屈服しなかった。永遠に、今でも新しい努力を続けている。一撃を加えるたびに、頭に返り討ちを受けるが、彼はなおも屈しない。」

このサタン像は、私たちが例えば、チェ・ゲバラのような革命家を「カッコいい」と見做し、そのポートレートをファッション・アイコンとしてTシャツにプリントして着る時に感じていることと、ほとんど寸分違わない。

『失楽園』は、神に反逆したサタンが、地獄に堕とされた後に、エデンのイヴを誘惑して堕落させ、アダムとともに楽園から追放させることを以て神への復讐を果たす、という壮大な物語である。背景には、クロムウェルを支持する、ミルトンの共和派の政治思想が反映されている。

ミルトンのサタンは、この後に生まれた〝美しき反逆者〟像の最も洗練されたものであり、今日でも、小説であれ、漫画であれ、映画であれ、魅力的なアンチヒーローを描きたい人は、『失楽園』を丹念に読むことによって、圧倒的なキャラクターを造形することが可能だろう。

その特徴は、**絶対的な権力への反抗、強い自尊心、出自の高貴さ、敗残・淪落の孤独と影、情熱、容貌の美しさ・立派さ、決して諦めることなく挑戦し続ける不屈の意志、人望、リーダーシップ、比類ない言葉、クールさ、聡明さ、**……と、今日的な「カッコいい」の内容としても、その多くが同意されるものである。

アンチヒーロー？——いや、まさにヒーローそのものではあるまいか。

第8章　「キリストに倣いて」以降

1　ジーザス・クライスト・スーパースター？

『キリストに倣いて』

「カッコいい」という感覚が、同化・模倣願望を刺激する、ということは、これまでも散々指摘してきた。そして、ヨーロッパで、その同化・模倣対象の元祖と言えば、『**キリストに倣**《なら》**いて**』（トマス・ア・ケンピス）という本の書名にもある通り、キリストだった。キリストこそ、実際、当時の政治と宗教に根本的な批判を加え、〝反抗〟し、新しい価値を説いて、処刑された人物ではなかったか？

キリストという存在そのものについては、とてもここで論じられないが、その模範性について、少し見ておきたい。

ナザレのイエス（史的イエス）の研究は、啓蒙主義時代から二〇世紀のブルトマンを経て今日まで行われているが、そもそもの信仰に於いて、最初からキリストの〝生き様〟に関心が寄せられていたか、というと、必ずしもそうではなかった。教父時代のキリスト教は、キリストの「人性」よりも「神性」を強調することが常で、「磔刑のキリスト」よりも「復活後のキリスト」の方が遥かに重要だった。

しかし、一一世紀頃から、パウロに懐胎されていた贖罪神学が広がりを見せてゆく。『神はなぜ人となり給いしか（クール・デウス・ホモ）』の著者ベネディクト会のアンセルムス、また、キリストへの「共感」を重視したシトー会のベルナルドゥスなどが出現し、両会を中心として、キリストの「人性」に着目し、その生涯に関心を寄せ、清貧を実行し、磔刑の痛みを感じ取ることを重視する信仰が芽生えてくる。

キリスト教は、「身体を過剰に高く、あるいは低く位置づけるという二重の動きによって揺さぶられ」続けた宗教だが[1]、この時代から、トリエント公会議で、受肉に始まり磔刑に至る「受難」が司牧神学の中心とされる一六世紀までは、肉体に対する関心が最も高まった時期だった。それは、キリストの肉体への関心と、体感する信者の肉体への関心、更に言うと、この此岸の物質的な世界全体への関心だった。

余談だが、一九九〇年代後半の閉塞感に喘ぎつつ、それでも現実世界を生きていかなければならない、ということを思いつめていた大学時代の私が、非常に魅了されたのがこの時代で、結果、『日蝕』という小説を書くに至った。

それはともかく、この『キリストに倣いて』の実践者として最も有名なのが、福音的清貧を貫き、身を以てマニ教の異端と戦い、晩年には熾天使と共に現れた磔刑のキリストから五つの聖痕を与えられたアッシジの聖フランチェスコである。

キリストは「カッコよかった」のか？

ところで、キリストは一体、どんな顔をしていたのだろうか？「カッコよかった」のか、そうではなかったのか？キリスト教徒にとっては、馬鹿げた、あるいは不謹慎な問いとも思われようが、美術史家の岡田温司は、『キリストの身体』で、キリストの美醜を巡る真面目な神学的議論を紹介している。以下、その内容を見てみよう。

そもそも、キリストの外見についての記述は聖書になく、この辺りは聖書の成立の問題や史的イエスの問題と絡んで複雑だが、いずれにせよ、初期には様々な姿で語られることとなった。アウグスティヌスは、「**主ご自身の肉の顔は無数の想念によって限りなく多数描かれる**」(2)（『三位一体』）とし、外典『ヨハネ行伝』は、見る者によって美醜や体格さえ変化するその不思議な容姿を詳述している。色んな人が色んなことを言ったというのは、ある意味、よくわかる話だろう。

その後、神学上の議論は、つまるところ、**キリストは美しかったのか、醜かったのか**を巡って、両陣営に分かれて、非常に興味深い展開を見せている。

醜い派は、テルトゥリアヌスやアウグスティヌスなどで、その理屈は、神は受肉し、「**みずからへりくだり醜くなることによって、人間に救いをもたらした**」のだから、美しい容貌というのはあり得ない、というわけである。

しかし、同時にアウグスティヌスは、「かの方［キリスト］をしてそうした姿に至らしめたゆえんの憐れみを注視するならば、かの方は美しい」とも言っている。これまた、わかる話である。つまり、人間の中でも特に醜い外観にまで自分を貶めたことにこそ、神の本質的な美しさがあるのだ、と。

他方、美しい派は、アンブロシウス、ヒエロニムス、オリゲネスなどである。と言っても、今の感覚で眉目秀麗だとか、スタイルが良いといったことではなく、「**顔は太陽のように輝き、服は光のように白くなった**」（新約聖書『マタイによる福音書』一七：二・新共同訳）という具合に光輝が重視され、またそれを見ることが出来るのは、オリゲネスによれば、「学知」や「徳」の力を以てしてである。だから、キリストが「みずからへりくだり」と言っても、その美しさが醜さに転じた、などという話ではないと否定している。

更に、美しい派の典拠となったのは、旧約聖書の『詩編』にある「あなたは人の子らのだれよりも美しく、あなたの唇は優雅に語る。あなたはとこしえに神の祝福を受ける方」（四五：三・新共同訳）という一節を、キリストのことだとする解釈である。

この二つの立場は、その後も維持され、岡田は美しい派の代表として、ダンテの『新生』、ミケランジェロの《ピエタ》、ラファエロの《祝福のキリスト》を挙げ、醜い派の代表としてグリューネヴァルトの《イーゼンハイムの祭壇画》を挙げている。

グリューネヴァルトのキリストは、醜いというより、痛々しいが、「みずからへりくだり」という意味では、あれ以上の表現はあるまい。現実世界でペストが蔓延し、人々が日常的に悲惨な死に直面させられていた世界では、磔刑のキリストの身体が、案外、綺麗というのでは、とても贖罪神学の教義を担いきれなかっただろう。

顕著に白人男性化してゆく

その後、ルネサンスからバロックを経る間に、美術では、基本的には美しい派が支配的になってゆき、それに対する教会の側からの画家たちへの批判もあったが、流れは変わらなかった。私たちが思い浮かべるルーベンスやレンブラント、ベラスケスなどの磔刑図も、悲愴ではあるが、圧倒的に美しいキリストである。

また、ヨーロッパでのキリスト教の広まりと美術の隆盛から、キリストの姿は、顕著に白人男性化してゆく。模倣対象が、模倣する側の人間の姿を模倣し、美化して描かれる、というのは、「カッコいい」を考える上でも示唆的ではあるまいか。なぜなら、「カッコいい」対象が、生き方の理想像として「恰好が良い」化するのは、憧れと共感が入り混ざり、遠さと近さが同居している時だからである。

こうしてキリストの神性と人性は、美術では「美」に於いて一致することとなる。

勿論、キリスト教は、キリストが「カッコよかった」から信仰されたなどと軽薄なことを言うつもりはない。今日に至るまで、「キリストに倣いて」という態度が、慈善活動など、現代社会の諸問題に対して、いかに信徒たちを衝き動かしているかは、論を俟《ま》たない。

その上で、ルネサンス以降、近代化と歩調を合わせるようにして、キリストが「カッコよく」描かれるようになった、ということは指摘できよう。宗教的な深みという意味では、私は醜い派の議論の方に魅力を感じるが、美しく描きたくなる気持ちもわかる。

そして、この後は、人間の苦悩の引受先も脱宗教化し、文学や芸術などへと世俗化していく。

2　近代以降の「個性」

脱宗教化と個人主義の確立

「カッコいい」とは何かについて考えることは、結局のところ、**個人の生き方について考えること**である。そして、その基本となるのは、**個人主義 individualism** であり、この言葉が使用されるようになったのは、一八二〇年代のことである。

ヨーロッパ社会の近代化以降の脱宗教化と個人主義の確立については、ありとあらゆる説明が成されていて、極最近も、ユヴァル・ノア・ハラリが、次のようにあっさりと総括したところである。

「意味も神や自然の法もない生活への対応策は、**人間至上主義**が提供してくれた。人間至上主義は、過去数世紀の間に世界を征服した新しい革命的な教義だ。人間至上主義という宗教は、**人間性**を崇拝し、キリスト教とイスラム教で神が、仏教と道教で自然の摂理がそれぞれ演じた役割を、人間性が果たすものと考える。伝統的には宇宙の構想が人間の人生に意味を与えていたが、人間至上主義は役割を逆転させ、人間の経験が宇宙に意味を与えるのが当然だと考える。人間至上主義によれば、人間は内なる経験から、自分の人生の意味だけではなく森羅万象の意味も引き出さなくてはならないという。**意味のない世界のために意味を生み出せ**——これこそ人間至上主義が私たちに与えた最も重要な戒律なのだ。

したがって、この近代以降の中心的宗教革命は、神への信心を失うことではなく、**人間性への信心を獲得する**ことだった。それには、何世紀にもわたって懸命に努力を重ねなければならなかった。」

ハラリは、現在の私たちは、バイオテクノロジーとAIが、その「人間至上主義」に死を宣告しつつある時代に生きていると警鐘を鳴らすのだが、それはともかく、この脱宗教化(=脱キリスト教化)にあたって、ヨーロッパ社会が「**個性 individuality**」という概念をどのように見出したかについては、社会学者のニクラス・ルーマンが、これまた次のような簡潔な説明を行っている(『自己言及性について』)。少し補足しながら見ていこう。

「私とは何か」

中世のスコラ哲学では、個人の「個性」は、対社会的な関係性の中から見出されるのではなく、一なる神と向き合う「信仰」を通じ、各人が、自らについて語ることによって発見されねばならなかった。それは、「教会の分裂、政治抗争、主権国家の勃興、そして経済的進歩ならびに凋落」という激動の歴史の渦中にあって、環境に振り回されることなく、「自分自身の諸問題および諸資源を基礎として個人を再構築」出来るという利点があり、**「個人」という私的領域**は、社会からの**「魅力的な避難所」**でもあり得た。環境がどれほど混乱しようとそれは相対的なことで、絶対的な神と向き合っている私は私、というわけである。

この考え方の帰結として、一七世紀の信仰運動は、救済の成就のための試みを「私事化」したと、ルーマンは言う。どういうことか？

個人の信仰にとって、果たして死後に自分が天国に行くのか、それとも地獄に行くのかは、「免罪符」を巡る狂騒からもわかる通り、この時代の最大の問題だった。

現在の私たちなら、自分がどんな人間かを考える上で、真っ先に参照するのは、**他者からの評価**だろう。〝承認欲求〟というのは、今日、鬱陶しいほどに連呼される言葉だが、自分がどれほどの人間かは、所詮、自分では判断のしようがなく、誰かから感謝されたり、褒められたり、必要とされたりすると、自尊心を慰められる。

ところが、「神に奉献するということ、それはみずから自身の救済を願うこと」という、職務についてのイエズス会派の見解に顕著なように、中世以来の伝統的な考え方は、社会的評価を、自分の「個性」に加味させてはくれない。

新約聖書『マタイによる福音書』（六：一－二・新共同訳）にも、「見てもらおうとして、人の前で善行をしないように注意しなさい。さもないと、あなたがたの天の父のもとで報いをいただけないことになる。／だから、あなたは施しをするときには、偽善者たちが人からほめられようと会堂や街角でするように、自分の前でラッパを吹き鳴らしてはならない。」とある通りである。

そうすると、慈善活動さえ、「高慢」や「虚栄心」との誹りを免れ得ず、「私とは何か」を考える上でも、それが反省材料になってしまう。

近代人のアイデンティティ

そこで、どうしたか？　まさにこの自分は果たして救済されるべき人間なのかどうか、というアイデンティティの不安から、マックス・ウェーバーは、初期資本主義とプロテスタンティズムの関係を分析したのだったが、ルーマンは、三つの道を示している。

一つは、一番わかりやすいが、**社交性の再評価**である。つまり、やっぱり自分の個性について知るためには、他人の意見を聞くより他はない、というわけで、一八世紀を通じて、分配の不平等といった現実の社会問題の認識もあり、人々は、かつては「高慢」や「虚栄心」の現れとして忌避した慈善活動などを肯定し、強化していった。今日に至るまでの欧米の慈善に対する熱心さの基盤である。

もう一つは、社会という外部ではなく、「自然」という外部を通じての自己の再評価である。しかし、海や空が急に、あなたは素晴らしい人間です、などと言ってくれるわけではない。ややアクロバチックな議論だが、その時に導入されたのが、人間の中にあって、まさしく「自然」そのもののような他者と目された、ロマン主義的な**「天才」**であり、海や空の代わりに語りかけてくれるのは、彼らが創造した**芸術作品**だった。

天才の芸術は、人間という存在を超えた「自然」の力の産物であり、それに刺激された鑑賞者の自己表現は、決して内発的な「高慢」や「虚栄心」に基づく自己顕示欲の発露ではない、というのが、その理屈だった。そのお陰で、人々はひたすら個人の内面に於いて神と向き合いながら「私とは何か」を考えていたのが、他者に共感し、また他者に向けて自己を語り得るようになった。「**芸術作品は、自然それ自体のように、感情をしてそれ自身の上に働きかけるように刺激するひとつの外部的条件**」であり、そのお陰で、本当の自分は純粋性を保ち得ながら、自己認識が可能となったのである。

しかし、慈善にせよ、天才にせよ、いずれも、社会階層に依存した仕組みであり、近代化と共に階級がフラット化してゆくにつれ、機能しなくなるという懸念がある（実際は、今日にまで続いているが）。また、他者からの評価は、善悪の基準について非常に不安定である。

そこで、カントのように、超越論的な、つまり**形而上学的な基準の導入**が必要となる。中国での「義理」の議論を思い出そう。これによって「**主観的個人主義**」が可能となり、個人は主体として「世界を経験しつつ」、他者からの評価に左右されず、「**彼自身のなかに確実性の超越論的源泉を有する**という権利主張」が実現した、というのがルーマンの説明である。神という超越論的源泉を失った空白を、形而上学で満たす、とつい直結して考えたくなるが、その過程に世俗的な評価の不安定を見る点に、特に注目したい。

「真＝善＝美」？

ルーマンは、社会・自然・形而上学が個人主義の成立を下支えしたプロセスを簡明に示しているが、個人が脱宗教化して、「私とは何か」を考え、いかに生きるべきかを思い悩み始めた時、問題となったのは、ここでもやはり、「人倫の空白」をいかに埋めるか、ということだった。

ヨーロッパでは、この時期から、「**真善美**」という概念が語られるようになる。これは、カントの三批判書（『純粋理性批判』、『実践理性批判』、『判断力批判』）に対応する区分であり、真は認識上のイデア、善は倫理上のイデア、美は審美上のイデアである。

ところで、これらの三つの概念は、本来独立しているのだが、ヨーロッパの芸術を見ていると、結局のところ、その背景では、三者の調和が理想化されており、もっと言うならば、たとえ反発するにせよ、**「真＝善＝美」**が前提とされているように見える。

これらはそもそも、プラトン哲学に由来するが、キリスト教でさえ、神が受肉し、しかもその姿は美しくあるべきだというのは、「真＝善＝美」そのものである。

逆に言えば、だからこそ、芸術家は、美をテコにして社会そのものを引っ繰り返すことが出来るのであり、この信頼が、今日でも、ヨーロッパに於ける芸術の特権的な地位を保証しているし、社会性や政治性の弱い日本のアートが、首を傾げられる所以である。

そして、私たちが散々、論議している「カッコいい」も、単に「しびれる」ような興奮が消費されるだけでなく、生き方の理想像として同化・模倣願望を掻き立てられる時、その存在は、恐らく**「真＝善＝美」を体現している**と受け止められているのである。だからこそ、それは、個人主義化した社会で、多様なパズルのピースを組み合わせるようにして、「人倫の空白」を埋めることが出来たのだった。

もう一点、一七世紀の信仰が、内的に一なる神と向かい合うことで、環境から切り離されたかたちで「個性」を思索させたように、「カッコいい」にも、日常の嫌なことを忘れさせて、その対象と向き合っている時の自分こそ「本当の自分」と信じさせるような力がある。
これは、「個人」をベースとした理解だが、分人主義的には、「カッコいい」存在との分人こそが、最も重要で、生きていて充実感がある、と解釈できるだろう。

ルーマンの言う社会・自然・形而上学の他に、もう一つ、個人にとって重要だったのは、**フィクション**である。

新しい時代の個人主義者たちにとって、**ミルトンのサタン**が魅力的に見えたことは前章のコラム③で書いた通りだが、同時に甚だ当惑させられたのは、確かに美しくはあるものの、サタンは真でも善でもないはずだからである。

他方で、この同化・模倣願望自体が、近代になるや否や、早々に自覚され、パロディ化された点も見過ごせない。その典型が、セルバンテスの『**ドン・キホーテ**』である。騎士道物語に憧れて、精神的錯乱に陥りながら、その「カッコよさ」を追い求める主人公の姿は、近代文学成立時の**「カッコ悪い」文学の金字塔**と言うべきだろう。

3 「カッコいい」と「カッコ悪い」の狭間で

英雄崇拝

個人の模範が求められた時代には、当然、神話や歴史上の「英雄」が注目されることとなった。

ヨーロッパで、そのために絶大な影響力を持ったのが、プルタルコスの『**対比列伝**』である。

古代のギリシア人とローマ人の互いに似たところのある英雄たちをそれぞれ選んで、対比しつつ論じていくこのユニークなスタイルの本は、一六世紀にフランス語に訳されると、一七世紀以降、広く一般にも読まれることとなった。ジャン＝ジャック・ルソーは、少年時代に自分がいかに強くこの本に影響されたかを告白し、「死の前日に読む最後の本はこの本であってほしいと願った[3]」とされる[4]。

フランスでは、ナポレオン治下の第一帝政期に、このプルタルコス的な英雄賛美が自らのカリスマ化、**「カッコいい」化**の目的で進められ、「歴史教育はまるまる武勲を讃える方向へと変化」し、「高校ではナポレオン軍の報告書を読むことが義務づけられた」。

ダヴィッドのナポレオン（右）と風刺画のナポレオン（左）

また、ナポレオン自身が、ペルシア的、ギリシア的、ローマ的英雄を意識し、アレクサンドロス大王、ハンニバル、カエサル、ソロン等の『対比列伝』の登場人物たちに擬《なぞら》えられた。

私たちは、ヨーロッパの王様の肖像画を見て、立派だと思うことはあっても、滅多に「カッコいい」と感じることはない。ベラスケスの《フェリペ四世》や、リゴーの《ルイ十四世》といった肖像画を見て、「しびれる」人はあまりいないだろう。勿論、「カッコよさ」は、時代によって変化するので、それとて現代の感覚であろうが、しかし、ダヴィッドの《**サン・ベルナール峠を越えるナポレオン**》は、今の私たちが見ても「カッコよく」描こうとしているのがわかる。これは、近代以降で権力者が「カッコよさ」をプロパガンダの手段として利用し始めた象徴的な例だろう。

だからこそ、この時代にはナポレオンの「カッコ悪さ」を、ドン・キホーテ的に風刺した絵もまた描かれることになる。悲劇役者のタルマに、ローマ皇帝風のポーズの付け方を指導してもらいながら、どうしてもそれがキマらず、滑稽になってしまう、という風刺画などはその典型である。

「ダサい化」は、個人が対象である場合には、一種の暴力ともなるが、政治権力に向けられれば、**風刺や批判の武器**となる。ヨーロッパの長いカリカチュアの伝統は、権力の「カッコいい」化と表裏を成すものである。

「カッコいい」人探しは「自分探し」

ヨーロッパの近代は、「人間至上主義」を招来したが、その社会を構成する基礎単位は、個人だった。そして、多様な個人は、それぞれに、自らの生を導いてくれる**模範的存在**を必要とするようになる。あんなふうになりたい、という強い憧れは、「自由」を与えられた個人に、人生の指針を授けてくれる。

ボードレールはドラクロワに憧れ、ドラクロワは、ルーベンスを崇拝の対象にしていた。ダンディたちの理想は、ブランメルだった。

「カッコいい」人とは、社会全体で共有されるべき理想像が失われた時代に、**個人がそれぞれに見出した模範的存在**である。

言い換えるならば、**「カッコいい」人を探すというのは、「自分探し」である。**誰を「カッコいい」と思うかこそが私たち一人一人の個性となる。

しかし、それがアイデンティティの問いである以上、不安と孤立はつきものである。私たちは、「カッコいい」存在を通じて他者と共感し得るが、**政治や宗教などによる「カッコいい」の利用**は、時には、孤独な社会の側から求められることもあるだろう。

ナポレオンの例で見た通り、「カッコいい」は、決して国家権力と無関係ではない。

まとめとなる第10章の前に、次の第9章では、「男らしさ」という美徳を通じて、「カッコいい」と権力との関係を考えていきたい。

第9章　それは「男の美学」なのか?

1　「男らしさ」の起源

「カッコいい」オモチャ、「かわいい」オモチャ

「カッコいい」という価値観は、しばしば「**男の美学**」と理解されてきた。つまり、「**男らしさ**」こそが「カッコよさ」の根源である、と。

こんな発想は、今日では呆れられるだろうが、女性に対しても「カッコいい」という言葉が用いられるようになったのは、さほど古い話ではなく、一般化したのは一九九〇年代以降だろう。

旧弊なジェンダーにまつわる偏見を、一旦受け容れた上で話を進めるならば、「カッコいい」という「男性的美／美徳」と対比される「女性的美／美徳」は、「**かわいい**」だった。

今日でも、それが最も如実に表れているのは、子供のオモチャの世界である。デパートなどのオモチャ売り場に行くと、乳児の玩具に関しては、かなりユニセックスで、全体的に「かわいい」と言えるが、アニメや特撮ものなどのキャラクター・グッズが

増えてくる幼児期以降は、**男の子のオモチャは「カッコいい」、女の子のオモチャは「かわいい」**と分化してくる。

男の子のオモチャは、青や黒、金属的なシルヴァー、赤などが主体で、ヒーロー物の武器や変身アイテム、車や飛行機といった乗り物、昆虫や恐竜など、ゴツゴツした手触りのものが多い。対して、女の子のオモチャは、ピンクやライトブルーといったパステルカラーや白が主体で、丸みを帯びた、小動物的なキャラクターが目立ち、手触りはしばしばやわらかい。

前者は例えば、「ウルトラマン」や「仮面ライダー」、後者は「キティちゃん」や「すみっコぐらし」などが典型だが、勿論、これはかなり大雑把な二分法で、「ドラえもん」のようにどちらとも言えないキャラクターのオモチャもあり、また「セーラームーン」のように「カッコいい」女の子向けのキャラクターも九〇年代以降は見られた。

それでも、子供自身が、いつの頃からか、男の子は「カッコよく」、女の子は「かわいく」なりたがるようになり、それが大人になるまで続いている。

当然、男の子のオモチャの勇壮さには、戦争のイメージの反映があり、歴史学者のアルノー・ボーベローによると、例えば、フランスでオモチャのジェンダーが分化していったのは、大量生産によって、男の子らしさ、女の子らしさが画一化していった一九世紀末以降のことで、取り分け一八七〇年の普仏戦争の終結以降、大砲や軍装セットなどが増え、第一次大戦で更に顕著になったという。(1)

我々がよく知っている興味深い事実として、子供は「美」にあまり関心を示さない。五歳の子供を美術館に連れて行って、ラファエロの絵の前に立たせたところ、感動に打ち震えて動けなくなったなどと聞けば、誰もがその子に尋常でない才能を見出すことだろう。「崇高」なものは、怖がるかもしれない。しかし、何かスゴいものには喜んで反応するし、ヘンなものも面白がる。しかし、すぐにその価値がわかり、夢中になるのはやはり「カッコいい」ものであり、「かわいい」ものであって、それに関しては、さしたる「趣味の洗練」の訓練もない。

「かわいい」とは何か？

かくの如く、「カッコいい」と「かわいい」との違いは、混同しようがないほど明白だが、実際には、「かわいい」もまた、これまで「カッコいい」について見てきた性質を多分に有している。

若い女性が、カリスマ的な読者モデルのイヴェントに行って、「かわいいー！」と歓声を上げる時、そこには「しびれる」ような生理的興奮があり、強い憧れの感情が掻き立てられているだろう。

また、中学生の男子が、三年二組の○○ちゃんは「かわいい」と言う時には、女子が××君が「カッコいい」と言うのと同様に、**美的に理想的だ、**ということを意味していよう。但し、まさにそこに、「女性的理想像」と「男性的理想像」という違いがあるわけだが。

また、美や「カッコいい」と同様に、「かわいい」も非常に多様な意味を持っている。「クール」は、「カッコいい」と訳されるという話をしたが、実のところ、文脈によっては「かわいい」と訳した方が適当なこともある。

近年の「かわいい」研究の先駆けとなった『「かわいい」論』の中で、四方田犬彦《よもたいぬひこ》は、女性誌の「かわいい」表象の細分化を分析し、十代後半の女性誌が、なぜ「かわいい」を表象する〝モデル（人格）〟を必要とするかについて考察している。「かわいい」だけでなく「かわいい」人が必要だ、というわけだが、「重要なのはモデルの人格の実質ではなく、彼女が人格として（休暇の、家族の、友情の）物語を生きているということである。**物語こそが夢見られた同一化の対象**なのだ。」と四方田は指摘する。二〇〇六年に刊行されたこの本での「かわいい」物語の消費が、今日、むしろ女性誌からインスタグラムやフェイスブックといったＳＮＳに舞台を移しているのは周知の通りである。

「カッコいい」ものを発見するのは、言わば〝自分探し〟であると指摘したが、それは、「かわいい」に於いても同様だろう。

しかし、お手本となる「カッコいい」あるいは「かわいい」ものや人は、多くの人にとって必ずしも容易に見つかるわけではなく、それを教えてくれるガイドが必要となる。男性誌や女性誌の「カッコいい」、「かわいい」指南は、本来、個人にとっての個性的な理想であったはずの「カッコいい」、「かわいい」を画一化する。メディアのこの機能が、流行の形成に大きな役割を担っていることは言うまでもない。

「かわいい」という言葉

四方田は、「かわいい」の語源を「顔映《は》ゆし」に遡り、その語誌を確認しつつ、今日のこの語の多義性を次のように列挙する。

「小さなもの。どこかしら懐かしく感じられるもの。守ってあげないとたやすく壊れてしまうかもしれないほど、脆弱で儚げなもの。どこかしらロマンティックで人をあてどない夢想の世界へと連れ去ってしまう力をもったもの。愛らしく、綺麗なもの。眺めているだけで愛くるしい感情で心がいっぱいになってしまうもの。不思議なもの。たやすく手が届くところにありながらも、どこかに謎を秘めたもの。」

私たちは、ここに更に、明るいもの、健康的なもの、パッとしているもの、癒されるもの、……と更に幾らでも付け加えることが出来ようが、その理由は、「カッコいい」と同様に、これらに触れた「経験する自己」の生理的興奮を、「物語る自己」が**「かわいい」という言葉に一元的に回収**してしまったからである。結果、再びその「かわいい」が何だったのか、ニュアンスの違いを説明するために、「キモかわいい」だの「エロかわいい」だのと、細分化された造語が生まれていった。

「カッコいい」との対比で注目すべきは、「**懐かしさ**」が挙げられている点である。幼い、か弱い存在に対して抱く「かわいい」という感覚には、なるほど、自分がそうなりたいというより、自分もそうだったという**幼少期の自己の追体験**という一面がありそうである。

その意味では、憧れの存在に、自分の〝未来〟を重ねようとする「カッコいい」に対して、「かわいい」は〝過去〟を見ている、ということになろうか？　しかし、ファッション誌のモデルへの憧れは、「かわいい」であっても、やはり理想的な将来像と考えるべきだろう。

四方田は、『枕草子』にまで遡る「かわいい」ものを愛でる日本的な感性を指摘しつつ、今日の世界的な「Kawaii」ブームを、「日本文化に深く根ざした特殊なものであるがゆえに珍重される」のか、「それとも世界中の人間が享受しうる、ある種の文明的普遍性をもっている」のか問うている。勿論、メイド・イン・ジャパンの「Kawaii」文化は、近代化以降の欧米文化とのハイブリッドの産物であり、しかも、それが巧みであったということ自体も、今日のアジアを見る限り、必ずしも日本に特殊とは言えない。

また、文化的に「無臭化」されたことで、日本的な「かわいい」がグローバル化されたようでいて、実際は、やはり「日本的」なものとして享受されているのではないか？　あるいは、それは各国のローカルな「かわいい」感性を刺激したのか、と、幾つかの視点を紹介しつつ、結論は留保されている。

見下すようなニュアンス

同様に、「かわいい」を「日本的」と言えるのかどうかという疑問については、『幼さという戦略「かわいい」と成熟の物語作法』で英文学者の阿部公彦《まさひこ》も指摘している。

阿部は更に、「かわいい」の英訳がcuteでいいのかどうかを検討しつつ、「英語でcute

という語を女性に対して使うと、どうしても**見下すようなニュアンス**が入ってくる」とし、同様の事態は「かわいい」に関しても生じ得るとしている。

「たとえば男性に対して女性が『かわいい人ね』と言えば、『考え方がわかりやすい』『単純』といった含みが入り得るだろうし（だからといってそこに好意がないとも言い切れないが）、女性に対してでも、仕事に邁進している最中の女性に「かわいいね」と声をかければ、どこか相手の勤務態度の足をひっぱるような敬意を欠いた発言に聞こえる可能性がある。場合によってはセクハラととられかねない。」

つまり、「かわいい」は「カッコいい」同様に、**憧れの対象に向けられる言葉**ではあるが、「カッコいい」と違って、状況によっては**どことなく小馬鹿にした意味**にもなり得る、ということである。それは「かわいい」の中でも、恋愛対象、性的対象、庇護対象として、男性の側から発せられる「かわいい」であって、いずれも職場という環境では不適切に違いない。

「カッコいい」にあって「かわいい」にない最も重要な違いは、〝戦い〟のイメージである。ミルトンのサタンに見た通り、「カッコいい」存在は何かと戦って打ち勝とうとするが、「かわいい」存在は刃向かわないイメージで、しばしば自立しておらず、庇護を必要とする。

だからこそ、一九九〇年代以降、女性の社会進出とともに、「かわいい」ではなく、女性にとっての「カッコいい」が求められることとなったのだった。

「カッコいい」には「人倫の空白」を埋める機能があるが、これは、「男らしさ」とは違って、ジェンダーレスの美徳たり得るのである。

2　女性誌と「カッコいい」

『Oggi』と『Domani』

一九九〇年代以降、女性に「カッコいい」という言葉が用いられるようになった経緯の一つとして、ポップスの中にダンスチューンが増え、一般化していった、ということもあるだろう。安室奈美恵やMAX、TRF、SPEEDなどが活躍した九〇年代は、女性の歌手やグループの切れ味鋭いダンスに、若いファンたちが熱狂した時代だったが、彼女たちは決して「かわいい」だけでなく、「カッコいい」存在でもあった。

八六年には、男女雇用機会均等法が施行され、職場に於ける男女差別が法的に禁止されることとなり、更に九七年に一部改正されて、女性が管理職に就く道が開かれるようになると、男性社員に「かわいい」などと言われるOLとは違った、**「カッコいい」理想像**が必要とされるようになる。ダンスに長《た》けた歌手たちが、「しびれる」ような非日常的な理想像であったのに対して、働く女性たちには、むしろ「恰好が良い」の意味に近い、職場での日常的なあるべき姿が一から模索されねばならなかった。

因みに、「カッコいい」という言葉が『現代用語の基礎知識』に登場し、市民権を得たのも、実は非常に遅く、この時期だった。

小学館の二十代向けの女性誌『Ｏｇｇｉ』（一九九一年創刊）は、「コンサバ」系の代表的な雑誌だが、「働く女性のためのファッション誌」をコンセプトに、一貫して、**自立した「カッコいい」キャリア女性像**をテーマとしている。

対象年齢は、二十代後半から三十代前半で、三十五歳前後をターゲットとした同社の上位誌『Ｄｏｍａｎｉ』（一九九七年創刊）も同様だった（因みに、òggi はイタリア語で「今日」、domani は「明日」という意味である）。

長く『Ｄｏｍａｎｉ』編集部に在籍し、二〇一六年から一八年までは編集長を務めた福田葉子は、次のように語る。

「両誌とも、『日本のカッコいいキャリア女性、そのカッコいいおしゃれと生き方』が大きなコンセプトで、それは、読者にもクライアントにも周知されていました。

『Ｄｏｍａｎｉ』（二〇〇四年二月号）では、**『自分の脚で立つ』**という特集を組みましたが、この言葉が象徴するように、〝仕事を持ち、自活している〟女性の『カッコよさ』がテーマでした。

ただ、『カッコいい』のは大前提として常にベースにありつつ、特集ではそれを、知的、美人、辛口、キリッと、凛と、りりしく、ハンサム、クールといった具体的な言葉で説明するようにしていました。

その中で、**女らしさを足す**、少し華やかに、地味にならないように、おしゃれに、センスよく、というニュアンスを工夫して、今の『カッコいい』って何だろう？　どうしたら、**自分らしく『カッコいい』女性**になれるだろう？と試行錯誤しました。**『しなやかでカッコいい』女性像**を探し出す、という流れを、時代に合わせて繰り返し作ってきたような気がします。

特集に関しては、むしろ、『カッコよすぎる』が故に、いかにしてエレガンスさ、**女らしさ**、華やかさを足すか、という視点の方が多かったと思います。」

キャリア女性にとっての理想像を、旧来的な「男の美学」としての「カッコいい」とは違ったかたちで、この時期、独自に探求していた編集部の熱意が伝わってくる。「カッコいい」が孕む多様な意味を、一つ一つ解きほぐし、日常的な通勤ですぐに役立つように、

雑誌	特集タイトル 発行年・モデル
『Oggi』	「媚びないけれどセクシー、上品だけれど刺激的。この秋、Oggiが辿り着いた“かっこよさ”の結論!」 2001年11月号/長谷川理恵
	「時には女らしく、時にはきちんと、カジュアルに、……使い分けセンスを磨く『かっこいいベーシック』最新版」 2005年10月号/小泉里子
	「今、『やわらかなカッコよさ』がオフィス映えの最新基準!」 2008年4月号/杏
『Domani』	「30代の『かっこいい』はパンツでこそ表現できる」 2001年5月号/川原亜矢子
	「この秋は脱スイート! 『かっこいいジャケット』で新・通勤スタイル宣言!」 2006年10月/春香
	「'08年　できる*女性は『女らしくかっこいい』 2008年1月/知花くらら

具体的に紹介されている点は、メディアが果たすガイド機能の模範のようでもある。

具体的な特集タイトルを見ると、上図のようなものがある。

コンセプトは福田の説明通りだろうが、一九九〇年代には、「カッコいい」という言葉は、誌面では用いられているものの、特集では使用されていない。

また、二〇〇七年以前は、まさしくファッション誌として、オフィスでの具体的な着こなしに関して「かっこいい」という言葉が用いられているが、〇八年以降の『Domani』では、「かっこいい」女性像がより明瞭に謳われている。

『Grazia』2004 年 7 月号

『Ｇｒａｚｉａ』の「格好いい女」

やはり、「働く女性」をテーマにしていた講談社の『Ｇｒａｚｉａ』（一九九六年創刊、二〇一三年休刊）もまた、二〇〇四年七月号の「創刊１００号記念号」のテーマとして、「**『格好いい女』になれますか？**」を掲げている。カヴァーは、モデルの熊沢千絵である。

そのマニフェストと言うべき主張はこうだった。

「人のせいにはしない。自分で選び取ったものだから、何があっても愚痴ったりしない。逃げない。追い求める世界のレベルが高いから、昨日より今日、今日より明日と努力を自分に課して、〝そんなの当たり前のことじゃない〟と言ってのける。楽しいことしかしない。でもそれは、**自分にとって何が大切なのか、何が幸福なのか**を知り抜いているからこそできること。比較でものを考えない。他の誰かと自分を比べてみたってしょうがない。」

ここには、主体的に社会で生きる女性の理想像が、列挙されている。

しかし、決して女性だけに限った話ではなく、言い訳をしない強い責任感、理想に向かって努力を惜しまない態度、これ見よがしではなくクールであること、個人主義、……といった価値観は、そのまま男性に当て嵌めても、多くが同意を得られるであろう。むしろ、従来、「男らしさ」として特権的に語られてきた美徳が解放され、共有されていると見ることも出来る。

ヨーロッパのモード誌のようなキメキメの「カッコいい」世界ではなく、むしろ、生き様にフォーカスされているが、ある意味ではこれも、アナ・ウィンター以降の世界的な流れの一つとして見るべきかもしれない。

「巻頭ロングインタビュー〝可愛い〟だけじゃない〝本物の魅力〟の手に入れ方」で取り上げられているのは、大竹しのぶ、倍賞美津子、中村紘子、有元葉子と、憧れの対象である年上世代である。

男に媚びない

当時、副編集長を務めた原田美和子は、次のように語っている。

「もともと（故）温井編集長は、『カッコいい』というのが好きな人でした。それで作り手の私たちの中でも、『**カッコいい女**』を目指そうとしていたところがあります。それまでの女性誌のような『モテたい』とか、『女の色気を出そう』といった男に媚びるスタンスではなくて、**男に媚びない**こと、男に好かれようとしなくてもいいじゃないと突き放していたんです。」

同じ「カッコいい」女性というコンセプトでも、小学館の二誌とは少し異なり、**アンチ「かわいい」**として、「男に媚びない」という点が強調されている点が興味深い。

「私は、『**カッコよさ**』**とは自由さである**と意識して誌面を作っていました。シワがあってもいいじゃないとか、死ぬ間際まで恋をするとか、それまでの女性にあった**アンチエイジングではなくてエイジレス**が『カッコいい』ということですかね。女の人が年を取ることが今以上に恐怖だった時代に、『いいじゃん、年を取るのってもっと楽しいよ』と宣言したのが『Ｇｒａｚｉａ』でした。

その時、女優さんのグラビア写真でも、レタッチ（修整）作業をすごくしていたんですけど、それがなんだかイルカの肌みたいで気持ち悪いな、そのままでいいじゃない、と言っていたのが温井編集長でした。」

加齢を肯定的に受け容れる、というのも、この時代の女性の新しい価値観だったが、更に原田は、自由であることの他に、福田と同様、**知的である**ことの「カッコよさ」も強調する。

「ジャーナリストの兼高かおるさんをよく取材していましたが、彼女が言うには、男の人にモテたいなら知性を磨けと。だから、一流メゾンの特定ブランドを特集しなかったのには、**モノに振り回されているようで『カッコ悪い』**という考えがありました。ブランドではなく、**自分の服は自分の知性**で選ぶという考えです。」

「カッコいい」は、無論、女性にとっても多様であり、『Oggi』、『Domani』的な「カッコよさ」と『Grazia』的な「カッコよさ」とのどちらに共感するかは人によって違うだろうし、更に別の考え方もあるだろう。

3 「男らしさ」とは何か？

五種類の「男らしさ」

では、「**男らしさ**」とは何だったのか？

これまた多義的で、漠然とした概念のように感じられ、日本語でも「益荒男《ますらお》ぶり」だとか、「武士道」だとか、歴史的に関連性のある言葉が幾つか思い浮かぶが、ヨーロッパの歴史の中は、古代ギリシア以来、脈々と受け継がれてきた強固な概念だった。

歴史学者アラン・コルバンが執筆・編集した、翻訳本にして三巻からなる浩瀚《こうかん》な『男らしさの歴史』は、その間の動向を微に入り細を穿って詳述しているが、とても網羅的に紹介することは出来ないので、特にその興味深い点に注目してみよう。

古代ギリシアでは、「男らしさ」という概念に相当するのは、「**アンドレイア**」というギリシア語だった。この言葉は、そもそも戦場に於ける身体的な勇猛果敢さを意味していたが、更に五種類ほどの分類が可能なようである。

①「勇敢さ」のように、戦場において発揮されるもの
②ポリスの掟が神々の掟と相反する時、ポリスに抗い、神々に従う「道徳的勇気」
③男性のみに許された政治的な「弁論術」の巧みさ
④性的欲望を相手に受け容れさせる能力
⑤自分の「オイコス」(家、またはその構成員である家族、奴隷)の支配

教育によって理想化されていたこれらは、古代モデルとして、その後、「男らしさ」が減退してきたと嘆かれる時代に、何度となく振り返られた。

ラテン語では男性をvirと言い(女性はvira)、「男らしさ」はvirilitāsである(これには端的に男性器という意味もある)。

フランス語のvirilitéや英語のvirilityの語源はこれで、virilitāsは、歴史的にヨーロッパ中に広まってゆくこととなる。

やや強引だが、今日の私たちの価値観で、敢えてこの五つを解釈するなら、凡そ以下のようになるだろう。

i　死を恐れず、敵と戦う勇気
ii　正義のために、体制に背く反抗
iii　説得力のある言葉を発する力
iv　セックス・アピール
v　家族を守ること

私たちが思い描く「男らしさ」とも大方、合致しており、また、その是非も含めて、「カッコいい」を考える上でも、非常に参考になる分類ではあるまいか。

いずれも、何らかのかたちで、小説や映画、テレビドラマやマンガに「カッコいい」場面として描かれてきた内容である。

宇宙から地球を侵略しに来たエイリアンと果敢に戦ったり、平和のために戦争に反対して弾圧を受けたり、会社の不合理な仕組みを変えるために同僚たちを集めて説得したり、華麗な恋愛遍歴を重ねたり、〝一家の大黒柱〟として家族を支えたり。……共同体のために命を捨てること、家長的であることなど、個々には問題も孕んでいるが、フィクションがこれらを「しびれる」場面に活用してきたことは疑問の余地がない。

そして、現代では、これらは無論、必ずしも「男らしさ」とは限定されず、女性に当て嵌めても、「カッコいい」とされ得る要素である。

それにしても、これを見ていると、ミルトンのサタンが、いかにヨーロッパの伝統に根差した「カッコいい」存在だったかが、再認識されよう。他方、『ドン・キホーテ』がなぜ滑稽かもよく理解されるはずである。

性的な満足を与えられるか

これらの価値観は常に一定というわけではなく、時代や場所によって変化し、また、特にどの要素が強調されたかにも変遷があった。

例えば、戦乱の時代には、当然に勇壮な「男らしさ」が称揚されるが、一七世紀になって宮廷文化が栄えてくると、戦場における武勲よりも、繊細さや優雅さ、会話の機転や平静さ、些細なことで激昂しない性質といった抑制的な態度こそが、「男らしさ」として評価されるようになる。そのために、「男らしさ」が減退してきたという反動的な批判もあった。

また、virilitās に、男性器の意味があったように、むしろ「オスらしさ」とでも言うべき④セックス・アピールの変遷は、「男らしさ」の歴史の中でも最も滑稽で情けなく、批判されるべき点も多い。

日本でも、最近はあまり耳にしなくなったが、かつては「精力絶倫」という言葉がしばしば用いられていて、女性にモテるだけでなく、相手に十二分な満足を与えられるほど性的にタフであることが、一種の「男らしさ」として称揚されていた。漫画『ゴルゴ13』に典型的に描かれている男性像で、今日でも、AVを始めとするポルノは、この手の幻想に埋め尽くされている。

そこに一種の憧れがあったのは事実だろうが、「カッコいい」とストレートに思われていたかというと微妙で、どこかクスクスと笑われるような滑稽さと表裏を成していた。『ゴルゴ13』の神業的な狙撃場面に「しびれる」人はいようが、ベッド・シーンを見て「鳥肌が立つ」人はそう多くはあるまい。

むしろこれは、「カッコ悪い」ことの不安の裏返しと言うべきである。女性に性的な満足を与えられない、という事実は、自尊心を毀損し、羞恥心を抱かせる。「勃起不全（ED）」は、今でこそ医療機関の診断を受けるべき病気ということになっているが、それまでは「不能（インポテンツ）」という不名誉な蔑みの対象だった。

決して理想的な「男らしさ」を求めているわけではなく、せめて**笑われない程度に標準的でありたい**、というあの「カッコ悪い」の不安は、当然のことながら、それを巡るあらゆるビジネスの絶好のターゲットとなった。EDだけでなく、男性器の大きさ、形状、〝持続力〟など、あらゆる点が「カッコ悪い化」され、男性誌には、精力剤や男性器の増強器具、整形手術の広告などが溢れ返ることとなる。

医学史が専門のアンヌ・キャロルは、「それほど新しいものであるかどうかは確実ではないけれども、[1]」と留保をつけつつ、「短小ペニス・コンプレックス」、「ロッカールーム・コンプレックス」（銭湯などで友人に裸を見られて笑われるのではないかという不安）は、一九八〇年代から医師たちによって報告されるようになった、と指摘している。

〝生物学〟的「男らしさ」

とは言え、性的能力の「男らしさ」は、昔から必ずしもこうだったわけではない。

アラン・コルバンは、一八世紀後半以降、「男に威厳と性格を付与するのは勃起である。男の重要性を示すのは勃起である。そして男の支配の基盤にあるのも勃起である。[2]」と文字通り重ねて強調している。だったら、二〇世紀後半と変わらないじゃないかと思われるかもしれないが、その意味合いは些か異なっている。

ビュフォンが『人間の博物誌』(一七四九年)を書いて以来、「男らしさ」は、〝生物学〟に基盤を得て、自然主義的に主張されるようになる。男女の性的二形性——つまり、男女は解剖学的、生物学的に違うという事実——から、その差異は社会的な存在論にまで拡張され、結局のところ、男性の優位を根拠づけようとする思想が、一九世紀以降、広まっていく。

この時代、取り分け注目されたのは、男女の体液だった。女性が母乳や涙、膣分泌液など、「体液を排出するよう勧められた」のに対して、男性は「涙であれ精液であれ、自分の体液の流出を統御し、抑制するよう促される。快楽を管理し、性的エネルギーを規制することが、男らしさを示すこと[1]」と理解されたという。「男らしさ」とは、つまり、**自己を主体的にコントロールすること**であり、更には**自己の周辺の状況、女性を含めて他者をコントロールする**ことだった。

その「性的エネルギー」の規制のために、一種の道徳神学と医学との両方から反マスターベーション運動が起こり、途中、その無害を唱える説などによって緩和されつつも、精液の放出が生殖能力を低下させ、ひいては「男らしさ」を損なうという不安は、イギリスでは一九〇〇年をピークとし、両大戦間まで続いた。

しかし、マスターベーションは、意志の力で我慢できるかも（？）しれないが、夢精となると、打つ手がない。むしろ、ますます厄介な問題であり、そのために、自殺を考えるほど思い悩む男性までいた。(3)

驚くべきは、こうした「精液漏パニック」が、この時期、ヨーロッパ中で広がっていた事実である。

勿論、「男らしさ」が減退するという不安だけでこの有様なので、その根本的な欠如の宣告である性的不能は、絶望的な問題だった。

スタンダールの『恋愛論』に見られる如く、不能は言わば偶発的な「しくじり」だったが、それはいかにも深く自尊心を傷つけ、本質的に恥辱と感じられたが故に、医学的な原因究明の情熱は、一九世紀の間、醒めることがなく、禁欲は良いのか悪いのか、禁欲が長すぎるのが問題なのか、マスターベーションのし過ぎなのか、性交のし過ぎなのかと、その説は揺れ続けた。しかし、これらはいずれも、今日の男性たちが通俗的に信じていることと、そう大差がないのではあるまいか？

4　支配欲としての「男らしさ」

征服と支配

さて、では、一体どうであると、性的な意味で「男らしい」と言えたのか？

フランスで、この当時、「男らしさ」の教科書としてよく読まれていたのは、アルフレッド・デルヴォーの『現代好色辞典』である。その根本にあるのは、「男らしい男は女を『手にいれ』、言葉のあらゆる意味で『女をものにし』なければならない。つまり『女から快楽を味わい』、『女を利用し』、『女を言いなり』にさせなければならない」といった考え方である。それがつまり、少なくとも男同士の間では、「カッコよく」、お手柄自慢であったということを、コルバンは様々な具体的事例を挙げて説明している。

デルヴォー流のセックスは、「射精の強さを促すと考えられていたある種の激しさと、交接行為の迅速さ」が重要で、その表現は、「仕切り壁をぶち破る」、「血だらけになるほどセックスする」、「金玉がひっくり返るほどヤる」、……と引用するのも憚られるほどである。激しければ激しいほど、早ければ早いほどいい、というわけで、女性からのセックスの巧拙の評価は一切考慮されていなかった。

征服欲、支配欲がこうした「男らしさ」の目的なのか、それとも性的欲求不満の解消を自由に、好きな時に行うために、女性の征服と支配が必要だったのか、はたまた、その解消の仕方が支配的であることで征服欲が満たされたのか。……

同時代の『感情教育』（フローベール）や『谷間の百合』（バルザック）、あるいは『悪の華』（ボードレール）といった文学作品で描かれた女性への憧れや崇拝、繊細な幻滅や共感などとは著しくギャップがあるが、文学とポルノが同時代に存在するのは、現代の日本も同様で、また作家の内面も多面性を含んでいた。『ボヴァリー夫人』や『悪の華』のような優れた文学作品が、このような風潮の中で風俗壊乱の罪に問われたこと、また同性愛者は必然的に「男らしくない」として蔑まれたが、ワイルドが訴追されたのはこうした時代だったことを併せて考えるべきである。

勿論、その中間には、更に様々な人がいて、慎ましやかな美しい男女の恋愛も無数にあったであろうというのは、これまた今の時代と同じだろうが。

他方、夫婦の性生活は、むしろ医学的な見解を伴って、これとは対照的に、抑制的に「管理」されてゆく。「夫婦の営みを導くのは男性の役割」であり、「交接行為の雰囲気、時刻、リズム、体位、そして、間隔に配慮」した「正しい性交」が称揚され、逸脱的な行為は禁じられた。しかし、これとて、男性が支配的であったことには変わりがなく、古代ギリシア以来の「オイコス」の支配の最深部とも言えよう。妻の性欲の「管理」責任は、夫にあったのである。

「男らしさ」という重荷

以上はフランスの事例だが、ここで指摘された「男らしさ」の問題性は、悲しくなるほどに、今日の日本とも連続している。

コルバンに言わせれば、こうしたかたちで発揮されるべき「男らしさ」は、結局のところ、**男性自身にとっても重荷**であり、それは「性的不能」に対する度外れの恐怖心が証明している。

例えば、ワイルドも影響を受けたギュスターヴ・モローは、この時代の世紀末美学を代表する画家で、「運命の女《ファム・ファタル》」という、男性を破滅に導く女性を描いた作品で知られている。最も有名なのは、預言者ヨカナーンの首を抱えたサロメの絵である。

モローは、一体、どんな頽廃的な趣味の人物だったのだろうかと想像するが、実際は、育ちがよく虚弱体質で、ひたすらアトリエに籠もって仕事に打ち込み、母親を生涯愛し続け、恋人だったアレクサンドリーヌ・デュルーとも、所謂〝プラトニック〟な関係だったのではと思われるほど、温和なつきあい方をしている。

その一方で、唐突に普仏戦争に参加したり、《ユピテルとセメレ》や《ユピテルとエウロペ（エウロペの略奪）》のような、ほとんど冗談のように「男らしい」絵を描いたりする一面も持ち合わせている。実際、彼の書簡には、「男らしさ virilité」という主題についての説明もある。


モローは実のところ、嗜虐的なサロメに欲情していたなどということでは更々なく、むしろ、これまで見てきたような粗暴な「男らしさ」が称揚される時代にあって、到底、それを発揮できない自分に、繊細な不安を感じ続けていた人かもしれない。

サロメの性的なアピールは、彼にまさに「男らしく」あることを要求し、しかもその「重荷」に耐えられないことを以て、男性としての死亡宣告を突きつけるといった恐ろしいものではなかったか。しかも、単なる淫婦であれば、それを蔑むことで自己防御が可能であったろうが、彼が、その少女の無垢に込めた不安は、ひょっとすると、自分の母もアレクサンドリーヌも、女性であるからには、そんなふうに自分を滅ぼすような認識を秘めているのかもしれない、というものだったとも想像される。それは、スフィンクスと見つめ合う彼のオイディプスにせよ、トラキアの娘に見下ろされるオルフェウスの首にせよ同様で、だからこそ、翻ってほとんどアール・ブリュット的とさえ感じられるファンタジックな《一角獣》では、女性たちによる優しい受容が夢見られている。

5 自信喪失する男たち

「カッコ悪い」男の不安

こうしたファロス中心主義に対する思想界からの批判は、夙に知られているが、他方で二〇世紀になると、粗雑な男女二形説ではなく、ホルモンや遺伝子の発見によって、性にまつわる科学が一変した。

「男らしさ」の根拠は勃起と精液ではなく、今やホルモンであり、男性ホルモンこそが「男らしさ」そのものとされるが、男性にも女性ホルモンが存在すると判明し、混乱が生じる。更に遺伝学によって染色体の違いが突き止められるが、「遺伝子の概念はホルモンの概念よりも抽象的だったので(ホルモン概念は体液に関する古い伝統のなかに反響を見出した)、ホルモンの場合のように学術的な教養から通俗的な表象へ拡散していくことはなかった」(4)。

また精神分析学の登場は、性的不能を偶発的な「しくじり」や性習慣に起因するものではなく、過去のトラウマ的体験と結びつけ、心因性のものとすることによって、主体の「男らしさ」に**本質的なダメージ**を与えることとなる。

　更に、一九四八年に一万二千人もの男性に行った性の実態調査（『人間男性における性行動』、所謂「キンゼイ・レポート」）によって、マスターベーションがありふれたことで、特段、健康上の問題を引き起こさないこと、過度の性欲も不能を引き起こさないことなどが白日の下に数値化され、六六年に医師のウィリアム・マスターズと心理学者のヴァージニア・ジョンソンが、今度は男女両方に調査を行って『人間の性反応』を刊行すると、性科学の焦点は「オーガズム」へと移行した。

　即ち、勃起しようが射精しようが、女性がオーガズムに至っていない限り、「男らしさ」の証明はなされていないと見做されるようになり、一九世紀までと違って、男性は、その不安に駆られ、性行為の〝持続力〟や性器のサイズを非常に気にし始める。無論、これはこれで多分に男性の勝手な思い込みだったが。ともかく、これ以降、「一般向けの解剖学や性教育の著作が普及」し、「統計的平均を眺めることによって自分は男らしさの階梯のどこに位置しているか」を知ることが出来るようになったのだった。

　尤も、この辺りは、日本とヨーロッパとで、事情が違うのかもしれない。ヨーロッパの一九世紀のポルノグラフィを見ていると、なるほど、男性器のサイズに関して、特別な関心は見られない。しかし、春画では極端に誇張された男性器（女性器も）が描かれており、これはどうも、日本に特殊なことのようだからである。

性欲が「カッコ悪い」とされる日

当然のことながら、一九世紀のデルヴォー的な「男らしさ」は、女性に数多くの性暴力の被害者を生み出してきた。今現在も、Me too 運動を通じて、その問題が様々な具体的な事例とともに告発されている最中である。

ジェンダー論が専門のファブリス・ヴィルジリによれば、フランスでは戦後、女性の参政権、避妊の合法化、「父権」の「親権」への置き換えが実現したが、フェミニズム運動が中絶合法化とともに重視したのは、刑法で重罰が定められているにも拘らず、強姦が実際にはほとんど罰を受けていないという問題だった。

ＭＬＦ（女性解放運動）は、一九七〇年を「女性零年」と定めているが、その際のスローガンは、「**女性がダメという時は絶対にダメ**」や「**強姦は犯罪です**」といったもので、これは残念ながら、今日の日本でもそのまま通じる文言である。(1)

また国際的な公権力も、一九八〇年代から九〇年代にかけて、「民主主義ヨーロッパに於ける女性への暴力に反対する政策についての共同宣言」（一九九三年）、女性が被っている暴力についての研究を奨励する北京会議（世界女性会議、一九九五年）、世界保健機関の最初の国際調査（一九九六年）と、従来の「男らしさ」に含まれていた暴力性を明確に、問題として対処しようとし始める。

ここに至って、性に関する一九世紀的な「男らしさ」は、決定的に否定されたが、既に「カッコいい」という地位からは転落したものの、欲望そのものはポルノを中心に持続することとなった。その「男らしさ」の影響力は、過小評価できないだろう。

他方、インターネットも登場し、更に様々な情報にアクセス可能となったことで、無知につけ込んで「ロッカールーム・コンプレックス」的なものを「ダサい化」するビジネスも、一頃より低調になったように見える。うまく性行為を遂げられなければ、相手を失望させ、あとでガールズ・トークの笑い物にされる、といった羞恥心を伴う不安は、「カッコ悪い」こととして今も根深く存在していようが、昨今の風潮では、そうなると、セックス自体が「面倒臭い」と忌避される可能性もある。

「草食系」どころか、昨今では「草系」とまで呼ばれるほど、セックスに一切関心を示さない人たちもいるが、勿論、それとて個人の自由であり、様々な事情があるだろう。互いの同意の下で、喜びと共に行われるのであれば、セックスは魅力的な行為だと思うが、性欲自体、あるいは、セックスそのものが、まだそんなことしてるの？と、「カッコ悪い」

と見做される日も、いずれは来るのかもしれない。

6 フランス革命と男らしさ

近代最初の徴兵制度

さて、もう一点、「**戦う**」ということとの「カッコよさ」、更にはその**国家権力との関係**を「男らしさ」を通じて考えてみたい。引き続き、参照するのは『男らしさの歴史』である。

日本の「カッコいい」にせよ、「クール」にせよ、「ヒップ」にせよ、「ダンディズム」にせよ、共通した美徳の一つに**自己抑制**がある。

何かにつけてすぐに激昂し、ワーワー喚き立てる人は、とても「カッコいい」とは言えまい。

ところで、この抑制された「クール」な態度に関しては、必ずしも古代ギリシアの「アンドレイア」で強調されていなかった。宮廷文化というのは、その一つだったが、もう一つの近代に於けるきっかけは、徴兵制である。

近代最初の徴兵制度は、フランス革命末期のジュールダン法である。

歴史家のジャン゠ポール・ベルトーによると、戦場での殺し合いを仕事とする軍人は、一八世紀までは啓蒙主義者たちからも軽蔑され、市民社会の中での地位は決して高くなかった。

「執政政府時代のブルジョワにとって、軍人とごろつきは同じものだった。」

実際、日常空間に戻ってきたあとの彼らの粗暴な振る舞いを市民は持て余していた。恐らく、精神的にも不安定になっていたのだろう。

旧体制下では、軍人や民兵は、せいぜい数万人程度の例外的存在だったが、一七九八年にジュールダン法が出来ると、二十歳から二十五歳までの独身男性が、戦時に限らず、平時にも四年間の軍務を課されることとなり、拒否すると市民権や財産権が制限されるなど、厳しいペナルティが科された。

結果、絶対王政時代のように王の財力によって兵を集めるのではなく、国民の義務として、常時、兵力動員が可能となり、これがヨーロッパの他の国々にも広まって、やがては日本にまで到達することとなる。

人間の格づけ

これ以降、まず徴兵時の身体検査により、健康面、体格面の理想的な「男らしさ」の基準が共有されることになった。日本でも甲乙丙丁戊と格づけされたが、これは**人間に対する「恰好が良い」と「恰好が悪い」の導入**であり、特にその「恰好が悪い」が、「恥」としてどれほどの心の傷を残したかは、多くの証言から知られている。対照的に、入隊後の訓練と制服によって、軍人は「カッコいい」化を促進される。

ベルトーによると、軍人のイメージは、暴力的な軍事教練への憐憫や、一七七五年に始まったブルゴーニュ運河の採掘や火災予防など、**公共事業への投入**を通じて上昇し、更に「名誉」を重んじる**祖国愛の教育成果**によって好転する。「**祖国を愛し、自分を犠牲にし、祖国のために死を受け容れること**」という三ヵ条が**軍人の「男らしさ」**であり、これは「アンドレイア」にも適ったことだった。

第二次世界大戦を経験した私たちは、「愛国心」が課される対象を、当然のように「国民」だと考えるが、その制度的な起源に於いて、担い手はむしろ「**市民 citoyen**」だった。

軍隊が彼らに要求するのは、「戦闘の混乱と恐怖のなかでも**冷静さと自由な感覚**[1]」を維持することであり、他方で、日常生活に於いても、**自己抑制**を行い、「**他人に対して善良で正直で人間的に公正**」であり、且つ「有益」であることだった。

更に、個人よりも組織を重視する**連隊の精神**は極めて重要だった。

こうした態度が、徴兵制を通じて国家規模で一般化し、共有されてゆくこととなるのであるが、結果、循環的に軍人への肯定的評価も高まる。

同時に、この激昂しない、冷静で協調性に富み、チャレンジ精神もあって、いざという時には危険も顧みず組織に尽くす人間は、機能的分化が進み、社会が有機的に、システマチックに維持される近代に於いて、非常に好都合だった。――それはそうだろう。いつでも感情的に不安定な人間が、社会システムの基礎的な構成要素であっては困るからであり、こうした「規律／訓練」を徴兵制に求める考えは、今日の日本でさえ、しばしば語られる。

スポーツ化と「練習」

また、この時代からフェンシングやボクシング、キックボクシングやレスリングがスポーツ化し、道場まで作られて盛んになり、それぞれの**チャンピオンが英雄視**される。

「**練習**」は、今日の「カッコいい」にも不可欠の要素で、例えば、テレビで密着ドキュメンタリーを作る際には、音楽家やスポーツ選手の方が、小説家などよりも、遥かに画的に良い番組になる可能性が高い。なぜなら、「練習」とその成果を発揮する本番を、非常にドラマチックに描くことが出来るからで、苦悩し、汗だくで歯を食いしばり、それでも進歩してゆくその過程は、**努力の美しさ**を最大限に感じ取らせてくれる。理想像と自己との合致は達成可能なのである。

ところが、小説家となると、そもそも「練習」なる概念がその活動になく、重要なのは端から見るとただじっとしているだけの、本を読んだり、考えごとに耽ったりする時間で、到底、メディア映えしない。

二〇世紀後半、「カッコいい」は、テレビとともに広がり、熱狂を巻き起こしたが、現代のヒーロー像として、スポーツ選手が突出しているのは、一つにこの「練習」の特質のせいであり、一九世紀までは、小説家よりもボクシングの選手の方が英雄視されるというのは、あり得なかった。ただ、その萌芽は既にあったのであり、なぜなら、その試合は、「しびれる」ような興奮を伴うからだった。

当然のことながら、こうした軍隊経験とその世俗化した文化は、「男らしさ」の美徳であり、女性は予め排除されていた。

メディアは、積極的に軍人の「男らしさ」を宣伝し、「カッコいい」化して、**市民のモデル**に活用した。**「名誉」**は市民社会にも浸透する価値観となり、他方で戦争のおぞましさや軍内部の非人道性は隠蔽された。ロマン派の詩人アルフレッド・ド・ヴィニーが、自身が経験した軍という組織の非人間性を告発した『軍隊の服従と偉大』（一八三五年）は、一八世紀までとは違い、社会的に軍人が尊敬され、しかもその内実は大いにギャップがあった、というこの時代ならではのものだった。

アイデンティティの拠りどころ

近代になり、身分制度が解体され、職業選択の自由が許されると、個人は自分が一体どんな人間で、どういう仕事をしたいのかを巡って、「私とは何か」というアイデンティティの問いを突きつけられることとなる。逆に言えば、社会は個人に「お前はこの社会の何者か？」と、職業選択を迫るように問い詰めるのである。

そうした時代に、愛国主義が、不安定で、不満足なアイデンティティの拠りどころとなる、というのは、非常に見やすい事実である。

そして、かくの如き軍人の美化を最大限に利用し、その統率者として、自らを崇拝の対象に仕立て上げたのが、ナポレオンだった。

他方で、大革命の影響は、民主化され、個人主義化してゆく社会に、反抗の対象として、中央集権化された国家支配を設定させた。一九世紀の七月革命、二月革命といった暴力革命だけでなく、ジャーナリズムも盛んになり、広義にはドラクロワのフランス画壇との戦いも、その一環と目され得たであろう。芸術に於ける「様式戦争」も、その原初のイメージは革命のはずである。

7 「カッコよさ」の政治利用

戦争の悲惨と美化

戦争と英雄的な「男らしさ」との関係は、**第一次世界大戦で破綻**する。大量殺人兵器が導入され、戦闘機による銃爆撃、射程距離の長い銃、大砲、更には毒ガスの使用によってなす術もなく殺され、異臭の立ち込める塹壕に何ヵ月も閉じ込められている酷《むご》たらしい戦場は、レマルクの『西部戦線異状なし』(一九二九年)に描かれている通り、「カッコよさ」からはほど遠かった。また、現地の状況がわからずとも、手足を失ったり、戦争神経症で苦しみ続ける帰還兵たちの姿は悲惨で、やはり英雄的に讃えるには無理があった。

第一次世界大戦で初めて銃の射程距離が一〇〇〇メートルを超え、そのために非戦闘員の誤射が非常に増えたとされている。とにかく、姿も見えない場所からいつ狙撃されるともしれず、そうなると、何かの気配に反応して、やたらと撃ちまくるし、逃げたり隠れたりしなければならない。

象徴的な事実だが、一九世紀までの戦争では、兵士たちは直立の姿勢で、美しい軍服を着て戦ったが、二〇世紀以降は極力目立たない軍服で、射撃や砲撃、空爆に怯えながら、泥だらけになって地面を這いずり回ることとなった。スタンダールの『パルムの僧院』とセリーヌの『夜の果ての旅』で、主人公が足を踏み入れた戦場の描写を比較すると、この間の一世紀の変化がよく分かる。

第一次大戦末期になると、フランスには重傷の傷痍軍人が十万人、イギリスには四万千人おり、イギリスでは、その69パーセントが足を一本、28パーセントが腕を一本失い、3パーセントは両方失っていた。(2)

とは言え、歴史学者ステファヌ゠アントワーヌ・ルゾーは、**戦争の神話化**は非常に柔軟であり、この戦場での傷や四肢切断も、「**勇気と愛国心のしるし**」と見做されるようになったとしている。当然、戦場で勇敢に活躍し、重傷を負いつつ立派な体で生還した者は、超人的に美化される。

ドイツに於けるその端的な例は、小説家のエルンスト・ユンガー(一八九五―一九九八年)

だろう（章末コラム④参照）。

こうした戦争の美化は、当然のことながら、第二次大戦でも見られ、取り分けファシズムはそれを極限まで推し進めた。

膨大なファシズム研究を前にして、私が新たに付け加えられることはほとんどないが、この運動の審美的な傾向の分析には、やはり「カッコいい」という概念を導入すべきではないだろうか？

なぜなら、先に見た「アンドレイア」の五項目は、「カッコよさ」としてファシズムに全面的に活用されているからである。

二〇世紀後半の個人主義的な、自発的な大衆動員に、「カッコいい」があれほどの威力を発揮したのを見れば、総動員体制下でも、既にその活用が試みられていた、と考える方が自然であろう。実際にそれは、ナチスの制服のみならず、ポスターや映画といったプロパガンダの類い、ニュルンベルクで行われたナチ党大会のショーアップの仕方、その芝居がかったヒトラーの演説などを見れば、歴然としている。

私たちは、「アトランティック・クロッシング」という第二次大戦後のダイナミックな「カッコいい」ブームを見てきたが、それと対比的に、第二次大戦下で、ヒトラーがムッソリーニのファシズムに感銘を受け、また来日したヒトラー・ユーゲントを模範に大日本青少年団が作られたといった事実に、「カッコいい」ことへの憧憬という視点を導入し、その影響のネットワークを見ることは可能だろう。

人を破滅させ、社会を破壊する力

ファシズムはそもそも、絶対に突出して「カッコよく」なければならなかった。

なぜか？「カッコいい」は、本来多様であり、多様な個人に多様な価値観を許容する。しかしそれは、ファシズムに於いては不都合なのである。

だからこそ、一党独裁体制下では、「カッコよさ」を一元的に党が管理し、多様化するライヴァルの「カッコよさ」を追放し、何かに「しびれ」たいという欲求を、ヒトラーやムッソリーニに直結させねばならない。民間に於いて、個々人がそれを凌ぐ「カッコいい」ものを創造し、人々の生きる方向性がバラけてしまうことを禁じなければならない。

レニ・リーフェンシュタールの『意志の勝利』や『オリンピア』は、決して「美」の範疇には収まりきれない映画であり、ナチスを徹底的に**「カッコよく」見せる**ことが意図されている。これは、火を見るよりも明らかだが、「カッコいい」という概念自体の分析がこれまでおざなりにされてきたが故に、結局、批判的に論じきれずに、今に至るまで「ナチス、カッコいい！」といった無邪気さに歯止めをかけられていない。

私たちは「経験する自己」と「物語る自己」という二分法を採用してきた。そして、「物語る自己」は非常に不安定であり、外部環境にも左右される。ということは、外部から介入し得る、という意味だとして批判的に議論してきた。


なぜあの時、ツェッペリン広場に集められたドイツ人は、ヒトラーのあのダミ声の退屈で大仰な演説に、あれほどの大歓声を上げたのか？　その演出は、舞台設営やライティング、ファンファーレ、登場の仕方など、何から何まで、人間を生理的に興奮させる効果を狙っていて、殊に、そこにいる人間の数と歓声は、固《もと》より鳥肌を立たせずにはいられないものだったろう。

重要なのは、それを「経験する自己」を、「物語る自己」が総統への崇拝感情へと結びつけさせたことである。ヒトラーが偉大だからこそ、鳥肌が立ったのだと信じさせることである。

この体感主義の悪用は、どのようなメカニズムでなされてきたのか？

私は、「カッコいい」という価値を最大限評価したいし、そのためにこんな本を書いているのだが、同時に直視し、批判すべきは、こうした**否定的な活用**の事例である。なぜなら、「カッコいい」という強い憧れの感情は、**アイデンティティに深く食い込んで、その人の人生を本当に変えてしまう力を持っている**からである。

ロックスターたちの少年時代の回想にあったように、それは生きている実感をもたらし、意味を与え、その人生を方向づけさえする。「真＝善＝美」の顕現だと受け止められる。そして、多くの人が、「カッコいい」存在のお陰で今の自分があると感じ、感謝の気持ちを抱いていることの裏返しで、結婚詐欺を働くイケメンのチンピラから、ユダヤ人の全滅などという途方もない悪を妄想したヒトラーに至るまで、「カッコいい」の悪用には**人を破滅させ、社会を破壊する力**があるのである。

「音楽に政治を持ち込むな！」

アラン・パーカー監督がピンク・フロイドのアルバムに基づいて製作した映画『ザ・ウォール』には、カリスマ的なロック・スターがネオナチ化してゆき、ファンもまた熱狂的にそれを支持する、という場面がある。ロックこそは散々強調してきたように、一九六〇年代以降の自由で個人主義的な世界の「カッコいい」ブームの牽引車であり、当時のピンク・フロイドのヴォーカルだったロジャー・ウォーターズは、今日、徹底した反権威主義、反戦思想の活動家としても知られており、一見すると意外な印象を受ける。しかし、ここには、「音楽イヴェントに政治を持ち込むな！」といった類いの日本のナイーヴなロック観とは、根本的に隔絶した批評性がある。

折々、その具体的な影響がささやかれる通り、『意志の勝利』が現代のロック・コンサートの演出に与えた影響は歴然としている。

ロックは、そうしたファシズムの動員に活用されたテクノロジーを言わば換骨奪胎して、芸術表現のために、音楽産業のために、そして、自由のために民主化した。重要なのは、その連続性と断絶、類似性と差異を丁寧に見ることである。ロック・コンサートの動員とその「しびれる」ような体感、そして同化・模倣願望は、そうした歴史的な政治性を一種の傷として負っており、それは決して払拭できないのである。なぜならそれは、**いつでも、再び政治的に利用することが可能**だからである。

だからこそ、スポーツの世界では、スタジアムでの政治的行為が御法度となっている。

なるほど、「カッコいい」存在は、日常の嫌なことを忘れさせてくれる。その中には、政治的対立も含まれているだろう。イヴェント全体がそうなのか、部分的な話なのかの違いもあるが、コンサート会場でまで、そんなことに関わらされるのはゴメンだ、という気持ちも理解できる。音楽ファンとしての分人は、日常の分人とは違うのだ、と。

しかし、歌詞があり、主張のある芸術である音楽は、スポーツと違って、政治を完全に払拭することは不可能である。だとすれば、問題はその内容ではあるまいか？

8 反逆の魅惑

反体制、反ブルジョワのナチス

連続性と断絶、類似性と差異への注目は、「カッコいい」という体感の悪用と善用の歴史を再検証させるであろう。

ナチスに関連づけてもう一点、指摘するならば、反体制、反ブルジョワ社会という態度にも言える。

「アンドレイア」の②にあった通り、古代ギリシア以来、正義と社会とが乖離しているように見える時、**体制に反抗するのは「男らしい」勇気**と賞賛されてきた。その正義の根拠が自然なのか、神なのか、形而上学なのかの違いはあろうが、ミルトンのサタン以来、ダンディズムを経て、モッズに至るまで、そうした「カッコよさ」の歴史は、脈々と受け継がれている。

ところで、ナチスがあれほどまでに民衆の支持を得たのは、反共姿勢や経済危機から救ってくれるという期待もさることながら、一つには、腐敗したブルジョワ社会と、保守的なキリスト教道徳への徹底的な批判の故だった。

『愛と欲望のナチズム』の中で、田野大輔は、一般に「性に対して抑圧的であった」と考えられがちなナチズムが、実際は、「旧来の禁欲的な性道徳を否定し、現世肯定的・自然主義的な世界観を提示することで」、いかにして「性愛の喜びを享受するよう人々を鼓舞していた」かを詳細に指摘している。雑誌のヌードもタブーではなく、「婚前・婚外交渉が一般化」しており、大衆慰撫政策の一環である「歓喜力行団」の旅行では、参加者は放埓に情事を楽しんでいる。ナチスの態度は、その許容範囲の判断で揺れ続けてはいるが、決して厳しく取り締まることはしなかった。

なぜか？

勿論、ナチスは徹底して男性優位主義の政権であり、こうした性愛の自由は、女性解放運動とは何の関係もなかった。というよりむしろ、「暴力的なまでに反フェミニズム的」である「ナショナル・フェミニズム」なるものまであった。この頭が混乱するような運動の目的は、女性を「ユダヤ的発明」である「女性解放運動」から「解放」する、というものである。(1)

ナチスは、女性が神聖であること、男性の生活の同志であり、伴侶であることなどを、美辞麗句で飾り立てて主張したが、ヒトラーが徹底した男尊女卑の思想を持っていたことは明白で、女性は「受動的な当事者」に過ぎず、「私は彼ら（部下たち）に極度のことを要求する以上、彼らが教会通いの年増女の気に入るようにではなく、好きなように暴れ回る自由も認めてやらねばならない。」といった類いの言葉は、公私含めて枚挙に暇がない。

そこに認められるのは、デルヴォー的な「男らしさ」の谺《こだま》であり、その欲望の対象として、「女は女らしく」化粧も着飾ることも推奨されていたが、ただし、「ユダヤ的な」モードは、駆逐されてしまったのだった。

常に問われる倫理性

結局のところ、その体制下で男はナチス的な「性愛の解放」を謳歌し、すべての女性が必ずしも常に被害者というわけではなかったというのが、昨今の研究である。しかし、どういう理屈でそれを肯定したのか？　ナチスは、性愛の喜びに対する保守派の批判を、唾棄すべき市民社会の「偽善的な上品ぶり」であり、キリスト教の「中世的で陰気な」教義に他ならないと非難したのである。

この主張を堂々と聞かされれば、一九六〇年代のカウンターカルチャーの若者たちでさえ、「カッコいい」と感じ、拍手喝采したかもしれない。が、問われるべきは、それが何を隠蔽し、大局的に見て何を実現しようとする動きの中での言葉なのか、その内実はどのようなものだったのか、その結果がどうだったのかを仔細に見ることである。

私は、世紀末デカダンスの体現者にしては些か意外な、ワイルドの弱者に対する優しさを強調したが、「カッコいい」は、**悪用の懸念**が常につきまとう以上、やはり常に**倫理性を問われざるを得ない**のである。それを欠いては、私たちはこの価値観を本当には享受できない。

トニー・ケイ監督の映画『アメリカン・ヒストリーX』（一九九八年）では、エドワード・ノートン演じる比類なく「カッコいい」白人至上主義者の兄に惹かれ、結局破滅する弟をエドワード・ファーロングが演じているが、私たちは今日、排外主義者や差別主義者、あるいはフェイクニュースの発信者たちが、「カッコいい」という理由で支持されるという現実に直面している。

基本的に、人が誰を「カッコいい」と思うかは多様であり、だからこそ、**「カッコいい」という価値観は、自由な世界で、生の意味喪失に陥りがちな私たちを個々に導き得る**

ものだった。

他人が誰を「カッコいい」と思うかを否定するのは難しい。しかし、「カッコいい」の悪用に対しては、私たちはそれを「カッコよくない」、あるいは「カッコ悪い」とキッパリと言わねばならない局面があるだろう。それは、批評的な「ダサい化」である。

ここに至って、私たちは再び、「カッコいい」の表面性と内実との乖離という問題に立ち返ることとなる。

「カッコいい」の善用、悪用というのは、便宜的に用いたあまり良い言葉でもないが、それが理想や規範と不可分であり、「経験する自己」と「物語る自己」との間に外部から操作的に介入する余地がある以上、私たちはそれを常に意識し続けねばならない。

コラム④　ユンガー問題

作家のエルンスト・ユンガーは、ハイデガーにも大きな影響を与えた、保守革命派の先鋭的な思想家でもあった。その極めて特異な思想の源泉は、第一次大戦時の凄惨を極めた西部戦線での体験にある。

志願兵として最前線の戦闘に身を投じた若き日の彼は、一年後には少尉となり、突撃隊長ともなっている。以後、四年間、塹壕で戦い抜き、重傷で入院すること七回、大小十四ヵ所もの傷を負いながら、友軍の救出に於いて比類ない勇敢さを発揮し、まさしく〝英雄的〟として、第一級鉄十字勲章、更にはプロイセン最高の栄誉であるプール・ル・メリット勲章を授与されている。

戦間期には、ヨーロッパが初めて経験したこの凄絶な物量戦の現実を、鮮烈に、時に陶酔的に描出した日記文学の傑作『鋼鉄の嵐の中で』で世に出て、『総動員』を始めとする政治的著作で社会に衝撃を与えた。

ファシズムの理論家と目されたが、ナチスには一貫して批判的で、第二次大戦末期には、有名なヒットラー暗殺計画にも間接的に関与し、辛くも処刑を免れている。

因みにユンガーは、この不死身とも言うべき生命力の強さで、戦後も旺盛な執筆活動を続け、一九九八年に百二歳で死んだ。

『鋼鉄の嵐の中で』は、当時のドイツの青少年に衝撃を与えたが、その一人が『ブリキの太鼓』の作者ギュンター・グラスだった。

グラスは、『大江健三郎往復書簡　暴力に逆らって書く』の中で、次のように書いている。

「死の陶酔を謳歌するに相応わしい高い水準の本で、戦争を、男であることを実証する運命の時として理想化し、第一次大戦の物量戦をぞっとするほど美しい死の儀式の助けを借りて飾り立て、ひとつの祭祀の場にしていました。**私は憑かれたように読み耽り、行間では、自分には無条件で犠牲になる用意があると信じていました。**」

この一節は、古代ギリシアの「アンドレイア」にあった「勇敢さのように、戦場において発揮されるもの」の究極的な到達点のように見える。グラスにとって、ユンガーは端的に言って、「カッコよかった」のだった。

しかし、グラスはその後、一九三三年以来、焚書に処され、禁止されていたレマルクの『西部戦線異状なし』を読み、反感を覚えつつそのリアリズムに打たれて、「塹壕戦における『最前線の豚』ドイツ兵とフランス兵の、日常茶飯事となった惨めな野垂れ死が、解毒剤のように私の体内に注射され、その効果が今日まで残っています」と語っている。

グラスはその後、『玉ねぎの皮をむきながら』という自伝の中で、十七歳の時にナチスのSS(武装親衛隊)に所属していたことを告白し、世界中に動揺が広がった。

第１０章　「カッコいい」のこれから

1　「カッコいい」とは何か

長らく、「カッコいい」とは何かを、時代と場所を移動しながら考えてきたが、そろそろ、議論の整理に入ろう。

「恰好が良い」とは何か

まず、「カッコいい」の語源は「恰好」であり、これは『白氏文集《はくしもんじゆう》』とともに九世紀半ばには日本に輸入されていたが、使用され始めたのは、室町時代から江戸時代にかけて、五山の禅僧たちが漢籍の再読を行った時期である。その意味は、「あるものとあるものとがうまく調和する・対応する」という理想的な状態を指すものだった。

その後、「恰好が良い」、「恰好が悪い」という同義反復的な表現で、調和の程度が意識されるようになる。まず一般にその理想像が理解されている前提で、それとズレているかどうかだけでなく、標準的なモデルを中心に、その上下が序列化された。「恰好が悪い」というのは、理想に満たないというより、標準以下という意味である。

「恰好」は今日の中国語では使用されておらず、これは日本で独特に発展した概念である。

「恰好が良い／悪い」の判断が出来るのは、専門家や良い趣味を備えた通人である。マスメディアが十分に発達するまで、この限られた人たちの評価が全国的に共有されるということはなかった。従って、各分野の「恰好が良い」の影響力も限定的だった。

「恰好が良い」ものは、見る者を快くする。一方、「恰好が悪い」ものは気持ちが悪く、殊にそれが自分に関することであるならば、羞恥心を覚える。その場合、理想的なほどに秀でることまでは望まれず、せめて標準的であることが出来れば、羞恥心は解消される。

「恰好」とは別に、宋学を通じて発展し、日本に輸入された「義理」という概念も、個人のあるべき姿、という意味では、恐らく「カッコいい」という言葉の源流の一つとなっている。重要なのは、これが社会の「人倫の空白」を埋める機能を果たしたことであり、一方では武士道に於ける主従関係の規範を形成し、他方では庶民の日常生活の規範へと転じた。

一つの自己発見

「カッコいい」という言葉が爆発的に流行したのは、一九六〇年代以降である。戦後、数多くの流行語が生まれては消えていったが、「カッコいい」は、今日に至るまで一度として廃れることなく、日常の会話に定着している。

この言葉を戦前から逸早く使用し始めたのは、音楽関係者だという説が有力である。「カッコいい」は、「恰好が良い」が形容詞化したものであり、その〝理想像との合致〟という意味は残存した。

他方で、ある対象が、「しびれる」ような生理的興奮をもたらし、強い所有願望、同化・模倣願望を掻き立てる時に、私たちはそれを「カッコいい」と表するようになった。「恰好が良い」が、あるジャンル内の評価であるのに対して、「カッコいい」は、ジャンルを前提とせずに下せる評価である点に特徴がある。その根拠は、長年、専門家の間で培われた趣味や理論ではなく、素朴な〝体感〟であり、だからこそ、評者の資格は、身体を備えたすべての人間に開かれることになる。

社会はつまり、個人の生理的機能をそのシステムに組み込んで、近代以降、次々に生み出されるようになった多様な新しいものの価値判断を、「しびれ」の有無を通じて、分散処理的に行うようになったのである。

多くの人間に鳥肌を立たせる存在は、「カッコいい」のであり、それは、資本主義と民主主義とが組み合わされた世界では、絶大な力を発揮するのであった。

個人の側からすると、自分の人生の時間を費やす対象を、上から画一的に押しつけられるのではなく、「しびれ」を通じて、主体的に選択できるようになった。

「カッコいい」は、この決して疑いようのない体感によって、個人のアイデンティティに深く根差すことになる。なぜなら、すべての人間が、その時「しびれて」いるわけではなく、自分はこういうものに鳥肌が立つ人間なのだということは、一つの自己発見だからである。そして、多くの人がとある対象に「しびれて」いる時でも、その強度の競争によって、自分が特権的なファンであることを信じたくなるのである。

遠さと近さの同居

「経験する自己」のこの「しびれ」は、「物語る自己」によって言語化される。

実際には、この「しびれる」ような生理的興奮は、美しさや崇高さ、勇敢さ、凛々しさ、見事さ、華麗さ、聡明さ、……と、様々なことに触れて引き起こされるが、「カッコいい」という言葉は、その多くを引き受けているし、そうした経験を与えてくれる存在は「カッコいい」と認識される。

この時、外部環境が大きな意味を有しているので、他者がそこに介入することがあり得る。意識的、無意識的を問わず、「カッコいい」存在自体も、この生理的興奮を複合的な要因で引き起こし、言語化を誘導しているのである。

「しびれ」が快感として自覚されると、それを反復的に経験したくなる。なぜならそれは、喜びであり、自分の生に実感を与えてくれるからである。自傷行為的な痛みが、自己に対する否定的な「生きている」刺激であるとするならば、この「しびれ」は、肯定的な刺激である。

私たちは、鳥肌を立たせてくれる対象に魅了され、夢中になり、「カッコいい」という言葉を得て、憧れを抱き、同化・模倣願望を抱くようになる。自らその世界観を再現しようとし、必死の努力を重ねる。あるいは、その人のいる場所に足を運び、その人を想起させるものを買い集める。「カッコいい」対象の一挙手一投足に注目し、その言動に注目する。一時的に消費するだけのこともあれば、その分人を生きることが、生き甲斐になることさえある。

これに対して、「カッコいい」存在に、何かしら自分と共通する点を見出し、共感を抱いた人は、その対象を理想化する。事後的に、「これが自分の求めていたものだ！」と気がつき、以後の価値判断の尺度とするようになる。重要なのは、遠さと近さの同居であり、自分とは凡そ懸け離れているはずなのに、どこか自分自身のように感じられることである。ここに至って、六〇年代以降の「カッコいい」は、その原義である「恰好が良い」に接続され、非日常体験は日常化されるわけだが、ただし、その理想像は、「恰好が良い」のように他者に予め共有されているわけではないので、趣味を同じくする〝仲間〟が求められることになる。これが、著名人や人気商品のファン・コミュニティであり、それを実現するのはメディアである。

今日のマーケティングでも、ファン・コミュニティの重要さは喧しく強調されているが、なぜならば、その場所がないと、個々の「しびれる」ような体験は、孤立したまま放置されてしまうからである。そして、このコミュニティは、内的には強い結束を実現するが、しばしば排他的であり、他のコミュニティとの相互の理解には困難が伴う。

とは言え、実際に多くの人間にとって重要なのは、「カッコいい」ことよりも、「カッコ悪くない」ことであり、「ダサい」と目されることの羞恥心や屈辱感も、否定的な意味で極めて体感的である。

「カッコいい」が六〇年代以降、日本で一気に広まったのは、戦後社会に「自由に生きなさい」と放り込まれた人々が、その実存の手応えとともに、一人一人の個性に応じた人生の理想像を求めたからである。社会的には、これにより、大きな「人倫の空白」が、複雑で多様なパズルのピースの組み合わせのように埋められることとなった。

「カッコいい」人やものを求めるのは、言わば〝自分探し〟である。だからこそ、私たちは、自分が「カッコいい」と信じている人を誰かから「カッコ悪い」と笑われると、まるで、自分自身を侮辱されたかのように腹が立つ。

メディアはその発見の手助けをするし、一度「カッコいい」と感じた感情を、継続的な情報で強化し続ける。結果、個人主義時代の多様な価値観は、ガイドとしてのマスメディアの影響で、流行としてしばしば統一、または画一化される。それは、キャリア女性のファッションといった、「恰好が良い」という意味に近いお手本の役割から、韓流スターの鳥肌が立つような「カッコよさ」を紹介する役割まで、様々である。

「カッコいい」対象は、古く硬直した体制を揺さぶり、新しい価値観を提示する。彼らは、「起源」になり得る、という文字通りの意味で、オリジナリティ originality があり、それがあまりに一般化し、マイルドな模範となった時には、「カッコいい」は「カッコ悪い」へと転落し、次なる「カッコいい」存在が必要とされる。

「カッコいい」には、表面と実質との乖離と一致という問題が常につきまとう。根底にあるのは、西洋思想史の伝統的な「見かけ」と「本質」という二元論である。

アフリカ、欧米、日本

メディアの観点から言えば、ラジオとテレビ、レコード、書籍の普及が大きかった。これによって、「恰好が良い」の限られた趣味の世界から、「想像の共同体」全般に、その

「カッコいい」が共有され、更に国内に止まらず、国境を越えて流通し、グローバル化された。基本的に、戦中から日本人が「カッコいい」と憧れていたのは、ジャズやロックに象徴される欧米の文化であり、更にそのルーツはアフリカにまで伸びている。日本語の「カッコいい」という言葉には、「ヒップ」や「クール」という英語の意味内容が多分に反映されている。

日本の六〇年代は、大西洋を横断しつつ、この時期に醸成された欧米の「カッコいい」ブームに巻き込まれていったのだと言って構わないだろうし、だからこそ、その後、日本からも「カッコいい」文化を投げ返すことが出来たのである。

では、その欧米中心の「カッコいい」ブームとは何だったのか？

創造性という点では、私たちはビバップ以降に一つの頂点を迎える、アメリカの「ヒップ」という価値観の伝統を重視した。これは、今日では「クール」とも言われる「カッコいい」の源流であって、そのダイナミズムはアメリカ建国の物語とも深く関わっている。アメリカのヒップ・カルチャーは、レコードや映画、進駐軍のキャンプやラジオを通じて、日本にも輸入されたが、より大きな波は、イギリス経由で、ロックを通じてもたらされた。

イギリスでは戦後、主に労働者階級の若者たちが、父親世代とも上流階級とも違う自分たちの新しい文化を求めて、モッズやロッカーズといったファッション・ブームを巻き起こし、アメリカのブルースやロックを貪婪《どんらん》に吸収して、独自に発展させていった。そこから登場したビートルズやローリング・ストーンズ、レッド・ツェッペリンといったロックバンドは、今度はアメリカで絶大な成功を収め、六〇年代以降、日本もその有力な市場と化していく。

政治的にも、アメリカのヴェトナム戦争やパリの五月革命、また日本の安保闘争や学園闘争など、愛と平和、自由、既存の体制への反抗が顕著な時代であり、ロックは取り分け、その「様式戦争」の象徴的な存在となった。

〝体感主義〟の始まり

一八世紀までのヨーロッパでは、「美の多様性」は許容されていたが、その趣味判断は、非常にエリート主義的だった。

状況が変わったのは、ドラクロワ＝ボードレール的な〝体感主義〟の導入である。

彼らは、作品の前で、まず「素朴に」感じることに徹し、自分の身体が、それに「戦慄する」かどうかに注意を払った。美は多様である。なぜなら、決して画壇の中心が主張するように、ラファエロだけが素晴らしいのではなく、ルーベンスの前に立っても、レンブラントの前に立っても、「しびれる」からである。

この美の評価の〝体感主義〟は、美術史を多様化し、同時に、その判断を下す権利を一気に民主化した。深い美術の知識を有していなくても、誰でもこれは美しい、これは美しくない、と主張することが可能となったからである。なぜか？　身体に備わった生理的興奮という機能は、普遍的だからである。

モダニズムを真に準備したのは、この〝体感主義〟だった。これによって、ピカソやデュシャンのような、言葉では説明のつかない、どれほど新奇な表現が登場しようとも、社会は鳥肌が立つかどうかという実感を根拠に、その評価を下すことが出来るようになったからである。

それを受け止めるのは、エリート批評家の洗練された趣味だけでは、決して十分ではなかったし、そういう者たちは、新しい芸術に対しては、しばしば保守的に批判をした。ただし、社会の感じ取った「しびれ」が何だったのかを巧みに言語化し得た批評家たちの言葉は、その後、個々人の「経験する自己」の言語化に於いて、大きな示唆を与えることになった。

二〇世紀後半にイギリスの若者がアメリカのロックやブルースを、日本の若者がジャズやロックを受容できたのも、この〝体感主義〟に他ならなかった。そして、正式な音楽教育を受けていないような才能ある若者たちが、大量に音楽の創造に参加し、楽理とは異なる根拠によって、「カッコいい」作品を生み出していったのである。

創作物ではなく、生き様の「カッコよさ」に関しては、一九世紀のダンディズムが一定の影響を日本にもたらした。しかし、その保守的な受け止め方は、三世代にわたって展開されたイギリス・フランスでのムーヴメントとはかなり異質なものとなった。ダンディたちの基本的な姿勢は、資本主義と民主主義がもたらした社会の混乱、俗悪さに対する抵抗だった。

自由、個性的、優しさ

戦後の欧米、更には日本の若者たちが、自らが生きる指針として「カッコいい」存在を求めたのは、ヨーロッパが、近代以降、脱宗教化の過程で個人の模範を模索していたことの一種の反復である。

では、具体的にどういう人間像が、理想的とされていたのか？

長らく男性中心社会だったヨーロッパでは、古代ギリシアの「アンドレイア」以来、「男らしさ」の変遷に、それを見て取ることが出来る。戦いに於ける勇敢さ、正義のための反抗、弁論の巧みさ、セックス・アピール、家族を守ること。――これらは時代と場所によって変化しつつ、今日に至るまで、私たちが「カッコいい」と感じる人間像にかなりの程度、影響を及ぼしている。

更にフランス革命末期に創設された徴兵制が、自己抑制的な美徳を、国民一般に広げる要因となったという説も確認した。アメリカのクール然り、自分をコントロールできるというのは、「カッコいい」要素としては、普遍的な広がりを持っている。

しかし、実際には兵役が悪しき「男らしさ」をその世代全体に広めてしまった、という側面も否めない。

当然のことながら、こうした「カッコよさ」は、二〇世紀の両大戦のプロパガンダに最大限、活用されることとなった。それと、一九六〇年代以降の「カッコいい」との断絶と連続性とに自覚的であるべきことは、幾ら強調してもし足りない。

今日、「カッコいい」の担い手は、当然のことながら性別を問わない。取り分け九〇年代以降、女性誌は、女性にとっての理想像を試行錯誤しながら提案してきたし、女性を主人公にした国内外のドラマや映画には、「カッコいい」特徴が随所に見受けられる。

「アンドレイア」の五項目には、〝戦い〟のイメージを基調とした勇壮さの印象が強く、後のフランスの宮廷で見られた優雅さには欠くところがある。「カッコいい」は、時代と共に変遷があり、新たに付け加わったものもあれば、廃れたものもある。

何よりも、六〇年代以降の「カッコいい」にとって、決定的に重要だったのは、「自由」である。そして、「個性的」であるということだった。そのため、新しい価値観を提示し、オリジナルであることが強く求められた。

また、「優しさ」も、現代の「カッコいい」人間像に於いては不可欠だろう。

今日、何が「カッコいい」かの判定に大きな存在感を示しているのはSNSである。その最高のバズワードは、「カッコいい!」と「スゴい!」だが、日常生活の一コマとして多くの人の心を捉えているのは、バスの運転手が、橋から飛び降りようとしている人を見つけて説得し、降りていって抱擁する場面だとか、理不尽なことで店員を罵倒している迷惑な客にピシャリと言ってやる場面などで、これはアメリカのリアリティ・ショーなどでも、見所の一つとなっている。

分人主義的な対処

これと関連して、慈善活動や環境運動への取り組みを「カッコいい」とするメンタリティも、「アンドレイア」にはなかったものである。

所謂「ノブレス・オブリージュ」は、社会的分配の機能不全が意識化された一九世紀以降の比較的新しい伝統であり、また慈善活動の主体となったサロンの女主人たちが依拠したのは、キリスト教の伝統だった。

海外では、ジョージ・クルーニーやマット・デイモンのようなハリウッド・スター、更にはミッシェル・オバマのような「セレブ」が、そうした新しい時代の「カッコいい」を体現しているし、日本では俳優の杉良太郎の長年にわたる慈善活動が、東日本大震災の時に改めて賞賛を浴びた。杉が「カッコいい」のは、殊に、彼がそれを決してひけらかすことなく、長年、黙々と継続し、「売名行為と言いたいなら言えばいい。」と、否定的な声に対して、頑として己が正しいと信じていることを貫いている点である。

また、マザー・テレサやアフガニスタンの不毛の荒野に用水路を建設して緑地化したペシャワール会の中村哲などは、かつての感覚では「カッコいい」という言葉で表現するのは不適当だっただろうが、今日では、そう評して違和感を覚えない、という人も少なくあるまい。

彼らには、勿論、立派だとか、素晴らしいといった称賛の言葉も似つかわしいが、自らの感動と憧れ、尊敬を含んだ「カッコいい」という言葉には、より能動的な意味が込められ得よう。彼らは、人間のあるべき姿として、個人が理想像と見做し得る人物であり、その活動の映像に「鳥肌が立った」人も少なくないだろう。

また、ミルトンのサタン的な暗い情熱とは対極的に、爽やかで、快活で、礼儀正しく、気さくであることにこそ、「カッコよさ」を感じる向きもある。メジャーリーガーの大谷翔平などは、その代表例だろう。

そこまでの天才でない、身の回りにいる「カッコいい」人のカジュアル路線では、「カッコつける」こと自体が「カッコ悪く」、自然体であることが求められる。ほんの少し「ダサい」くらいの方が、キメキメよりも「カッコいい」という感覚は、微妙だが一般によく理解されているだろう。これは、言い換えるならば、「カッコいい」に常について回る表面と実質とのギャップがない、ということである。勿論、それは表面よりも実質が劣っていない、という意味であって、クレージーキャッツ的な、あるいはスーパーマン的な、普段は三枚目だが、いざとなると圧倒的な力を発揮する、というギャップを「カッコいい」とする感覚は今も健在である。

その他、冒頭の辰吉丈一郎を巡るバーのカウンターでの大ゲンカ然り、「カッコいい」は非常に多様性があり、細かな議論をし始めればキリがない。

しかし、ともかく、こうは言うことが出来るだろう。

「カッコいい」について考えることは、自らの「生き方」を考えることである。それは、身体感覚に根差した共感によって人を導き、他者と結びつける。しかしだからこそ、他者との分断の引き金ともなり得、また「生き方」をコントロールされる危険も孕んでいる。

私自身の提案としては、やはり、分人主義的な対処が望ましいのではないか思う。モッズにせよ、ヒップにせよ、六〇年代以降は、現実的には、仕事とアフターファイブという二元論で生きられており、それは「カッコいい」も同様だった。今日では、更に関係空間、対人関係は多様化している。

自身の分人の構成比率の中で、「カッコいい」存在と深い関係を有している分人を、どのように維持するか？　しかし、それが他の分人によって相対化されているということもまた、自分の人生を開放する上で重要だろう。たった一つの「カッコいい」存在に忠実である必要はなく、むしろ、「カッコいい」を巡る自分の自由な変化にこそ、忠実であるべきである。新しい「カッコよさ」の発見は、新しい自分自身の発見であり、また、それに魅了されている他者との新しい出会いでもあるからである。

2 「カッコいい」と日本

その源流を辿って

六〇年代以降、日本に定着した「カッコいい」という言葉を分析するに当たって、私は多く欧米の歴史を参照したが、当然のことながら、古代ギリシアの「アンドレイア」と同様に、日本の歴史の中に「カッコいい」の源流を辿る、という作業も必要となろう。既に指摘した通り、「益荒男ぶり」や「義理」などが注目されるし、茶の湯や書画といった具体的な文化を見る必要もあるだろう。また、中国や朝鮮半島からの文化の受容も、「カッコいい」という視点から眺め直すことで、発見があるのではあるまいか。

しかし、日本の「恰好が良い」は、決して自力では「カッコいい」となり得なかったし、この言葉を使用し始めた日本のミュージシャンたちが憧れていたのは、ジャズであり、またこの言葉が一般に普及し出した時、聴かれていた音楽はロックだった。また「カッコいい」服装とは、明治以来、欧米の洋服であり、女性誌が目指した「女らしいカッコよさ」も、基本的にはモードの影響下にある。

私たちが行い得ることは、「義理」のように、「カッコいい」という言葉の形成に影響しているであろう概念を歴史の中に探ることの一方で、「カッコいい」という言葉がなかった時代に、敢えてこの価値観を投影し、「カッコいい」を新たに発見、もしくは創出することであろう。「変わり兜」を見て、「カッコいい」と評価することなどはその一例である。

『平家物語』の「カッコいい」場面

今日でも、歴史に題材を撮った映画やドラマのアダプテーションは、いかに「カッコいい」場面を拾ってくるかを重視している。

例えば、『平家物語』巻第十一の有名な屋島の戦いの那須与一《なすのよいち》の場面を見てみよう。夕刻になり、今日の戦いもひとまず終わりだろうと、義経軍が引き上げかけた時、思いがけず、平家の船から、この扇の的を矢で射てみよという挑発を受ける。受けて立つべく推挙されたのは、当時二十歳くらいだった與一である。義経からの命に、自信がないと一旦は辞したものの、結局、引き受けざるを得なくなった、というのが、その経緯である。

原文と拙訳を見てもらいたい。

矢頃少し遠かりければ、海の中一段ばかりうち入れたりけれども、なほ扇の間は、七段ばかりもあるらんとこそ見えたりけれ。頃は二月十八日酉の刻ばかりの事なるに、折ふし、北風烈しう吹きければ、磯打つ波も高かりけり。船は揺り上げ揺り居ゑ漂へば、扇も串に定まらずひらめいたり。沖には、平家船を一面に並べて見物す。陸には、源氏轡を並べてこれを見る。いづれもいづれも、晴れならずと云ふ事なし。與一、目を塞いで、「南無八幡大菩薩、別しては我が国の神明、日光の権現・宇都の宮・那須の湯泉大明神、願はくは、あの扇の真中射させて給ばせ給へ。これを射損ずるものならば、弓切り折り自害して、人に二度面を向ふべからず。今一度、本国へ帰さんと思し召さば、この矢はづさせ給ふな」と、心の内に祈念して目を見開いたれば、風も少し吹き弱って、扇も射よげにこそなりたりけれ。與一鏑を取ってつがひ、よつ引いてひやうと放つ。小兵といふ条、十二束三伏、弓は強し、鏑は浦響くほどに長鳴して、あやまたず扇の要際一寸ばかりおいて、ひいふつとぞ射切つたる。鏑は海に入りければ、扇は空へぞ揚りける。春風に一揉二揉もまれて、海へさつとぞ散つたりける。皆紅の扇の、夕日のかがやくに、白波の上に漂ひ、浮きぬ沈みぬ揺られけるを、沖には、平家舷を叩いて感じたり、陸には、源氏箙を叩いてどよめきけり。(1)

(現代語拙訳)

矢の射程距離からは少し遠かったので、海の中に馬ごと一段（約十一メートル）ほど入ったが、それでも扇との距離は、七段くらいはありそうに見えた。

二月一八日の午後六時頃のことで、折しも、北風が激しく吹いて、磯を打つ波も高かった。

船は上下に揺れながら漂っていたので、扇も竿先で閃いている。沖では、平家の兵たちが、海原一面に船を並べて見物している。陸では、源氏の兵たちが、馬の轡《くつわ》を並べて見ている。いずれにせよ、ただ事でないことは確かだった。

與一は目を閉じた。

「南無八幡大菩薩、我が下野国の神よ、日光権現、宇都宮、那須の湯泉大明神よ、どうかあの扇の真ん中を射させ給え。これを外せば、私は弓を折って自害します。二度と人と顔を合わせることは出来ない。もう一度、私を本国に帰してやろうと思って下さるなら、どうかこの矢を外させ給うな。」

胸の裡でそう願って目を開けると、風が少し弱くなって、扇も先ほどより射やすそうになった。

與一は鏑《かぶら》を取って弓につがえ、十分に引き絞って、ヒュッと放った。小兵とは言うものの、十二束三伏もの矢を放つ弓は強い。鏑は浦に響くほどに長く尾を引いて鳴り、正確無比に扇の要《かなめ》の際から一寸ほどを置いた下を、パアンと射切った。鏑は海に落ち、扇は宙に舞った。そして、春風に右に左にと揉まれると、そのまますっと海へと散った。落日の輝く白浪の上に、深紅の扇が漂い、浮きつ沈みつしながら揺られていた。沖の平家軍は、船端を叩いて感嘆した。陸からは、箙《えびら》を叩いて騒然とする源氏軍のどよめきが聞こえた。

『平家物語』は、ご存じの通り、琵琶法師が琵琶を弾きながら語る軍記物だが、この場面は、厳しい条件下の與一の勇敢さと神懸かり的な集中力、奇跡的な成功、更にスローモーションのような射貫かれた扇の華麗な描写、夕陽と白浪、扇の深紅との対比、一瞬の静寂とその後の爆発的な歓声と、今日、私たちがよく知っている「カッコいい」場面そのもののように書かれている。サッカーのワールドカップ決勝戦のPKシーンの描写としても、まったく違和感がないだろう。

実際に、当時、この件を聴きながら、「鳥肌が立った」人たちも少なからずいたのではあるまいか。

誰がどう読んでも、「カッコいい」としか言いようがない場面だが、「カッコいい」という言葉がこれまで軽んじられてきた結果、私たちは、国語の授業や古典文学鑑賞で、これを素直に「カッコいい」などと表現することは出来なかったし、すれば馬鹿にされるか、窘《たしな》められていただろう。

勿論、この件が当時、「カッコいい」場面として書かれたわけではない。飽くまで今日の私たちが、一九六〇年代以降に知った感覚を通じて、「カッコいい」と認識しているに過ぎない。しかしだからこそ、この件は、今日の映画やドラマで、「カッコいい」場面として十分に見せ場になるのである。

中国の古典『三国志』を漫画で読んで「カッコいい」と感じるのも同様であり、また、映画の『レッドクリフ』も、同様にその作中から探し当てられた「カッコいい」場面の映像化である。

そして、このように「カッコいい」を再発見することによって、古典として遠ざけられ、死んでしまった作品が、今日新たに息を吹き返す可能性は大いにある。

3 「カッコいい」の今日

マージナルな場所から

資本主義と民主主義が組み合わされた今日の世界に於いて、「カッコいい」は、依然として巨大な力を有している。

その政治的プロパガンダの威力は決して衰えず、期待もされている。二〇一九年に、自民党が「新時代の幕開け」と題して、安倍晋三首相らを、凡そ実物とは似ても似つかない、「カッコいい」侍風の姿で描いた広告を展開したことなどは、そのわかりやすい例だろう。手がけたのは、画家／キャラクターデザイナーの天野喜孝だった。

また、ハリウッドや中国のエンターテインメント映画が、ワイヤーアクションやブルーバックのＣＧに象徴されるような「カッコよさ」をひたすら追求しているのは周知の通りである。

昨今では、経産省が音頭を取っている「クールジャパン」然り、日本文化の「カッコよさ」は、日本人自身によって過剰なまでに意識されている。

確かに戦後、日本は、黒澤明の映画『七人の侍』や川久保玲のコム・デ・ギャルソン、『ドラゴンボール』から『キャプテン翼』、『ワンピース』に至るまでの漫画やアニメ、ソニーのウォークマンや日産ＧＴ－Ｒ、日本料理、Ｋ－１やＰＲＩＤＥのような格闘技興行、空手や柔道、忍術などの格闘技、……と、数々の「カッコいい」文化を輸出してきた。

それが可能となったのは、明治以来、欧米の文化を追い続けてきて、戦後は取り分け、大西洋を跨いで形成されていった世界的な「カッコいい」ブームに巻き込まれながら、そのセンスを吸収したからである。日本はつまり、「カッコいい」という言葉を通じて、六〇年代以降のトレンドのグローバル・スタンダードをフォローし、分野によってはしばしばリードすることが出来たのだった。無論、日本発の「カッコいい」文化には、南部鉄器のような伝統的なものもあるが、カラーリングや、どういう店で販売するかなど、その見せ方には、「カッコよさ」の意識が今日、不可欠である。

ヒップの歴史について、ジョン・リーランドは、アメリカ建国以来の中心と周縁の物語をダイナミックに描出したが、更に視野を拡大するならば、それはイギリスを呑み込み、極東の敗戦国日本にまで及んで、グローバルな規模でその運動を展開した、と見ることもできよう。日本はその間、まさにマージナルな場所から世界規模の「カッコいい」運動に参加し続けてきたのである。

また、日本に来た外国人が、独自に伝統文化や建築、あるいは思いもかけない場所や店を「クール」と評価することもあった。それとて、日本人が独力ではなし得なかったことである。

〝体感〟がなくてはならない

しかし、タワー・オヴ・パワーの《What is Hip?》の歌詞にもあったように、今日、「カッコいい」とされているものは、明日にはもう「カッコ悪く」なっているかもしれない。

政府が日本のコンテンツ輸出を支援することは必要だろうが、新しい価値をクリエイトしていく人を地道に応援するのではなく、もう何年も前に「カッコいい」とされたものを後追いで持ち上げてみても、必ずしも支持はされまい。

「カッコいい」は、常に現状に対する個々人の反抗であり、そもそも政府が出張って、「クールジャパン」などと夜郎自大に謳って応援していること自体が、端から見ればどうしようもなく「カッコ悪い」。日本ではなく、中国やアメリカがそんなことをやっているところを想像してみれば、簡単にわかる話である。

六〇年代以降、日本人が「カッコいい」と「しびれて」きた海外の文化は、ロックにせよ、ヒップホップにせよ、いずれもメディアを通じた「カッコいい」の世界的ネットワークの中から自力で生まれてきたものだった。支援するのであれば、政府は飽くまで黒子に徹し、一切、存在感を消して行うべきだろう。

ネットの登場以来、コンテンツ産業は、インタラクションに注目し、一方的な鑑賞ではなく、〝体験〟をこそ重視してきた。

他方で、すべては文脈次第であり、物の消費よりも、〝物語〟の消費こそが重要だとも語られてきた。

しかし、「カッコいい」とは何かを歴史を辿りつつ見てきた私たちには、これが些かソフト・フォーカスの議論に見えるだろう。

つまり、〝体験〟だけでは不十分であり、その核には必ず〝体感〟がなければならない。散々、色々なことを〝体験〟させられながら、まったく「鳥肌が立つ」ような瞬間がなければ、単に退屈で疲れるだけだし、不満が残る。

また、幾ら〝物語〟がお膳立てされていても、〝体感〟が実質として備わっていなければ、つきあうだけ面倒である。

「しびれる」ような生理的興奮がある〝体験〟が、それを的確に「カッコいい」に結びつける〝物語〟に内包されている時、私たちは十分な満足を覚える。コンテンツの企画会議でも、その〝体験〟と〝物語〟のどこに〝体感〟があるのか、といったより焦点化した議論がなされるだろう。

〝体験〟と〝物語〟の重要性とは、「体感」を中心とした「経験する自己」と「物語る自己」との最適化に他ならないのである。

「カッコいい」人々は名言を残している

エンターテインメントは、今後ますます正確に、人間の生理的興奮をターゲットとしてあらゆる創意工夫を行い、それを遺漏なくコンテンツへの支持へと繋げる言葉の誘導を強化していくだろう。ファン・コミュニティの重視というのも、その一つである。

私は、必ずしもそれを手放しで理想化し、推奨するわけではないが、現実的にはそう予想せざるを得ない。例えば、VRがリアルな体験として人を虜にしようとするならば、これが徹底されなければ不可能である。そして、VR空間の方が圧倒的に「鳥肌が立つ」機会が多くなれば、現実の価値は、相対的に低下するかもしれない。

「カッコいい」人物についてリサーチしていて、私は一つ気がついたことがある。

私は何度となくマイルス・デイヴィスやボードレールなどの言葉を引用したが、「カッコいい」とされる人々の必須の条件は、「カッコいい」名言を残している、ということである。

どれほど優れたスポーツ選手であっても、言葉を持っていない人は決して「カッコいい」存在としてカリスマ化されない。なぜなら、その当人の言葉による補助線がなければば、パフォーマンスを見て「しびれた」体験も、うまく「カッコいい」と意味づけることが出来ないからである。また、共感が芽生えにくく、その人物なり商品を、理想的な憧れの対象として良いかどうか、判断できないからである。

勿論、メディアがその役割を代替することもあるが、本人の言葉に勝るものはない。ミュージシャンは、今日ではマスメディアだけでなく、SNSを通じても常に言葉を発し続けているし、自伝の類いも驚くほど刊行している。どんなに音楽が「カッコよく」ても、コメントが「カッコ悪い」人は、ガッカリされるだろう。もし、モハメド・アリがただ強いだけで、言葉を持っていなかったならば、決して今ほど「カッコいい」存在にはなっていなかったはずである。(2)

4 「カッコいい」は受難の時代か？

「カッコいい」と差別

しかし、「カッコいい」は、必ずしも順風満帆ではない。

むしろ今日、その転換点に差しかかっていると言うべきだろう。

まず、ネットの登場が多様化を促進し、単線的な流行を形成し難くなったために、「ダサイ化」戦略が、非常に難しくなっている。また、そもそも他人の趣味を「カッコ悪い」と貶めること自体、今日では、かつてよりも遥かに強い反発を招くようになった。

殊に、この「カッコ悪い」化に差別的な視点が盛り込まれている場合には、社会的に大きな非難を招く。「カッコいい」ものを「カッコいい」として何が悪い？といったナイーヴな開き直りは、世界的に決して通じなくなってきているのが実情である。

二〇一九年に日清食品のCMアニメが、テニスプレイヤーの大坂なおみ選手を白人のような肌の色に描いて、「ホワイト・ウォッシュではないか？」と炎上する事件があった。取り分け、欧米のメディアは敏感にこの問題を批判し、ハッとした日本人も少なからず見受けられた。

CMの制作者に、差別的な意図はなかったのだろう。「色白《いろじろ》は七難隠す」と言い、「美白」を謳う化粧品が溢れている日本の感覚で、ただ、白くした方が「カッコいい」とでも思ったに違いない。実際、イラストは、そうした、いかにも「カッコいい」テイストで描かれていた。

しかし、人種の多様性を前提とするならば、それは、肌の色に序列を作ることであり、白人の方がより「カッコよく」、有色人種はより「カッコ悪い」という意味になってしまう。取り分け、当人の肌の色が褐色であるのに、白くするというのは、差別云々以前に失礼極まりないが、これは、プロパガンダについて検証した通り、グラフィック・デザインが抱えている表面と実体との乖離という問題とも直結する。つまり、実体を何か隠すべきものとして扱う、という意味である。批判されて当然だろう。

差別は、生まれ持った、変更不可能な属性に向けてなされるものであり、そこに「カッコいい」という価値観を導入すれば、意図の有無に拘らず、「カッコ悪い」化されてしまう属性をも作り出すことになる。

人種のみならず、例えば性的指向に於いても、ゲイの人を、より「カッコよく」するという意図でストレートだと称して広告に起用したとなれば、大問題だろう。

「そんなつもりじゃない！」

とは言え、この考えはどこまで徹底されてゆくのだろうか？　そんなことを言い出したら、生まれながらにして恵まれているどんな特質も、賞賛してはいけないのか？という反発も起きている。

日本では、「足が長い」とか「鼻が高い」といった身体的特徴を以て「カッコいい」とする傾向が強いが、それも批判されるべきなのか？　近代以後の「恰好が良い」にせよ、戦後の「カッコいい」にせよ、常に欧米の文化を導入しつつ、それを追求してきた日本人は、自らの体型にコンプレックスを抱き、欧米人風の身体的特徴をステレオタイプ化して無条件に賞賛してきたが、まさにその欧米自身の反省の故に、今日私たちは、そのステレオタイプ化を批判され、更に白人の身体的特徴を特権的に「カッコいい」とする価値観も否定されている。

実際に、二〇一四年には、ANAのCMが日本のタレントを金髪のカツラと付け鼻で白人に扮装させ、人種差別的だとして炎上しており、また、ダウンタウンの浜田雅功が、米俳優エディー・マーフィに扮して顔を黒塗りにし、コントを演じた際には、アメリカのミンストレル・ショーの歴史にまで遡って批判がなされた。

日本では、こうした批判に対して、「そんなつもりじゃない！」と、こちらの意図に基づく反発がよく見られる。決して悪意ではないものを、悪意に解釈する方が悪い、というわけで、これは、日常生活から外交に至るまで、この国に根深く存在している問題である。

しかし、こちらの意図を説明することは必要だろうが、いきなり感情的になるのは「クール」ではなく、相互理解のためには相手がなぜ批判するのかも知らねばなるまい。黒人差別はアメリカの問題であって、日本は歴史的に関係ない、という強弁もあるが、私たちには人類的見地も必要であろう。現実に周囲を見渡せば、今や日本でも様々な国にルーツを持つ人が生活しており、ネットでも旅行でもあらゆる人と交わり得る時代なのだから、その理屈は到底、通用しないはずである。

新しい「真＝善＝美」

人間を見た目の「美醜」で判断するルッキズムに対して、「カッコいい／カッコ悪い」という判断は、本来は、より多面的で、複雑なはずだった。外観がどうであれ、生き様が素晴らしければ、私たちはその人のことを「カッコいい」と評しているはずである。それは、私たちの時代の新しい「真＝善＝美」を批判的に創造してゆくことに他ならない。「カッコいい」は、「美人」や「ハンサム」を褒め言葉として使用し辛くなったとしても、むしろ他者に対する肯定的な言葉として、今後も有効であり続けるだろう。

その上で、笑いのネタにする、というのは確かに賛成できないが、誰かを「カッコいい」と言っただけで、同時にその他の人を「カッコ悪い化／ダサい化」することになってしまう、というのは、幾ら何でもやりすぎじゃないか？という意見もあるだろう。そんなことを言い出せば、人を褒めることさえ出来ない社会になってしまう、と。

ケイス・バイ・ケイスだが、この批判には一理あり、実際、ハリウッドで今起きていることは、多様性の肯定によって、「カッコいい」ことが相対的に「カッコ悪い」ものを生んでしまう弊害を防ごうとすることである。

具体的には、「カッコいい」ヒーローが白人男性に偏重しているのに対して、黒人がヒーローの『ブラックパンサー』や女性がヒロインの『キャプテン・マーベル』といった映画が製作されていることである。

同じ監督がすべてを撮っているわけではないが、業界として、このようなバランスが実現されてゆけば、『スーパーマン』や『スパイダーマン』が製作されても、白人男性だけを「カッコいい」化し、つまりはその他の人々を「ダサい化」している、とは直ちに批判されないだろう。だからこそ、アカデミー賞などでも、昨今はジェンダー・バランスや人種のバランスに非常に敏感になっている。それが偏ってしまえば、結局のところ、自分たちの首を絞めることになるからである。

「カッコいい」には、人に憧れを抱かせ、そのようになりたいと同化・模倣願望を抱かせる力があるが、だからこそ、引き起こされる問題がある。意識的な政治的悪用は既に批判したが、もう一つは、〝修整〟の影響である。

フォトショップの登場以来、写真や動画の「レタッチ（修整）」が一般化し、「ホワイト・ウォッシュ」問題も、大いにこれと関連しているが、昨今、モードの世界で議論されているのは、モデルが痩せすぎだという問題である。

これは、モデル自身の健康上の懸念もあるが、パソコンで画像が修整された非現実的なほどスタイルの良いモデルの写真は、単に美的な鑑賞の対象となるだけでなく、「カッコいい」存在として社会に影響を及ぼすことになる。すると、それに直接憧れる若い女性も、またその極端な痩身が模範化されることで、自分の体型を「カッコ悪い」と感じ、痩せなければと思いつめてしまう女性も、挙ってダイエットをするようになる。

しかし、ロック・スターやスポーツ選手に憧れ、必死に努力するのとは違い、そもそも現実に存在しない、写真修整技術で作られた体型になるためには、病的なダイエット以外に方法がない。従って、修整済みの写真は、その事実を表示すべきだ、という動きが出ている。これは、「カッコいい」の影響力を自覚し、倫理的にどのようにコントロールしていくか、という取り組みの一つの実例だろう。

私たちは、結局のところ、「カッコいい」存在に「真＝善＝美」を期待している。さもなくば、それは、社会の「人倫の空白」を埋める機能を果たし得ないからである。

倫理的な配慮を欠きながら、「カッコいい」の動員と消費の力を利用しようとする態度は、今後、ますます難しくなってゆくはずである。

若者は勝てるか？

「カッコいい」とは何かは、時代とともに変化してゆく。

近代以降、長らく個人のアイデンティティは、労働と消費、それに余暇の活動が担ってきた。仕事にやりがいを感じているならば、職業がそのアイデンティティを支え、余暇をこそ重視してきた人は、何を買い、所有しているかを誇り、また、趣味やボランティア、友人とのつきあい、恋愛などが生き甲斐ということもあっただろう。

しかし、今後、景気の悪化や自然災害、ＡＩの発展などで、多くの失業者が出てくれば、自分のやりたい仕事をしていると自慢することも、誇示的な消費も、「カッコ悪い」と見做されることになるかもしれない。既に日本に関しては、平成の長いデフレ経済下の価値観が、「カッコいい」の判断にも大きな影響を及ぼしている。

「カッコいい」がビジネスの上でインパクトを持ってきたということは、裏を返せば、「カッコよく」なるためには金がかかる、ということであり、だからこそ、「カッコ悪くない」ファストファッションで十分、という考えにもなる。

実際、ネットを通じて様々なサーヴィスがタダで利用でき、シェアリングが普及し始めると、それらを活用して、いかにローコストで、いかに身軽に生きるか、ということの方が、遥かに「カッコいい」という価値観に傾くかもしれない。バリバリ働いて、ジャンジャン稼いでパーッと使う、などというのは、ダサいことなのだ、と。

職業に関しても、ユーチューバーのように従来通りのキャリアのイメージとは異なった新しい方法で収入を得ている人たちが、若い世代からは「カッコいい」と共感を集めている。また、VRの中で行うeスポーツの人口なども、急速に増加している。

また現在でも、SNSのアイコンを動物の写真やアニメのキャラクターにする人がいるように、VR空間内では自分とはまったく異なる「カッコいい」アバターを――それも複数――使用することが出来るし、こうなると、表面と内実との乖離は、当然の前提となるだろう。

政治意識の高さは、人間の活動の一つとして、古代ギリシアの「アンドレイア」以来、「カッコいい」こととされてきたが、それが「ダサい」とされてしまえば、政治への無関心は強くなる。SEALDsのような運動は、そういう時代の新しい「カッコよさ」を目指して、国民に政治参加を呼びかけるものだった。

日本の懸念としては、やはり、少子高齢化が挙げられるだろう。というのも、「カッコいい」の世代間闘争は、人口のグラフがピラミッド型であればこそ、新しい価値観の若者たちが勝利することが出来るからである。猶且つ、若者たちが裕福であることも重要だろう。そこにヴォリューム・ゾーンがあれば、どれほど年寄りが顔を顰《しか》めても、ビジネスは若者の「カッコいい」を中心に動いていくのである。

ところが、〝棺桶《かんおけ》型〟になってしまえば、社会は、いつまでも古臭い「カッコいい」に依存せざるを得ず、つまりは、既に「カッコ悪く」なってしまった文化が更新されることもなくメインストリームであり続ける、という事態が生じる。残念ながら、その兆候は既に見えているだろう。

テクノロジーと「カッコいい」

今日のテクノロジーは、「面倒臭さ」に焦点を当て、それを生活の中からいかに駆逐するかに躍起になっている。eコマースも、IoTも、自分で体を動かしてすればいいことを率先して代替していっているが、そうした風潮によって、「面倒臭い」ことは、まさに「ダサい化」しつつある。

プロダクト・デザインはディーター・ラムス以降、深澤直人やアップルのジョナサン・アイブなど、機能主義的なミニマルなデザインを発展させてきた。ファッションではリアルクローズからノームコアまでと「着やすさ」が重視される傾向になるが、それらはいずれも、この脱「面倒臭い」と相性が良かった。

今日、私たちがスポーツカーに乗っているのを見て、あまり「カッコいい」と感じないとすれば、何となく、面倒臭そうな感じがするからだろう。

しかし、好きな人にとっては、その面倒こそがいいのだとも言える。かつて私たちが音楽にあれほどまでに「しびれた」のは、レコードやCDを手に入れるための手間にじらさ**れ**たからでもあった。新譜の発売日にレコード店に駆けつけ、家に帰るなり、荷物を放り出してプレイヤーに飛びついたあの時の興奮は、ネットで音楽を聴くことが当たり前になった今では失われて久しい。結果、私たちは以前よりも音楽そのものに「しびれ」にくくなっているかもしれない。


将来的に、いつまで人が「カッコよさ」を求め続けるのかはわからない。しかし、「カッコいい」には、人間にポジティヴな活動を促す大きな力がある。人と人とを結びつけ、新しい価値を創造し、社会を更新する。

私たちは、「カッコいい」の、時に暴力的なまでの力を抑制しつつ、まだ当面はこの価値観と共に生きてゆくこととなるのではあるまいか。

注釈

はじめに

（1）野坂昭如「何を賭ければカッコいいか―それは詩である（風俗―生の廃墟（特集））」『朝日ジャーナル』朝日新聞社編、一九六八年。『「恰好」から「かっこいい」へ：適合性 suitability の感性化』（春木有亮　二〇一七年）より。
（2）『波瀾万丈　辰吉丈一郎自伝』（辰吉丈一郎）
『続波瀾万丈　辰吉丈一郎自伝』（辰吉丈一郎）
『孤高　辰吉丈一郎、闘いの日々』（佐藤純朗）

第1章

（1）『家庭画報』九月号一五〇座談会「嗚呼！　痴語時代」一九六八年。『〈60年代〉ことばのくずかご』（見坊豪紀より。
（2）『日本俗語大辞典』（米川明彦編）
（3）「東京新聞」一九六二年六月一四日朝刊「隠語メーカー」「六音六画」欄
（4）以下の日本のジャズ受容史は、『ビバップ読本〜証言で綴るジャズ史』（小川隆夫）に依拠した。
（5）『証言で綴る日本のジャズ』（小川隆夫）
（6）以下は、『日本ロック大系』（白夜書房）に収録された黒沢進の整理に拠った。
（7）「大衆音楽の『戦後』はいつはじまったのか？」（輪島裕介　二〇一五年六月三〇日 nippon.com）
（8）「アメコミヒーローに見る『ユダヤ系』の影響と、コミックが移民たちに与えた力について」（Wired 二〇〇七年八月二七日）
（9）『男らしさの歴史Ⅲ』（アラン・コルバン他監修　岑村傑他訳）

(10)『「恰好」から「かっこいい」へ：適合性 suitability の感性化』(春木有亮　二〇一七年)

第2章

(1) 演出家／映画監督の武智鉄二は、「カッコいい」は、元々「カッコい」であり、それは「賢い」の大阪弁訛りなのだという説を唱えている(『東京新聞』一九六四年五月七日)。興味深い説だが、しかしこれは、「カッコいい」の意味内容、流行の経緯からは、些か説得力を欠くように思われる。

(2)『新釈漢文大系』一〇六(岡村繁)「白氏文集　十」(二〇一四年)

(3) 美学の世界で、「カッコいい」という概念が従来、まったく論じられてこなかったことは、「はじめに」でも書いたが、春木有亮の論文『「恰好」から「かっこいい」へ：適合性 suitability の感性化』(二〇一七年)は、管見では、その最近の唯一の例外である(春木自身が、「本論は、『かっこいい』に対するおそらくはじめての学究的なアプローチ」だとしている)。本書の「カッコいい」の語誌の検討については、春木の議論に多くを負っている。

(4)『西洋美学史』(小田部胤久)

第3章

(1)『フランツ・リストはなぜ女たちを失神させたのか』(浦久俊彦)

(2)『Questions sur le beau』『Des variations du beau』(Revue des deux mondes 一八五四年七月一五日号、一八五七年六月一五日号)

(3)『美と政治』(小野紀明)

(4) 以下、『心理学辞典』(誠信書房)、『心理学ビジュアル百科』(越智啓太編)に拠る。

(5)『ボルヘス、文学を語る』(ホルヘ・ルイス・ボルヘス　鼓直訳)

(6)「告げ口心臓」(『ポオ小説全集Ⅲ』　田中西二郎訳)

(7)『ポオ　詩と詩論』(エドガー・アラン・ポウ　篠田一士訳)

(8)『ホモ・デウス』(ユヴァル・ノア・ハラリ　柴田裕之訳)

(9)『キース・リチャーズ自伝　ライフ』(キース・リチャーズ　棚橋志行訳)

第4章

(1)『日本俗語大辞典』

(2)以下の引用及び「義理」については、『一語の辞典　義理』(源了圓)に拠った。

第5章

(1)『西洋美学史』

(2)オーストラリアのヴィクトリア国立美術館は、レンブラントやピカソの油彩、イヴ・サン＝ローランやアレキサンダー・マックイーンのドレス、アール・デコやメンフィスの家具などを、完全に対等に展示しているが、美術鑑賞の体験としては違和感がない。

(3)『デザインの骨格』(山中俊治)

(4)この点に関して事実誤認があり、ドイツ現代史が専門の田野大輔氏の指摘を受けて、第六刷以降、訂正を行った。

(5)『戦争のグラフィズム』(多川精一)

(6)『〈報道写真〉と戦争』(白山眞理)

(7)『ガーディアン』紙(二〇一九年三月二二日)

(8)『はじめての編集』(菅付雅信)

(9)他方で、ジョン・ガリアーノやアレキサンダー・マックイーンといった、アーティスティックで才能豊かな若手デザイナーに活躍の場が与えられたのも事実である。

(10)DIAMOND Online(二〇一八年九月一四日)
『バーバリーの売れ残り廃棄中止が高級ブランド業界を揺るがす理由』(鈴木貴博)

(11)但し、テスラのアイディアは更に野心的で、自動運転車の所有は、言わば投資であり、乗らない時間帯にはシェアリングに提供され、年間三万ドルを稼いでくれる、というヴィジョンが発表されている。

第6章

（1）西洋美学史は、「一八世紀半ばに成立した『美学』および『芸術』という概念を、『美学』も『芸術』も存在しなかった過去に投影することによって成り立つ」（小田部胤久）というアナクロニズムを抱えているが、「カッコいい」という概念の起源を辿っていく作業も、同様の問題に突き当たらざるを得ない。
　以下の章では、最終的に二〇世紀後半になって、「カッコいい」という価値観に流れ込むこととなる様々な要素（「男らしさ」など）の歴史に注目し、また近接的な概念（「ダンディ」など）との比較を通じて、この言葉の定義に至る、ということとなるだろう。

（2）『Aesthetic of the Cool: Afro-Atlantic Art and Music』(Robert Farris Thompson)、『ヒップ――アメリカにおけるかっこよさの系譜学』（ジョン・リーランド　篠儀直子、松井領明訳）

（3）『Coolness: An Empirical Investigation』（二〇一二年）の冒頭には、「これは、クールネスに関する、特質面という視点からの最初の組織的で定量的な調査である。」とある。

（4）ボン・ジョヴィ、オジー・オズボーン、スコーピオンズ、モトリー・クルー、シンデレラ、ロシアのゴーリキー・パークなどが参加。

（5）AC／DC、メタリカ、モトリー・クルー、クイーンズライク、ブラック・クロウズが参加。

（6）スコーピオンズ、トーマス・ドルビー、シネイド・オコナー、シンディ・ローパー、ジョニ・ミッチェル、ブライアン・アダムス、ヴァン・モリソンなどが参加。

（7）『X-Knowledge HOME ～ PUBLIC SPACE』（平野啓一郎責任編集）より。

（8）『MODS : THE NEW RELIGION : THE STYLE AND MUSIC OF THE 1960s MODS』(Paul 'Smiler' Anderson)

（9）以下、『ビバップ読本～証言で綴るジャズ史』（小川隆夫）に拠る。

（10）『玩具のモラル』（ボードレール　福永武彦訳）

（11）『ジョン・レノン　音楽と思想を語る』（ジョン・レノン　ジェフ・バーガー編　中川泉訳）

（12）『ロバート・プラント　A LIFE』（ポール・リース　水島ぱぎい訳）

（13）『アイ・アム・オジー　オジー・オズボーン自伝』（オジー・オズボーン、クリス・エアーズ　迫田はつみ訳）

（14）『産経ニュース』

(15)『NME Japan』(二〇一八年一〇月一八日)

第7章

(1)但し、直訳すると、「ダーバン、それは現代のエレガンス」である。
(2)『平凡パンチの三島由紀夫』(椎根和)
(3)『ダンディズム〜貴族趣味と近代文明批判』、『イギリス貴族〜ダンディたちの美学と生活』(山田勝)
(4)『ダンディズムの系譜〜男が憧れた男たち』(中野香織)
(5)『イギリス貴族』
(6)『現代生活の画家』(ボードレール 阿部良雄訳)
(7)因みに、ボードレールは、実父を早くに亡くし、その遺産をダンディズムの伝統よろしく使い果たして破産しかけ、準禁治産者となっている。
(8)『ヴィクトリア時代のロンドン』(L・C・B・シーマン 社本時子、三ツ星堅三訳)
(9)『ダンディズム〜栄光と悲惨』(生田耕作)
(10)『Oscar Wilde: a pictorial biography』(Vyvyan Holland)、『Oscar Wilde』(Richard Ellmann)
(11)『社会主義下の人間の魂』(オスカー・ワイルド 西村孝次訳)
(12)「オスカー・ワイルドの〈遅れ〉と〈優しさ〉」(『サロメ』光文社古典新訳文庫収録)

第8章

(1)『身体の歴史』
(2)『キリストの身体』(岡田温司)
(3)『英雄はいかに作られてきたか』(アラン・コルバン 小倉孝誠監訳、梅澤礼、小池美穂訳)
(4)更に、フランスでは『著名かつ偉大なるフランス人隊長列伝』、『偉大なる外国人隊長列伝』(ブラントーム著)なる本が書かれ、中学生に配られ続けて、「第二次大戦の終わりまで、たくさんの生徒たちが、『著名人物列伝』でラテン語の基礎を学んだ」とされる。

第9章

（1）『男らしさの歴史Ⅲ』

（2）『男らしさの歴史Ⅱ』（アラン・コルバン他監修　小倉孝誠他訳）

（3）コルバンは、一九世紀初頭に、夢精を病気と信じていたとある男性の、聞くも涙、語るも涙の悲惨な実例を紹介している。

十代の初めにマスターベーションを禁じられた彼は、一週間続けて夢精をしてしまったのだが、その時のことを次のように回想している。

「自分の健康、幸福そして生命がこうして地に流れ出るのを目にした時、私は涙を抑えられなかった。頭から足の先まで冷や汗におおわれ、死の影がちらついた。実際、私は死を願っていたのである。」

ここまで行くと、最早「カッコ悪い」という言葉では収まらないほどの途方もない不安である。気の毒なことに、彼はこの悩みを、周囲の誰にも打ち明けることが出来ず、我流の治療法として、「ペニスを冷水に突っ込み、包皮を紐で結わえ、自分の体を縛り上げ」、「夢精を避ける」という目的のために「保護用器具や抑制器具を製作し、絶えず改良しよう」と努めた。その後、この「病気」を克服する体力をつけるために、指物師になり、農民になり、温泉につかったり食事療法をしたりと、その努力は滑稽を通り越して壮絶である。

死ぬほどに思いつめた彼は、その後、この原因が「回虫」であるという医師の診断を受ける。そんなはずはないのだが、それを駆除したところ、なんと「病気」が治ってしまった（？）のだという。そして、この苦しみの経験から自らも医学の道に進み、診断を下した医師の命に従って、詳細な記録を残すに至った。

（4）社会学者・人類学者のクロディーヌ・アロッシュに拠る。

第10章

（1）『平家物語』（佐藤謙三校註）

（2）「カッコいい」女性としてしばしば名前が挙がるココ・シャネルの名言集は、日本だけでも、『ココ・シャネル 99の言葉』（酒田真実）、『ココ・シャネル　凛として生きる言葉』（髙野てるみ）、『仕事と人生がもっと輝くココ・シャネルの言葉』(同)、『ココ・シャネル 女を磨く言葉』(同)、『ココ・シャネルの言葉』(山口路子)、『私は私 超訳ココ・シャネル』、『シャネル――人生を語る』(ポール・モラン著 山口登世子訳)、……と驚くべき数が出版されており、更に伝記を含む膨大な関連本がある。

＊引用に際しては、数字や漢字、カタカナの表記を本文と統一し、句読点を変更した箇所がある。また、必要に応じて、ゴチック体で強調した箇所もある。

おわりに

本書は、小説以外では、この十年来、私が最も書きたかった本で、準備のために資料を読んでいても、実際に執筆していても、頗《すこぶ》る楽しかった。

そんなわけで、私はこの間、随分と「カッコいい」論を書きたい、あるいは書いていると人に話して回ったのだが、大抵は、「何でまた？」と怪訝《けげん》そうな顔で首を傾げられるだけだった。皆、「カッコいい」などというのは、マジメに論じるに値するのだろうか、という様子で、また特に、なぜ私が？ということも不思議そうだった。

その反応から、私はますます、これこそは今、自分が書くべき本なのだという思いを強くした。

実際にご覧戴いた通り、議論を進めるために、私は随分と、十代の頃から自分自身が愛してきた人や物を引っ張り出してきたが、必ずしも恣意的なことだとは思わない。ボードレールにせよ、マイルスにせよ、やはりこのテーマを論じる上では避けては通れない人で、私は要するに、「カッコいい」人や物が好きだったのだろうかと、今更のように自分の趣味を顧みたのだった。

とは言え、再三繰り返してきた通り、誰を、何を、「カッコいい」と感じるかはそれぞれなので、私の趣味にイマイチ共感できず、もどかしい思いをした人も少なくなかったに違いない。必要に応じて、私の提示した名前を、自分の理想的な「カッコいい」人やものに置き換えて読んで戴ければ、より理解も深まるのではないかと思う。

また、本書では、六〇年代に広まった「しびれ」という言葉を用いたが、今の時代のより相応しい生理的興奮の表現もあるだろう。

長らく夢見ていた本ではあるが、いざ着手してみると、とても私の手には負えないほどの大きなテーマで、率直なところ、本書も「試論」や「序説」といった程度であり、「カッコいい」を論じるためのアウトラインを描き出すだけで精一杯だった。私の思いつく範囲では、必要な問いを網羅的に扱ったつもりではあるが、論じ残したことも少なからずあるはずである。当然、異論もあるだろう。

ともかく、「カッコいい」は多様であり、また時代の変化もあるので、本書では、一九六〇年代に日本で生まれ、定着し、今日にまで至っているその言葉の意味に焦点を絞ることにした。それさえ摑めれば、その後の様々な展開は、自ずと説明がつくと思われるからである。

数多くの文献を断片的に紹介したが、これらはいずれも抜群に面白く、ご興味を持たれた方は、是非、手にとってご覧戴きたい。


私自身としては、ドラクロワ＝ボードレール的な〝体感主義〟を、モダニズムを経て、一九六〇年代の世界的な「カッコいい」ブームにまで連続させて論ずることが出来た点に、ささやかな手応えを感じている。

そのことで、自分の人生の中に無関係に存在していた、幾つかの強烈な体験が繫がったことにも喜びを覚えた。

「カッコいい」論の今後の発展を祈るばかりである。

＊

本書もまた、数多くの協力者の貴重な助言なくしては成立し得なかった。また、講談社現代新書の米沢勇基氏には、企画段階から大変お世話になった。

ここに改めて感謝の気持ちを記したい。

二〇一九年六月一八日

平野啓一郎

参考文献

見坊豪紀『〈60年代〉ことばのくずかご』、１９８３年、筑摩書房
見坊豪紀『ことばのくずかご』、１９７９年、筑摩書房
米川明彦編『日本俗語大辞典』、２００３年、東京堂出版
『日本国語大辞典　第二版』全１３巻・別巻、２００３年、小学館
『角川古語大辞典』全５巻（中村幸彦他編）、１９８２〜９９年、角川書店
『新潮日本語漢字辞典』（新潮社編）、２００７年、新潮社
ユヴァル・ノア・ハラリ『ホモ・デウス　テクノロジーとサピエンスの未来（上・下）』（柴田裕之訳）、２０１８年、河出書房新社
越智啓太編『心理学ビジュアル百科　基本から研究の最前線まで』、２０１６年、創元社
下山晴彦他編『誠信　心理学辞典（新版）』、２０１４年、誠信書房
岡田温司『キリストの身体　血と肉と愛の傷』、２００９年、中央公論新社
小田部胤久『西洋美学史』、２００９年、東京大学出版会
秋庭史典『あたらしい美学をつくる』、２０１１年、みすず書房
西村清和編・監訳『分析美学基本論文集』、２０１５年、勁草書房
ロバート・ステッカー『分析美学入門』（森功次訳）、２０１３年、勁草書房
マリオ・プラーツ『肉体と死と悪魔　ロマンティック・アゴニー』（倉智恒夫／土田知則／草野重行／南條竹則訳）、２０００年、国書刊行会
春木有亮『「恰好」から「かっこいい」へ：適合性 suitability の感性化』、２０１７年、北見工業大学「人間科学研究」
中道寿一『ヒトラー・ユーゲントがやってきた』、１９９１年、南窓社
B・R・ルイス『ヒトラー・ユーゲント　第三帝国の若き戦士たち』（大山晶訳）、２００１年、原書房
平井正『ヒトラー・ユーゲント　青年運動から戦闘組織へ』、２０１３年、中央公論新社
佐藤卓己編著『ヒトラーの呪縛　日本ナチカル研究序説（上・下）』、２０１５年、中央公論新社
Roman Koster『Hugo Boss, 1924–1945. Eine Kleiderfabrik zwischen Weimarer Republik und „Drittem Reich"』2011 C.H.Beck
田野大輔『愛と欲望のナチズム』、２０１２年、講談社
多川精一『戦争のグラフィズム　「ＦＲＯＮＴ」を創った人々』、２０００年、平凡社
白山眞理『〈報道写真〉と戦争』、２０１４年、吉川弘文館
山中俊治『デザインの骨格』、２０１１年、日経ＢＰ社
森岡督行『BOOKS ON JAPAN 1931-1972 日本の対外宣伝グラフ誌』、２０１２年、ビー・エヌ・エヌ新社
若林宣『戦う広告　雑誌広告に見るアジア太平洋戦争』、２００８年、小学館

山田勝『ブランメル閣下の華麗なダンディ術　英國流ダンディズムの美学』、２００１年、展望社
山田勝『ダンディズム　貴族趣味と近代文明批判』、１９８９年、日本放送出版協会
山田勝『イギリス貴族　ダンディたちの美学と生活』、１９９４年、創元社
中野香織『ダンディズムの系譜　男が憧れた男たち』、２００９年、新潮社
生田耕作『ダンディズム　栄光と悲惨』、１９９３年、中央公論新社
L・C・B・シーマン『ヴィクトリア時代のロンドン』（社本時子／三ツ星堅三訳）、１９８７年、創元社
PAUL 'SMILER' ANDERSON『MODS: THE NEW RELIGION: THE STYLE AND MUSIC OF THE 1960s MODS』2014 Omnibus Pr & Schirmer Trade Books
Patrick Potter『MODS: A WAY OF LIFE』2018 Carpet Bombing Culture
イマヌエル・カント『カント全集』全２２巻・別巻、１９９９～２００６年、岩波書店
ヴァルター・ベンヤミン『ベンヤミン著作集６　ボードレール』（川村二郎／野村修編）、１９７５年、晶文社
テオドール・W・アドルノ『美の理論』（大久保健治訳）、２００７年、河出書房新社
エドマンド・バーク『崇高と美の観念の起源』（中野好之訳）、１９９９年、みすず書房
小野紀明『美と政治　ロマン主義からポストモダニズムへ』、１９９９年、岩波書店
小野紀明『現象学と政治　二十世紀ドイツ精神史研究』、１９９６年、行人社
エルンスト・ユンガー『追悼の政治　忘れえぬ人々／総動員／平和』（川合全弘編訳）、２００５年、月曜社
アーヴィング・ゴッフマン『スティグマの社会学　烙印を押されたアイデンティティ』（石黒毅訳）、２００１年、せりか書房
ジャン＝フランソワ・リオタール『非人間的なもの　時間についての講話』（篠原資明／上村博／平芳幸浩訳）、２０１０年、法政大学出版局
ルース・ベネディクト『菊と刀　日本文化の型』（越智敏之／越智道雄訳）、２０１３年、平凡社
ニクラス・ルーマン『自己言及性について』（土方透／大澤善信訳）、２０１６年、筑摩書房
プルタルコス『プルタルコス英雄伝（上・中・下）』（村川堅太郎編）、１９９６年、筑摩書房
ミゲル・デ・セルバンテス『ドン・キホーテ（全６冊）』（牛島信明訳）、２００１年、岩波書店
ミゲル・デ・セルバンテス『セルバンテス　ポケットマスターピース１３』（野谷文昭／吉田彩子訳、三倉康博編集協力）、２０１６年、集英社
ミルトン『失楽園（上・下）』（平井正穂訳）、１９８１年、岩波書店
ディドロ／ダランベール編『百科全書　序論および代表項目』（桑原武夫訳編）、１９７１年、岩波書店
山根貞男／米原尚志『「仁義なき戦い」をつくった男たち　深作欣

二と笠原和夫』、２００５年、日本放送出版協会
ホルヘ・ルイス・ボルヘス『ボルヘス、文学を語る　詩的なるものをめぐって』（鼓直訳）、２００２年、岩波書店
Eugène Delacroix『ECRITS SUR L'ART Broché』2003 Seguier
高階秀爾編『ヴィヴァン　新装版・２５人の画家　ドラクロワ（第２巻）』、１９９７年、講談社
Eugène Delacroix『Questions sur le beau』『Des variations du beau』Revue des deux mondes（１８５４年７月１５日号、１８５７年６月１５日号）
日本文芸研究会編『伝統と変容　日本の文芸・言語・思想』、２０００年、ぺりかん社
浦久俊彦『フランツ・リストはなぜ女たちを失神させたのか』、２０１３年、新潮社
福永武彦編『ボードレール全集（１～４）』、１９６３～６４年、人文書院
三島由紀夫『作家論　新装版』、２０１６年、中央公論新社
椎根和『完全版　平凡パンチの三島由紀夫』、２０１２年、河出書房新社
安岡章太郎『僕の昭和史』（加藤典洋 解説）、２０１８年、講談社
安岡章太郎『安岡章太郎　戦争小説集成』、２０１８年、中央公論新社
大江健三郎『暴力に逆らって書く　大江健三郎往復書簡』、２００６年、朝日新聞社
オスカー・ワイルド『オスカー・ワイルド全集　４』（西村孝次訳）、１９８１年、青土社
ワイルド『サロメ』（平野啓一郎訳）、２０１２年、光文社
Vyvyan Holland『Oscar Wilde and His World: Pictorial Biography S.』1977 Thames & Hudson Ltd
Richard Ellman『Oscar Wilde』1988 Random House Value Publishing
竹内勝徳／高橋勤編『身体と情動　アフェクトで読むアメリカン・ルネサンス』、２０１６年、彩流社
富田仁『鹿鳴館　擬西洋化の世界』、１９８４年、白水社
福沢諭吉『文明論之概略』（松沢弘陽校注）、１９９５年、岩波書店
田中彰『明治維新と西洋文明　岩倉使節団は何を見たか』、２００３年、岩波書店
久米邦武編著『現代語縮訳　特命全権大使　米欧回覧実記』（大久保喬樹訳註）、２０１８年、KADOKAWA
刑部芳則『洋服・散髪・脱刀　服制の明治維新』、２０１０年、講談社
刑部芳則『明治の服制と華族』、２０１２年、吉川弘文館
小川隆夫『証言で綴る日本のジャズ』、２０１５年、駒草出版
菅付雅信『はじめての編集』、２０１２年、アルテスパブリッシング
『超人画報　国産架空ヒーロー四十年の歩み』、１９９５年、竹書房
『Ｇｒａｚｉａ』（２００４年７月号）、講談社
ハンス・シルヴェスター『ナチュラル・ファッション　自然を纏うアフリカ民族写真集』（武者小路実昭 訳）、２０１３年、DU BOOKS
四方田犬彦『「かわいい」論』、２００６年、筑摩書房
阿部公彦『幼さという戦略「かわいい」と成熟の物語作法』、２０１５年、朝日新聞出版

アラン・コルバン『英雄はいかに作られてきたか　フランスの歴史から見る』（小倉孝誠監訳、梅澤礼／小池美穂訳）、２０１４年、藤原書店
アラン・コルバン／ジャン＝ジャック・クルティーヌ／ジョルジュ・ヴィガレロ監修『男らしさの歴史　Ⅰ～Ⅲ』、（鷲見洋一／小倉孝誠／岑村傑監訳）、２０１６～１７年、藤原書店
ジョン・リーランド『ヒップ　アメリカにおけるかっこよさの系譜学』（篠儀直子／松井領明訳）、２０１０年、スペースシャワーネットワーク
Robert Farris Thompson『Aesthetic of the Cool: Afro-Atlantic Art and Music』
Ilan Dar-Nimrod et al.『Coolness: An Empirical Investigation』Journal of Individual Differences, January 2012
https://www.researchgate.net/publication/254735400_Coolness_An_Empirical_Investigation
平野啓一郎責任編集『HOME 特別編集№６ PUBLIC SPACE』、２００５年、エクスナレッジ
植草甚一『ぼくは散歩と雑学がすき』、２０１３年、筑摩書房
飯干晃一『仁義なき戦い　決戦篇～美濃幸三の手記より』、１９８０年、角川書店
飯干晃一『仁義なき戦い　死闘篇～美濃幸三の手記より』、１９８０年、角川書店
笠原和夫『「仁義なき戦い」調査・取材録集成』、２００５年、太田出版
『NME Japan』（２０１８年１０月１８日記事）
N. U. D. E. 編『モハメド・アリ語録　世界を揺るがした勇気のことば１５０』、２０１７年、ゴマブックス
小川隆夫『マイルス・デイヴィスの真実』、２０１６年、講談社
マイルス・デイビス／クインシー・トループ『マイルス・デイビス自叙伝（１～２）』（中山康樹訳）、１９９９年、宝島社
小川隆夫／平野啓一郎『マイルス・デイヴィスとは誰か』、２００７年、平凡社
キース・リチャーズ他『キース・リチャーズ自伝　ライフ』（棚橋志行訳）、２０１１年、楓書店
エリック・クラプトン『エリック・クラプトン自叙伝』（中江昌彦訳）、２０１８年、シンコーミュージック・エンタテイメント
ブラッド・トリンスキー『奇跡　ジミー・ペイジ自伝』（山下えりか訳）、２０１３年、ロッキング・オン
Brad Tolinski『Light and Shade: Conversations with Jimmy Page』2013 Broadway Books
オジー・オズボーン／クリス・エアーズ『アイ・アム・オジー　オジー・オズボーン自伝』（迫田はつみ訳）、２０１０年、シンコーミュージック・エンタテイメント
クリストファー・アンダーセン『ミック・ジャガー　ワイルド・ライフ』（岩木貴子／小川公貴訳）、２０１３年、ヤマハミュージックメディア
ポール・リース『ロバート・プラント　Ａ ＬＩＦＥ』（水島ぱぎい訳）、２０１４年、ヤマハミュージックメディア
ジョン・レノン『ジョン・レノン　音楽と思想を語る　精選インタビュー 1964－1980』（ジェフ・バーガー編、中川泉訳）、２０１８年、DU BOOKS
『不死鳥！　辰吉丈一郎　世界王座復活記念完全特集号』（ワールド

ボクシング　1月号増刊）、1998年、日本スポーツ出版社
辰吉丈一郎『それでもやる』、2011年、小学館
辰吉丈一郎『魂の言葉』、2015年、ベースボール・マガジン社
辰吉丈一郎『波瀾万丈　辰吉丈一郎自伝』、1994年、ベースボール・マガジン社
山口路子『新装版　ココ・シャネルという生き方』、2017年、KADOKAWA
酒田真実『ココ・シャネル　99の言葉』、2018年、扶桑社
ハンス＝ゲオルク・ガダマー『真理と方法Ⅰ　哲学的解釈学の要綱』（轡田收／麻生建／三島憲一／北川東子／我田広之／大石紀一郎訳）、2012年、法政大学出版局
ハンス＝ゲオルク・ガダマー『真理と方法Ⅱ　哲学的解釈学の要綱』（轡田收／巻田悦郎訳）、2015年、法政大学出版局
平野啓一郎『私とは何か「個人」から「分人」へ』、2012年、講談社

（映画）

『さらば青春の光』1979年、ザ・フーフィルム（配給）、フランク・ロッダム（監督）
『仁義なき戦い』飯干晃一（原作）、1973年、東映（配給）、深作欣二（監督）
『極悪レミー』2010年、ビーズインターナショナル（配給・宣伝）、グレッグ・オリヴァー／ウェス・オーショスキー（監督・製作）
『SCORPIONS FOREVER AND A DAY』2015年、ソニー"Livespire"（配給）、カーチャ・フォン・ガルニエ（監督）

N.D.C. 209　477p　18cm
ISBN978-4-06-517048-9

写真：p161 Hans Silvestar/PPS
p259, p274, p341, p367（右） getty images
p320 2019 Lorraine O'Grady/ARS, New York/JASPAR, Tokyo C2903

講談社現代新書　2529

「カッコいい」とは何《なに》か

二〇一九年七月二〇日第一刷発行　二〇二四年四月五日第六刷発行

著者　平《ひら》野《の》啓《けい》一《いち》郎《ろう》　© Keiichiro Hirano 2019

発行者　森田浩章

発行所　株式会社講談社
東京都文京区音羽二丁目一二―二一　郵便番号一一二―八〇〇一
電話　〇三―五三九五―三五二一　編集（現代新書）
〇三―五三九五―四四一五　販売
〇三―五三九五―三六一五　業務

装幀者　中島英樹

印刷所　ＴＯＰＰＡＮ株式会社

製本所　株式会社国宝社

定価はカバーに表示してあります　Printed in Japan

「講談社現代新書」の刊行にあたって

教養は万人が身をもって養い創造すべきものであって、一部の専門家の占有物として、ただ一方的に人々の手もとに配布され伝達されうるものではありません。

しかし、不幸にしてわが国の現状では、教養の重要な養いとなるべき書物は、ほとんど講壇からの天下りや単なる解説に終始し、知識技術を真剣に希求する青少年・学生・一般民衆の根本的な疑問や興味は、けっして十分に答えられ、解きほぐされ、手引きされることがありません。万人の内奥から発した真正の教養への芽ばえが、こうして放置され、むなしく滅びさる運命にゆだねられているのです。

このことは、中・高校だけで教育をおわる人々の成長をはばんでいるだけでなく、大学に進んだり、インテリと目されたりする人々の精神力の健康さえもむしばみ、わが国の文化の実質をまことに脆弱なものにしています。単なる博識以上の根強い思索力・判断力、および確かな技術にささえられた教養を必要とする日本の将来にとって、これは真剣に憂慮されなければならない事態であるといわなければなりません。

わたしたちの「講談社現代新書」は、この事態の克服を意図して計画されたものです。これによってわたしたちは、講壇からの天下りでもなく、単なる解説書でもない、もっぱら万人の魂に生ずる初発的かつ根本的な問題をとらえ、掘り起こし、手引きし、しかも最新の知識への展望を万人に確立させる書物を、新しく世の中に送り出したいと念願しています。

わたしたちは、創業以来民衆を対象とする啓蒙の仕事に専心してきた講談社にとって、これこそもっともふさわしい課題であり、伝統ある出版社としての義務でもあると考えているのです。

一九六四年四月　野間省一